新时代

中国特色社会主义
文艺建设研究

陈曦 著

吉林大学出版社

·长春·

图书在版编目（CIP）数据

新时代中国特色社会主义文艺建设研究 / 陈曦著. —长春：
吉林大学出版社，2021.10
ISBN 978-7-5692-9360-9

Ⅰ.①新… Ⅱ.①陈… Ⅲ.①中国特色社会主义—文艺理论
—理论研究 Ⅳ.①I0

中国版本图书馆 CIP 数据核字（2021）第 224698 号

书　　名　新时代中国特色社会主义文艺建设研究
　　　　　XINSHIDAI ZHONGGUO TESE SHEHUI ZHUYI WENYI JIANSHE YANJIU

作　　者　陈　曦　著
策划编辑　周　婷
责任编辑　周　婷
责任校对　陶　冉
装帧设计　林　雪
出版发行　吉林大学出版社
社　　址　长春市人民大街 4059 号
邮政编码　130021
发行电话　0431-89580028/29/21
网　　址　http：//www.jlup.com.cn
电子邮箱　jdcbs@ jlu.edu.cn
印　　刷　长春第二新华印刷有限责任公司
开　　本　787mm×1092mm　1/16
印　　张　13.5
字　　数　220 千字
版　　次　2021 年 10 月　第 1 版
印　　次　2021 年 10 月　第 1 次
书　　号　ISBN 978-7-5692-9360-9
定　　价　70.00 元

前　言

　　文艺是一个时代的号角，最能代表一个时代的风貌，并且可以引领一个时代的风气。社会主义文艺建设作为社会主义现代化建设的重要组成部分，其建设成果关系到"两个一百年"奋斗目标以及中华民族伟大复兴的宏伟蓝图的实现。党的十八大以来，以习近平同志为核心的党中央高度重视文艺建设工作，在新时代的历史起点上，在马克思主义文艺观的指导下，结合我国文艺建设的具体实际，深刻地总结了文艺建设的历史经验教训，提出了一系列指引文艺建设的新战略与新理念，系统地阐释了什么是中国特色社会主义文艺以及怎样建设中国特色社会主义文艺等重大问题，把我们党对文艺建设工作的认识提高了一个全新的高度，走出了一条具有中国特色的文艺发展道路。在党的十九大报告中，习近平总书记以"坚定文化自信，推动社会主义文艺繁荣兴盛"为主题，对文艺工作者在新的历史方位中要做出更大的历史贡献提出了全新的要求，新时代的文艺工作者要加强思想道德建设、繁荣发展社会主义文艺、培育和践行社会主义核心价值观、坚持党对意识形态的领导权、推动文艺事业与文艺产业共同繁荣发展，创作出无愧于时代无愧于人民的文艺精品。党的十九届四中全会通过的《中共中央关于坚持和完善中国特色社会主义制度 推进国家治理体系和治理能力现代化若干重大问题的决定》又以"坚持和完善繁荣发展社会主义先进文化的制度，巩固全体人民团结奋斗的共同思想基础"为小主题，指出发展社会主义先进文化是国家治理体系和治理能力现代化的重要支撑。一系列文件的出台逐渐开启了新时代中国特色社会主义文艺建设的新篇章，开创了新时代文艺工作的新局面。但是随着西方对我国的意识形态领域渗透逐渐加深，经济全球化带来的文化全球化趋势越来越明显，文艺对国家软实力的彰显越来越突出，以及我国义艺建设方面存在的一系列问题，面对这些新状况与新问题，对于新时代中国特色社会主义文艺建设的研究就显得十分必要。

本书以新时代中国特色社会主义文艺建设为主要研究对象，主要内容分成7个章节来论述。

第1章是"绪论"。绪论部分主要对本书的选题依据和选题意义、国内外研究现状、研究思路与方法、创新之处与不足之处进行了系统介绍。

第2章是"新时代中国特色社会主义文艺建设的相关阐述"。首先对新时代中国特色社会主义文艺的相关概念进行界定，例如什么是文艺、什么是社会主义文艺、什么是新时代中国特色社会主义文艺。其次指出了新时代中国特色社会主义文艺建设的特征，有本质特征、时代特征、显著特征与基本特征。最后是新时代中国特色社会主义文艺建设的现实背景，即文艺现代化的实践转向、文艺多样化的发展趋势以及文艺市场化的趋势明显。

第3章是"新时代中国特色社会主义文艺建设的理论资源"。新时代中国特色社会主义文艺形成的理论依据大致有四个，分别是经典马克思主义的文艺思想即马克思主义文艺理论，中国化马克思主义的文艺理论，中国传统文化涵养的优秀文艺精神和理念，以及对西方文艺理论的批判借鉴。

第4章是"新时代中国特色社会主义文艺建设的构成体系"。这是本书的核心要点，在这一章中，新时代中国特色社会主义文艺建设的构成体系主要包括四个层面，分别是本质层面、内容层面、价值层面以及功能层面。本质层面主要分为三点：人民需要文艺、文艺需要人民、文艺成果惠及人民。内容层面主要分为文艺创作、文艺评判以及文艺政策三个方面进行阐述。价值层面主要是从经济价值、政治价值、社会价值和历史价值四个方面展开。功能层面主要分为四点：认识功能、审美功能、凝聚功能和教育功能。

第5章是"新时代中国特色社会主义文艺建设现状分析"。发展现状共分为三个部分，其一是实践成效，从文艺创作内容、文艺创作者、文艺消费者等方面进行阐述。其二是从本体内容、创作主体、环境氛围、作品影响四个方面阐述新时代中国特色社会主义文艺面临的问题。其三是从思想观念、人才支持、外部环境、制度设计等方面找出了文艺发展面临问题的原因。

第 6 章是"国外文艺建设的发展经验"。在这一章中，总共选择了五个典型国家，分别是美国、英国、法国、日本、印度，既有发达国家，也有发展中国家，并且选取了这些国家的典型的文化艺术类的产业进行了介绍，梳理了这些国家文化艺术政策历史演进脉络，总结了一些特点、经验，希望能从中吸取一些优秀的实践举措，为我国文艺建设提供一些借鉴。

第 7 章是"新时代中国特色社会主义文艺建设的路径选择"。这是本书的重点也是精华，也体现出了本书是以问题为出发点，最终要解决实际问题的。新时代中国特色社会主义文艺建设的实践路径从四个维度展开，这也是针对第 5 章中文艺发展面临的四个问题提出的针对性措施。第一是从文艺本体出发，要坚持以人民为中心的创作导向，处理好三对基本关系，首先要处理好文艺发展中弘扬主旋律与提倡文艺多元化之间的关系，其次要处理好文化市场中经济效益与社会效益的关系，最后要处理好文化继承中守本固源与时俱进的关系。第二是要培养立足中国文艺发展的人才队伍，要充分发挥文艺群体繁荣新时代中国特色社会主义文艺的有生力量，发挥人民群众推动新时代中国特色社会主义文艺建设的有生力量，以及发挥"德艺双馨"的艺术工作者建设新时代中国特色社会主义文艺的坚定力量。第三是完善新时代中国特色社会主义文艺的制度建设，要以努力推进国家治理体系和治理能力现代化为目标，维护文艺建设的正确方向，保持文艺领域法治建设和市场体系建设相协调，实现文化制度改革系统性、整体性、协同性相统一。第四是建构新时代中国特色社会主义文艺的话语体系，要坚持新时代中国特色社会主义文艺的"民族性"标准，提炼立足中国文艺经验的标识性话语，构建基于民族审美之上的现代审美范式。

本书的主要创新点在于选题视角的创新，相对于传统的对于中国特色社会主义经济、政治的研究而言，对于中国特色社会主义文艺尚未形成系统的研究，本书从多个方面对新时代中国特色社会主义文艺进行系统全面的研究。深入学习研究新时代中国特色社会主义文艺建设，是对新时代中国特色社会主义建设研究的一个重要补充，可以为新时代文艺的更好发展提供方法论的指引，是对中国特色社会主义文艺发展道路的实践补充，有利于促进国家文化治理能力现代化。

目　录

第 1 章　绪　论

1.1 选题依据和研究意义

1.1.1 选题依据

新中国成立以来，特别是改革开放以来，我国的文艺建设取得了巨大成就。进入新时代以来，我国的文艺建设也迎来了全新的发展面貌。在习近平新时代中国特色社会主义思想的引领下，中国大踏步进入新时代，这是我国的新的历史方位，我国社会主要矛盾也发生了深刻的变化，为了满足人民群众对于美好生活的追求，进行社会主义文艺建设、促进社会主义文艺的大发展大繁荣十分必要。

中华民族有着 5000 多年的历史底蕴与文艺积淀，在人类文艺历史上画上了浓墨重彩的一笔。在国际文化软实力竞争日趋激烈、文化全球化趋势日益明显、文艺民族性受到严重挑战的国际背景下，我国在中国共产党的带领下，坚定中国特色社会主义文艺发展的道路，立足中国特色社会主义文艺实践，经过了几十年的反复研究和实践，逐渐形成了新时代中国特色社会主义文艺建设的科学体系。新时代中国特色社会主义文艺建设坚持以人民为中心的创作导向，发展人民的文艺，使文艺真正地取之于民、用之于民。文艺需要人民，人民也需要文艺，文艺的创作离不开人民，文艺的发展也离不开人民，人民是文艺创作的源泉。人民需要文艺来提高自身的文艺修养，也需要在文艺中滋润心灵、涵养高贵的精神，看到前进的方向。说到底，文艺是人民的文艺。同时，新时代中国特色社会主义文艺建设在马克思主义文艺观的指导下，积极吸取借鉴外国优秀文艺的发展成果，从中国优秀传统文化涵养的文艺精神中汲取营养。系统梳理新时代中国特色社会主义文艺理论与实践，是对新时代中国特色社会主义理论研究的一个重要补充，可以为新时代文艺的更好发展提供方法论的指引，是对中国特色社会主义文艺发展道路的实践补充，有利于促进国家文化治理能力现代化。

1.1.2 研究意义

以习近平同志为核心的党中央对文艺工作的高度重视，反映出文艺工作在实现"两个一百年"奋斗目标、实现民族复兴的伟大征程中的重要价值与作用。新时代中国特色社会主义文艺建设，揭示了社会主义文艺发展的重要规律，回答了在我国应该发展怎样的文艺、怎样发展文艺等重大问题，有着深刻的理论意义与实践价值。

（一）理论意义

第一，新时代中国特色社会主义文艺建设，丰富与发展了马克思主义文艺理论。马克思主义是一个与时俱进的开放的理论体系，它在任何领域、任何方面都没有完成对真理的穷尽。因此，马克思主义文艺理论作为马克思主义理论的重要组成部分，其必将随着社会实践的发展而不断得到完善与发展。在新时代中国特色社会主义文艺建设过程中形成的一系列新时代中国特色社会主义文艺理论，是以习近平同志为核心的党中央集体智慧的结晶，是对中国特色社会主义文艺建设的深刻理论和实践经验的科学总结，在马克思主义文艺理论的指导下，结合中国特色社会主义文艺建设的经验，实现了马克思主义文艺理论的中国化，把马克思主义文艺理论融入中国特色社会主义文艺建设中来，将其提高到了一个全新的境界，同时也为新时代中国化马克思主义文艺理论框架的建构勾勒出一个全新的发展纲要。新时代中国特色社会主义文艺理论，全面系统构建了马克思主义文艺理论新形态，坚定了中国特色社会主义文化自信。

第二，新时代中国特色社会主义文艺建设，深刻回答了文艺工作的时代之问，绘制了文艺发展的理论蓝图，形成了新时代中国特色社会主义文艺理论。党的十八大以来，中国特色社会主义进入了新时代，新时代有新气象，新时代的文艺工作呈现出蓬勃生机，但是在取得巨大成就的背后也涌现出了一些问题，以习近平同志为核心的党中央面对新特征、新矛盾、新问题，顺势而谋，科学地回答了应该发展怎样的文艺以及怎样发展文艺的时代之问，为中国特色社会主义文艺工作的发展指明了方向。文艺理论来源于文艺实践，并进一步指导着文艺实践。新时代中国特色社会主义文艺理论始终坚持回应现实问题，每一句话都充满了探讨与破解文艺工作难题的问题意识，每一个字都是面对现实需求、从广大文艺工作者的期盼与关切中孕育和提炼出来的，科学描绘了文艺事业前进和发展的理论画卷。

（二）实践意义

理论来源于实践，又会进一步指导实践，本研究也具有较强的实践意义。第一，有利于完善社会主义文艺体系的建构。文艺建设作为社会主义现代化建设的重要组成部分，它的发展成果直接关系到社会主义现代化建设的成就。习近平总书记深刻指出：“当高楼大厦在我国大地上遍地林立时，中华民族精神的大厦也应该巍然耸立。”① 文艺是中华民族的精神家园，发展好文艺工作，才能为人民提供一个优质的精神场所，并且运用好文艺的特质来建构一个较为完善的社会主义文艺体系，才能在我国社会主义现代化建设过程中始终践行社会主义核心价值观，有利于将流传千年的中华民族的优秀精神特质渗透在社会生活的方方面面。

第二，有利于提升国家治理能力现代化水平。国家治理是国家运用各个领域的体制机制来管理社会各方面事务，很显然，运用文化方面的体系机制进行的文艺治理就是国家治理的重要一环。文艺建设是文化体系机制的重要组成部分，建设面向现代化、面向世界、面向未来的新的文化体系，离不开文艺的健康发展。深入开展新时代中国特色社会主义文艺建设，系统总结新时代中国特色社会主义文艺建设的经验教训，有利于我们更好地认识党领导我们进行文艺建设的独特优势，增强中国特色社会主义道路自信、理论自信、制度自信、文化自信，同时也有利于我们系统地把握和了解习近平新时代中国特色社会主义思想在文艺方面的重要论述，并坚定将此作为指导我们文艺建设的指导思想和行动指南，更加科学地指导我们文艺建设的各项活动，从而提高国家治理能力和治理体系现代化水平。

第三，有利于提升人民群众的文化自觉与自信。一个国家的公民是否认同和服从本国的发展方向，在很大程度上取决于他是否知晓国家的发展

---

①习近平总书记系列重要讲话读本［M］. 北京：学习出版社，2016：187.

历程和是否了解国家的特殊性质，而这种对国家的认同恰恰来自文化认同。而文艺认同作为文化认同的重要组成部分，通过对文艺建设的深入探究，可以更加了解中华优秀传统文化的精神实质与思想内涵，有助于我们增强对中华文化的认同感。通过增强文艺认同，进一步增强了文化认同，最终增强了文化自信，本研究也致力于解决文艺认同的发展瓶颈，从而提升人民群众的文化自觉与自信。

第四，新时代中国特色社会主义文艺建设，为实现新时代中国特色社会主义文艺的繁荣发展规划和指明了现实路径。在马克思主义文艺理论的指导下，新时代中国特色社会主义文艺建设全面总结了我国文艺建设的经验教训，特别是对改革开放以来我国文艺建设的经验教训的系统总结，开创性地提出把"坚持以人民为中心的创作导向"落实到文艺建设的各个环节与各个层面，并且将文艺工作融入时代的新鲜血液，从而使许多文艺课题有了新时代的新鲜感，在本书的最后一个章节，以"新时代中国特色社会主义文艺建设的路径选择"为章节标题，分四个方面加以论述，为新时代中国特色社会主义文艺建设提供了全方位的路径选择。

1.2 国内外研究现状综述

1.2.1 国内研究现状

新时代中国特色社会主义文艺建设作为新时代中国特色社会主义文化实践的重要组成部分，国内对其研究主要集中在 2014 年习近平在文艺工作座谈会上发表讲话以后。在知网搜索"中国特色社会主义文艺"主题，共出现近 800 多条结果；搜索"新时代中国特色社会主义文艺"主题，共出现 140 多条相关研究成果，这为我们前期的资料积累奠定了很好的文本基础。但是为了更好地对新时代中国特色社会主义建设进行研究，阅读的文本不应该仅仅局限于此。

第一，对于马克思主义文艺理论的研究。

马克思、恩格斯虽不是专门的文艺理论家，但是在他们的著作中出现了大量关于文学艺术的相关论述，并且形成了系统的马克思主义文艺理论。马克思主义文艺理论是我们进行社会主义文化建设的最重要的也是最开始的思想指导，是我们研究新时代中国特色社会主义文艺建设的出发点，同时马克思主义文艺理论也为我们提供了方法论的借鉴。因此，对于马克思主义文艺理论的研究是非常有必要的，这是我们整个研究的开端，对于本书的研究具有重大的指导意义。十月革命以后，马克思主义在中国开始得到传播。此时的马克思主义者致力于使用马克思主义理论解决革命道路的问题。1930 年，著名的文艺理论家冯雪峰翻译发表了《艺术形成之社会的前提条件》一文，在文章中，冯雪峰先生论述了关于艺术生产与物质生产之间发展的不平衡性问题，这一问题正是马克思在《〈政治经济学批判〉导言》中论述的。在冯先生以后，瞿秋白编译的《现实——马克思主义文艺论文集》①，这一著作的编译掀开了马克思主义文艺理论在中国传播的序幕，同时也是将我国文艺具体实践活动与马克思主义文艺理论相结合的第一部论著。在书中，瞿秋白重点论述了马克思、恩格斯在文学创作方面始终更加偏向于现实主义，也就说明了马克思、恩格斯在政治立场方面也是倾向于实用主义的。文中，瞿秋白对于恩格斯提出的"不应该为了理想而忘掉现实、为了席勒而忘掉莎士比亚"的这一艺术原则有着深刻的感悟，艺术创作不应该为了浪漫主义，而放弃现实主义，真正优秀的文艺创作应该既包含浪漫主义又包括现实主义。曹葆华、天蓝翻译的《马克思恩格斯列宁论艺术》、郭沫若翻译的《艺术作品之真实性》等一系列国外文学作品的在我国的出版，使得马克思主义文艺理论在我国得到迅速且广泛的传播，通过这些论著，国内的学者对于马克思主义文艺理论有了更加深入和准确的了解，这不仅有利于马克思主义文艺理论的中国化，而且使得我国传统文艺理论开启了现代化的进程。新中国成立后，国内学者开始翻译马恩的相关文献资料，出版了大量著作，比如曹葆华译注的《马克思恩格斯论艺术》《马克思恩格斯论浪漫主义》《列宁论文学与艺术》等。这些著作的出版，对普及经典马克思主义文艺理论，促进马克思主义文艺理论的中国化、大众化都起到了巨大的作用。经典马克思主义文艺理论中的基本原理以及相关概念成为指导中国特色社会主义文艺建设的重要思想，促使我国文艺理论的现代化，并最终演变成为我国文艺理论的主体与灵魂。

---

①瞿秋白. 瞿秋白文集（第四卷）[M]. 北京：人民文学出版社，1986.

首先，关于马克思主义文艺理论的重要地位的认识研究。马克思主义文艺理论传入中国，使得我国文艺发展的面貌得到了根本性的变革。在我国传统社会中，文艺的发展是为仕人阶层服务的，也就是说，文艺的受益对象主要是地主阶级、统治阶级以及文人骚客等，下层人民很难接触到高雅的文艺。当马克思主义文艺理论传入中国以后，我国的文艺建设便在马克思主义文艺理论的指导之下，开始了亲民的路线，使得文艺真正走入人民内部，许多平民百姓开始接触到文艺，并且许多文艺的创作加入了现实主义的元素，在文艺作品中，能够真切地感受到现实生活，使得文艺真正成了人民的文艺，彻底改变了文艺的原有风貌，让中国的现代文艺面貌发生了根本性的改变。正是这样一种文艺发展的风貌，在提高中国人民的艺术修养、文艺素质、道德情操等方面发挥了重要作用。马克思主义文艺观认为文艺是属于人民的，来源于人民，同时又要回到人民中去得到检验，因此马克思主义文艺观是人民的文艺观，这一观点在王丹的《马克思主义文艺观的价值意蕴与时代使命》① 一文中有提及，王丹在这篇文章中，也指出了马克思主义文艺观是我们社会主义国家文艺工作建设的指导思想。中国的文艺工作者以及学者跟王丹都有着相同见解，同时这也是我们对马克思主义文艺理论达成的一个共识。

其次，关于马克思主义文艺理论中国化的研究。20 世纪，马克思主义文艺理论传入中国，这是中国文艺发展史上一件具有深远意义的大事件，自此，马克思主义文艺理论与中国传统文艺理论的结合，使得中国的文艺理论开始带有了社会主义的特色，开启了我国文艺现代化的道路，同时也标志着中国特色社会主义文艺走的是为广大人民群众服务的道路。马克思主义文艺理论传入中国的过程是伴随着马克思主义传入中国而来的，并不是单独传入的。代迅在《马克思主义文艺理论中国化的内在逻辑》② 中指出，当时马克思主义传入中国，学术界对于引用马克思主义文艺理论有着两种不同的看法。第一种是坚持马克思主义文艺理论的相关原则，坚持社会主义文艺应当更加关注现实，通过关注现实、反映现实需求等方式来更明显地凸显经典马克思主义的特征。与此相对应的另外一种看法则主张要

---

① 王丹. 马克思主义文艺观的价值意蕴与时代使命 [J]. 长春师范大学学报，2019（01）：194-197.

② 代迅. 马克思主义文艺理论中国化的内在逻辑 [J]. 文学评论，1997（04）：53-60.

将中国的文艺游离在马克思主义文艺理论之外，让中国的文艺理论与马克思主义文艺理论有所区别，强调文艺应以一般意识形态的方式来关注现实，这两种主张在马克思主义理论中国化的早期乃至后来很长一段时间都长期存在，未达到和解。

最后，马克思主义文艺理论与中国传统文艺的结合。在 20 世纪二三十年代，一些文艺工作者如茅盾、冯雪峰等已经开始用阶级的方法来思考文艺发展问题。到了 20 世纪 40 年代，毛泽东的文艺思想开始走向成熟，毛泽东文艺思想的形成是马克思主义文艺理论中国化的重大成果，是中国化马克思主义文艺理论的经典表述方式，展现了中国的传统文艺理论与马克思主义文艺理论相结合的成功之处。毛泽东文艺思想于《在延安文艺座谈会上的讲话》发表以后，走向了定型化与成熟化。自此以后，我国的马克思主义文艺理论基本上都是围绕着此次讲话中涉及的理论格局而展开的。但是在此之后，由于对毛泽东文艺思想的偏离，文艺发展受到了阶级性的影响，我国的文艺理论陷入了严重的"左"倾主义错误。20 世纪 70 年代末，我国的文艺发展开始逐渐走上正轨，马克思主义文艺理论又占据了主导地位，建设中国特色社会主义文艺理论，日益成为我国文艺发展的主旋律。在这期间，出版发表了《马克思恩格斯列宁斯大林文艺论著选读》《马克思恩格斯论文学与美学》等一系列著作，对经典马克思主义文艺理论进行更加详细系统的介绍，为中国特色社会主义文艺建设提供了深刻的理论指导。

第二，对习近平关于文艺工作的相关论述的研究。

其一，对习近平文艺思想的哲学内涵的研究。谢宝利在《习近平文艺思想的哲学底蕴》[①] 一文中指出，习近平的文艺思想包含着丰富的哲学智慧，体现了物质本源论、反映论、辩证法、认识论以及唯物史观等哲学思想。习近平文艺思想中体现着辩证法的底蕴，特别是里面蕴含的对立统一的观点，"以人民为中心"的思想体现了群众史观与认识论的底蕴，并且习近平的文艺思想坚持能动的反映论，体现在他提倡文艺工作者要用现实主义与浪漫主义相结合的方式反映现实的社会生活。王洪斌在《习近平新

---

① 谢宝利. 习近平文艺思想的哲学底蕴 [J]. 青海社会科学，2019 (03)：9-12.

时代中国特色社会主义文艺思想的哲学维度》① 一文中指出，辩证唯物主义与历史唯物主义是习近平文艺思想的基石，唯物辩证法是其活的灵魂，认识论是其活的工具，社会历史观成为其内核。习近平文艺思想始终坚持运用马克思主义的立场、观点、方法去解决文艺建设中出现的各项问题，并且始终坚持唯物史观，发展人民的文艺，让文艺真正地源于人民、为了人民，最终属于人民、由人民共享。

其二，关于习近平文艺思想主要内容的研究。2017 年，《习近平关于社会主义文化建设论述摘编》由中央文献出版社整理出版，书中集中反映了习近平关于社会主义文艺建设的思想，立意高远，寓意深刻。书中第一个章节就是"坚定文化自信，建设社会主义文化强国"，提出"中华民族伟大复兴需要以中华文化繁荣为条件"②，可见，习近平对民族复兴与中华文艺关系的重视。习近平指出："实现中国梦，是物质文明和精神文明均衡发展、相互促进的结果，是两个文明比翼双飞的发展过程。没有文明的继承和发展，没有文化的弘扬和繁荣，就没有中国梦的实现。"③ 文化自信是"四个自信"的根本，坚定中国特色社会主义道路自信、理论自信、制度自信，说到底是坚定文化自信，文化自信需要文艺作品作支撑，只有拥有大量优秀的文艺作品，文化自信才能站得住、站得稳。文艺作品是文化自信的基石。

其三，关于习近平文艺思想的来源问题研究。习近平文艺思想是当代马克思主义文艺思想中国化的最新成果，只有明确其来源问题，才能对其进行更深入的探讨。对于习近平文艺思想的来源研究主要有两种观点，第一种是理论渊源，第二种是现实呼唤。理论渊源。持该观点的学者们认为习近平文艺思想是对马克思、恩格斯、列宁、毛泽东等马克思主义经典作家的文艺理论的继承和发展。北京大学中文系教授董学文曾经说过，"习近平文艺思想是中华民族走向全面复兴时代的马克思主义文艺思想，是构

---

①王洪斌．习近平新时代中国特色社会主义文艺思想的哲学维度 [J].中共南昌市委党校学报,2019（03）：19-22.

②中共中央文献研究室．习近平关于社会主义文化建设论述摘编 [M].北京：中央文献出版社,2017：3-4.

③坚定文化自信，建设社会主义文艺强国 [N].人民日报，2017-10-16（07）.

建和发展 21 世纪中国马克思主义的有机组成部分。"① 他指出习近平的文艺思想来源于马克思主义，同时又是对马克思主义的进一步发展。与董学文保持一致观点的还有唐圣跃、蒋述卓，他们都认为对于习近平文艺思想的审视应当基于马克思主义的文艺理论，习近平文艺思想是以马克思主义文艺思想作为指导思想的。因此，不难看出习近平文艺思想是对马克思主义文艺理论、毛泽东文艺思想和中国特色社会主义文艺思想的继承以及与时俱进的创新。实践的需要，即现实的呼唤。习近平文艺思想的产生有其深刻的理论渊源，也有其实践的基础。习近平文艺思想作为马克思主义文艺理论与中国当代社会实践相结合的产物，是我国社会主义文艺建设的成果，能够推动我国社会主义文艺建设发展，符合我国实际文艺发展的需要。习近平总书记关于文艺工作的相关论述符合中国特色社会主义建设的实际情况，在市场经济主导下的中国文化市场，要保持社会主义文艺的本色，将文艺的社会效益放在经济效益之前，并且尽可能地做到经济效益与社会效益的统一。中国文艺评论家协会主席仲呈祥在《习近平文艺思想的实践品格》② 一文中指出，习近平文艺思想表现出了鲜明的实践的品质，这一品质体现在其在针砭历史虚无主义与文艺虚无主义的思潮中，为我们的文艺发展指出了一条正确的发展之路，提出了五个 "不可"，即不可"去思想化"、不可 "去价值化"、不可 "去历史化"、不可 "去中国化"、不可 "去主流化"，要始终坚定地走中国特色社会主义文艺发展的道路，坚定文化自信，引导人们正确地看待历史、看待文艺，从而树立起正确的历史观与文艺观。仲呈祥在其另一篇文章《习近平文艺思想：时代的召唤人民的需要》③ 一文中指出，进入新时代以来，党和国家各项事业都发生了翻天覆地的变革，我国的各项改革发展也站在了新的历史起点上，习近平文艺思想正是对党的十八大以来我国文艺工作实践的科学总结，与我国的经济、政治、生态之间存在着紧密的联系，是响应时代的召唤与满足人民的需要的产物。

　　其四，习近平文艺思想的重要意义研究。习近平文艺思想是马克思主

---

①董学文．习近平文艺思想是中国化马克思主义文艺理论新形态［N］．中国文艺报，2017-11-01．

②仲呈祥．习近平文艺思想的实践品格［N］．人民日报，2018-01-16．

③仲呈祥．习近平文艺思想：时代的召唤人民的需要［N］．光明日报，2017-11-02．

义文艺理论中国化的最新产物，开辟了马克思主义文艺理论的全新境界，毛馗在其《习近平总书记关于文艺工作的重要论述开辟了文艺理论的新境界》① 一文中，开宗明义地指出了习近平文艺思想的重大意义。他认为，习近平总书记关于文艺工作的相关论述不仅仅继承了马克思主义文艺思想，更是在马克思主义文艺思想中融入了中国元素，富有中国的民族特色，有力地开辟了马克思主义文艺思想的新境界。习近平有关文艺工作的重要论述回答了文艺工作的时代之问，即文艺发展为了谁？文艺应当如何发展？描绘了文艺发展的理论画卷。同时，也明确了新时代文艺工作的使命担当，文艺应当为社会主义建设服务，应当为实现中华民族伟大复兴的中国梦服务；明确了社会主义文艺的未来发展方向；明确了社会主义文艺应当来源于实践，在实践中发展，经得住实践的考验，社会主义文艺要锤炼出鲜明的实践品格。在《"两个重要"：文艺地位和作用的再认识》② 中，李敬泽指出，习近平在文艺工作座谈会上的讲话，展现着与时俱进的理论勇气以及总揽全局的政治胸怀。坚持"文艺事业是党和人民的重要事业"以及"文艺战线是党和人民的重要战线"这"两个重要"，关系到中国特色社会主义文艺的性质问题，同时也关系着文艺工作的未来发展去向，关系着我国的文艺事业能否沿着正确的道路继续为广大人民群众谋福利，习近平关于文艺工作的重要论述决定了社会主义文艺的前途与命运，是社会主义文艺建设的根本出发点。

在《当代马克思主义文艺理论的新发展》③ 一文中，吴爱邦从三个方面指出了习近平文艺思想的三个重大意义，首先是指导新时代发展与建设中国特色社会主义文艺建设的重大方略，其次是促进社会主义核心价值观在文艺工作领域的贯彻与实施，最后也丰富与发展了马克思主义文艺理论。

李朝润在其文章《文化建设的导向航标——学习习近平总书记关于文艺工作座谈会上的讲话》④ 中，谈了六点对习近平总书记讲话的认识，第

---

①毛馗. 习近平总书记关于文艺工作的重要论述开辟了文艺理论的新境界［N］. 青海日报，2018-10-29.

②李敬泽. "两个重要"：文艺地位和作用的再认识［N］. 人民日报，2015-03-20.

③吴爱邦. 当代马克思主义文艺理论的新发展［J］. 湖湘论坛，2015（05）：32-37.

④李朝润. 文化建设的导向航标——学习习近平总书记关于文艺工作座谈会上的讲话［J］. 艺术百家，2015（02）：1-3.

一是高，习近平总书记以高屋建瓴之势站在中华民族伟大复兴的高度来谈新时代文艺工作的使命。第二是新，习近平总书记针对文艺工作出现的一系列新问题作出了新的判断、有了新的思路，开启了新的前进方向。第三是深，习近平总书记的讲话旁征博引、内涵十分丰富，从文艺工作的问题到文艺工作者的使命，从文艺工作的重要作用到文艺工作者所应具备的各项素质，涵盖的内容是方方面面的。第四是准，习近平总书记对文艺工作有着准确的判断，无论是对问题还是对现状的把握都切中时弊。第五是亲，习近平总书记在讲话中使用亲民的语言，亲近群众，倾听心声，拉近了与群众的距离。第六是明，习近平总书记的讲话明确指出了中国特色社会主义所要发展的文艺是为人民的文艺，文艺是要坚持以人民为中心的创作导向的。从这六个方面展开，更加突出了习近平总书记在文艺工作座谈会上的讲话所体现的高度的文化自觉与文化自信，为文艺工作的开展奠定了思想基础，指明了前进方向。

北京大学教授董学文在《充分认识习近平文艺思想的重大意义》[①] 一文中，从三个方面阐释了习近平文艺思想的重大意义。第一，习近平文艺思想的形成标志着新时代中国特色社会主义文艺思想的形成。习近平文艺思想的形成有着特定的情境，它形成于中国特色社会主义文艺改革的大潮中，并且直视改革中存在的问题，一针见血地指出改革的方向，在反思中铺展出独特的理论画卷。第二，习近平文艺思想，构建了当代中国马克思主义文艺理论的新形态。习近平文艺思想，反映出了时代的特质以及文艺实践的发展要求，确立了文艺发展的方向，将文艺工作上升到前所未有的高度，同中华民族伟大复兴的命运紧紧联系在一起，构建出当代中国马克思主义文艺理论新形态。第三，解决了"坚持和发展什么样的中国特色社会主义文艺"的问题。坚持和发展什么样的文艺问题一直以来都是马克思主义文艺理论面临的重大课题。习近平文艺思想回答了这一问题，习近平提倡社会主义文艺是人民的文艺，社会主义文艺工作应当坚持以人民为中心的创作导向，精辟地规划和指明了实现中国特色社会主义文艺的路径，这在马克思主义文艺史上都是开天辟地的。董学文还指出，习近平文艺思想已经成为观点系统、判断科学、学理深厚、视野开阔、切合国情、深入

①董学文. 充分认识习近平文艺思想的重大意义 [N]. 人民日报，2017-10-27.

人心的完备透彻的文艺理论学说体系。

内蒙古大学教授刘成先生在其著作《当代马克思主义文艺理论中国化的最新成果——学习习近平文艺思想的体会》[①] 一书中，通过 26 篇学习心得体会，对习近平的文艺思想进行了深入的解读，在解读中，他指出习近平总书记关于文艺工作的相关论述全面深刻地坚持、继承、丰富和发展了马克思主义中国化的文艺理论体系，尤其是丰富与发展了能动反映论的文艺本体论，确定了文艺的时代方位与坐标，针对新时代文艺建设过程中出现的一系列问题起到了把关定向、溯本清源的重要作用，同时也标志着党中央对文艺工作的认识提升到了一个崭新的高度。在《习近平文艺思想指引我国文艺的前进方向》这篇文章中，刘成先生指出习近平文艺思想作为新时代中国特色社会主义文艺建设的实践总结，是进一步繁荣与发展中国特色社会主义文艺的思想指南，为中国特色社会主义文艺建设规划了行动纲领，其思想具有的战略性、前瞻性都是前所未有的，极大地推动并改变了我国社会主义文艺发展的风貌与格局。

李凯、郑莉在《习近平新时代关于文艺重要论述的历史地位和价值》[②] 一文中提出，要想真正认识习近平关于文艺工作重要论述的历史地位和价值，必须从两个方面入手，第一是将习近平关于文艺工作的重要论述放入马克思主义文艺发展史的历程中，第二是将其放入中国化的马克思主义文艺发展历程之中。首先从第一个方面来说，习近平关于文艺工作的重要论述体现了马克思主义文艺思想的人民性以及实践性，体现了习近平总书记在处理文艺建设中存在的问题时，坚持辩证唯物主义与历史唯物主义的观点，这是对马克思文艺理论的继承与发展。从第二个方面来说，习近平关于文艺工作的重要论述是当代中国马克思主义理论的一个全新样态，将文艺与中华民族伟大复兴联系起来，从而将文艺提高到了一个前所未有的高度，赋予了文艺在新时代的历史使命，勾勒了文艺建设的发展蓝图，建构了文艺理论的全新范式，是马克思主义文艺理论在当代中国的理论最高峰。

---

①刘成．当代马克思主义文艺理论中国化的最新成果——学习习近平文艺思想的体会［M］．北京：作家出版社，2018．

②李凯，郑莉．习近平新时代关于文艺重要论述的历史地位和价值［J］．四川师范大学学报（社会科学版），2019（01）：18-26．

蒋述卓、李石在《论习近平文艺思想对中国马克思主义文艺理论的创新与发展》① 中指出了习近平总书记关于文艺工作的重要论述的四点意义。首先，习近平总书记站在中华民族文化复兴的高度上揭示了文艺工作和国家民族的密切关联，在新时代这样一个历史方位里，文化的兴盛是实现中华民族伟大复兴的重要前提，没有文化的繁荣发展，则没有中华民族的伟大复兴。其次，习近平关于文艺工作的重要论述揭示了文艺工作对于塑造中华民族灵魂以及中国精神的重要作用。习近平指出中国精神是社会主义文艺的灵魂，同时社会主义核心价值观也构成了习近平文艺思想的核心内容。再次，习近平关于文艺工作的重要论述，将艺术生产与普通商品生产区分开来，从艺术生产的特殊性出发，告诉文艺生产者应当坚持文艺产品的经济效益与社会效益的统一。最后，习近平关于文艺工作的重要论述中主张的坚持以人民为中心的创作导向，进一步赋予文艺的人民性新的时代内涵，解释了人民群众与文艺之间的互动性，人民群众是文艺工作的创造者，文艺的创作要到人民的生活中去汲取营养，同时人民群众通过发展文艺也促进了生活的艺术性与趣味性，提高了人民群众的艺术水平。

其五，对毛泽东文艺思想与习近平关于文艺工作重要论述的比较研究。主要集中在两个方面，一是关于内容方面的比较。基本上得出这样的结论，即习近平总书记关于文艺工作的重要论述赋予了毛泽东文艺思想诸多时代特征，是毛泽东文艺思想在新时代的新面貌，是毛泽东文艺思想在新时代的继承与发展；同时，两者具有相同的根，那就是马克思主义文艺理论，两者都是马克思主义文艺理论与中国具体实际相结合的产物，都共同用马克思主义文艺理论来指导中国的文艺建设。比较有代表性的文章有乔丹丹、王让新的《不同历史时期党的文艺工作指导思想比较》②，杨娇的《中国文艺的方向从"革命武器"到"前进号角"》③，周晓红的《毛泽东文艺思想与习近平文艺思想的比较研究》④。二是对毛泽东在延安文艺座谈会上的讲话与习近平在文艺工作座谈会上的讲话的相关问题的比较。刘珍

---

①蒋述卓，李石. 论习近平文艺思想对中国马克思主义文艺理论的创新与发展 [J]. 暨南学报（哲学社会科学版），2018（02）：1–10.

②乔丹丹，王让新. 不同历史时期党的文艺工作指导思想比较 [J]. 人民论坛，2015（12）：178–180.

③杨娇. 中国文艺的方向从"革命武器"到"前进号角" [J]. 求索，2016（03）：166–170.

④周晓红. 毛泽东文艺思想与习近平文艺思想的比较研究 [J]. 传承，2015（06）：24–25.

与庞虎在《相隔72年的两次文艺座谈会之比较》① 中指出，两次会议首先是召开背景的不同，延安文艺座谈会召开的背景是中国当时还没有文艺政策，文艺发展是一片无序的状态，召开此次会议为了给文艺发展指明道路，纠正文艺工作者的工作态度。而文艺工作座谈会召开的背景是经过几十年的发展，中国文艺事业取得了长足的进步，但是仍旧存在很多问题，面对国内外更加复杂的形势，为了应对更加复杂的文艺发展问题，党中央召开了此次会议。在会议的内容上，两次会议都站在人民的立场上，提倡发展人民的文艺，发展民族的文艺，扎根人民，立足民族特色。童庆炳在《中国特色社会主义文艺思想的时代性——兼谈中国当代文艺家的历史责任》② 中指出，习近平在文艺工作座谈会上的讲话与毛泽东在延安文艺座谈会上的讲话，在思想精神方面具有高度的一致性，但是他们的切入点有一些不同，也就是新时代背景不同，毛泽东在延安文艺工作座谈会上的讲话是在抗日战争的历史背景下进行的，而习近平在文艺工作座谈会上的讲话是站在社会主义现代化建设的大潮中、在实现中华民族伟大复兴的关键节点下进行的。

第三，关于文艺本质的研究。

新中国成立后，众多学者秉承了毛泽东的文艺思想，强调文艺的意识形态性，最具代表性的是周扬主持编纂的两部著作《文艺概论》和《文学的基本原理》。毛泽东所提出的文艺为人民服务、文艺与政治、文艺与现实生活的关系等在书中得到了继承，其核心观点是认为文学是用语言创造形象反映社会生活的一种特殊的社会意识形态，具有高度的意识形态性。"文化大革命"时期是文艺具有高度意识形态性的时期，高度政治化使文艺发展走向了错误轨道。改革开放后，党中央作出了将工作重心转移到经济建设上来和解放思想的伟大决策，要求破除思想僵化，文艺逐渐走向审美意识形态论，依旧强调文艺是一种社会意识形态，但开始关注文艺自身的审美特性，代表人物有童庆炳、王元骧，强调"文学是对生活的反映和认识"③，强调"文学的审美特征"。20 世纪 90 年代后，文艺的审美特征

---

① 刘珍，庞虎．相隔 72 年的两次文艺座谈会之比较 [J]．湖南省社会主义学院学报，2015（01）：72-75.

② 童庆炳．中国特色社会主义文艺思想的时代性——兼谈中国当代文艺家的历史责任 [J]．北京师范大学学报，2015（02）：21-28.

③ 童庆炳．"审美意识形态论"作为文艺学的第一原理 [J]．文学前沿，1990（01）：94.

被单独剥离，不再强调文艺的意识形态性，单纯强调文艺的审美本质，如复旦大学吴中杰编著的《文艺学导论》一书的第一编就是"本质论"，阐述了文艺的审美本质、情感与形象的融合、文学的社会功能、文学的社会联系，但最核心的是第一章"文学的审美本质"，把艺术与科学认识、实践精神等并列，强调"艺术认识是对现实进行审美的观照"，认为"文学是对现实的审美反映"，旨在使文学摆脱异化力量的束缚，使人的本质力量的对象化得到真正体现。伴随着社会的发展，人们越来越关注人类本身，强调文艺学的发展不应只关注文艺的客观对象，应更多关注文艺主体，强调"文学是人学"，以人为中心研究文学与人性、人道主义的关系，使以人为中心的人学论得到了发展。

第四，对于新时代中国特色社会主义文艺建设的研究。

其一，对于中国特色社会主义文艺理论的研究。熊元义在《中国特色社会主义文艺理论研究》① 一书中对中国特色社会主义文艺理论进行了系统研究，在作者从中国特色社会主义伟大实践以及中国特色社会主义文艺实践出发，探讨了中国特色社会主义文艺理论的历史发展和内容特征，科学地把握了当代中国文艺思潮的发展，并且在此基础上，深入探讨了中国特色社会主义文艺与中国特色社会主义伟大实践、中国特色社会主义理论体系、中国特色社会主义文艺批评运动、中国当代文艺理论建设等的关系，指出了文艺发展的方向以及文艺的多样化发展。

其二，新时代中国特色社会主义文艺的特征。阿茹娜在《论新时代中国特色社会主义文艺思想的人民性》② 一文中指出，新时代中国特色社会主义文艺的核心要义是"坚持以人民为中心"的创作导向，它坚持了马克思主义文艺思想的人民性原则，而这一人民性原则，也是中国特色社会主义文艺建设所必须要坚持的根本原则。上海交通大学马龙潜教授在《中国特色社会主义文艺的本质特性和美学原则》一文中说道："中国特色社会主义文艺与其他历史形态的文艺既有本质的不同，又内含它们的某些特征。"③ 在他看来，中国特色社会主义文艺理论，是在以中国特色社会主义

①熊元义. 中国特色社会主义文艺理论研究 [M]. 北京：人民出版社，2010.

②阿茹娜. 论新时代中国特色社会主义文艺思想的人民性 [J]. 内蒙古社会科学（汉文版），2018（06）：14-18.

③马龙潜. 中国特色社会主义文艺的本质特性和美学原则 [J] 中国高校社会科学，2015（04）：59.

文艺实践的基础上，坚持以马克思主义为指导思想，同时又继承中国传统文艺理论中的精华内容，批判借鉴西方文艺理论中的合理成分，是一个集现代与传统、集中西方优秀文艺理论与实践为一体的文艺理论体系。

其三，关于中国特色社会主义文艺的路径研究。胡艺华在《论习近平文艺思想的逻辑体系》① 中对习近平文艺思想进行了六个不同逻辑层次的论述：一是把握新时代中国特色社会主义文艺的理论基点，二是理清中国特色社会主义文艺的现实载体，三是阐发新时代中国特色社会主义文艺理论的核心要义，四是校正新时代中国特色社会主义文艺理论的价值导向，五是强化新时代中国特色社会主义文艺理论的主体担当，六是诠释中国特色社会主义文艺的领导方略。胡艺华从这六个方面入手，指出了习近平文艺思想内涵的六个方面，从而也为发展中国特色社会主义文艺理论指明了六条道路。在发展中国特色社会主义文艺时，一定要把握理论基点，要找准文艺发展的定位，将文艺发展置于国家发展的宏大格局之中，正确发挥文艺对社会发展的重大推进作用；理清现实载体，文艺思想的载体是文艺作品，文艺作品是文艺创作的核心，要创作大量脍炙人口的优秀文艺作品，满足人民日益增长的物质文艺需求；阐发核心要义，文艺要始终坚持以人民为核心，坚持中国特色社会主义文艺是人民的文艺，文艺要为了人民，依靠人民，成果由人民共享，同时也要经得起人民的检验；校正价值导向，提倡中国特色社会主义文艺要有筋骨、有血肉、有灵魂，面对多元价值冲突时，文艺要担当起引领道德教化的时代使命；强化主体担当，注重文艺人才队伍的建设，提高文艺工作者的思想觉悟与素质教养，深入挖掘文艺人才队伍的时代价值；诠释领导方略，坚持党对一切工作的领导，坚持党在文艺工作中的指导地位，确保文艺发展朝着正确的方向，形成强大的合力，推进中国特色社会主义文艺的大发展与大繁荣。罗新河从文艺批判的角度对社会主义文艺应当如何发展给出了路径建议，他在《社会主义文艺繁荣需要怎样的文艺批评》② 一文中指出，社会主义文艺的文艺批评首先应当重塑批评精神，批评精神就是一种追求真理的精神，即一种秉持公心、无私无畏、敢于批评的精神，也就是黑格尔所提倡的"治学必先

---

①胡艺华. 论习近平文艺思想的逻辑体系 [J]. 理论月刊, 2018 (02): 5-11.
②罗新河. 社会主义文艺繁荣需要怎样的文艺批评 [J]. 人民论坛·学术前沿, 2017 (09): 98-102.

有真理之勇气"。其次要重树批评标准，要运用历史的、人民的、艺术的、美学的标准去评判文艺作品。最后是要重建中国话语，理论话语决定了批评的立场与原则，要继承优秀的传统文艺理论，同时又使其与时俱进地反映时代发展要求，要以开放的胸怀积极吸取借鉴世界文明的优秀成果，建构中国特色社会主义文艺理论话语体系。在《论习近平文艺思想》[①] 一文中，郑中指出繁荣社会主义文艺首先要坚持以人民为中心的创作导向，将以人民为中心贯穿于文艺工作发展过程的始终。文艺工作的进行与发展应当以人民群众的需求为落脚点和出发点。其次要提升文艺的原创力，推动文艺创新，文艺的创新要以继承优秀传统文化为基础，以史为鉴，而不是简单地抛弃传统进行创新，同时也要反映时代精神，体现社会主义核心价值观。最后要弘扬中华优秀传统文化，向世界展现中华优秀文化最璀璨的一部分，讲好中国故事，传递中国声音，走好中国特色社会主义文艺发展道路。

1.2.2 国外研究现状

第一，对马克思主义文艺理论的研究。

国外学者目前对于文艺理论与实践的研究主要集中于马克思主义文艺理论与实践。他们在阐释和分析马克思主义文艺理论时，主要集中于意识形态理论与文艺霸权问题。美国知名学者弗雷德里克·詹姆逊作为一位新马克思主义理论家，在研究马克思主义文艺理论时，将意识形态理论看作其最具独创性的概念。这一重要概念，被安东尼奥·葛兰西所继承和发展。葛兰西作为意大利共产党的创始人，提出了著名的"文化领导权"理论。他在《关于南方问题的笔记》中第一次提出了"领导权"这一说法，他说道："都灵的共产主义者十分具体地给自己提出了无产阶级的领导权问题，那正是无产阶级专政和工人国家的社会基础。"[②] 在随后的一些著作中，他逐渐发展和提出了"文化领导权"的概念，他认为文化实现领导权是依靠先进的知识分子不断地批判资产阶级的文化意识形态，并且对无产阶级文化意识形态加以弘扬才得以实现的。作为马克思主义者，葛兰西坚

---

① 郑中. 论习近平文艺思想 [J]. 理论学刊, 2018 (03): 31-37.
② [意] 葛兰西. 狱中札记选 [M] //俞吾金, 陈学明. 国外马克思主义哲学流派新编——西方马克思主义卷. 上海; 复旦大学出版社, 2002: 124.

持历史唯物主义，对唯心主义的文艺观进行批判，对文艺与人民群众的关系进行了详细的阐释，在此基础上提出了要创立"民族—人民的文学"的口号，葛兰西奠定了意大利马克思主义文艺理论的基础。与此同时，马克思主义文艺理论也迎来了重要转向，是国外学者对马克思主义经典文艺思想阐释分析的一个重要的思想路径。自葛兰西开始，文艺开始与意识形态问题紧密联系在一起，国外学者在阐释马克思主义经典文艺思想时，也将文艺与意识形态二者联系起来进行研究。

"法兰克福学派"作为西方马克思主义学派的一个重要派别，以法兰克福大学的社会研究中心作为活动中心，许多优秀的文化批评家聚集于此，这些文化批评家通过对资本主义社会的大众文艺、文艺工业生产等问题的分析，强化了马克思主义经典文艺思想的批判维度。阿多诺在详细地描述了艺术与现实之间的差距以后，明确指出了在文化工业产品的控制下，人们在不知不觉中失去了自由思想的能力。马尔库塞也分析了现代资本主义通过消费对人实现控制。他指出："生产机构及其所生产的商品和服务设施'出售'或强加给人们的是整个社会制度公共运输和通信工具，衣、食、住的各种商品，令人着迷的新闻娱乐产品，这一切带来的都是固定的态度和习惯，以及使消费者比较愉快地与生产者、进而与社会整体相联结的思想和情绪上的反应。在这一过程中，产品起着思想灌输和操纵的作用。"① 从这段话中我们可以看出，马尔库塞认为在社会中所生产的任何用于消费的物品都包含着某种特定的思想观念，其背后都是一种意识形态的传播。

在葛兰西"文化领导权"理论的影响下，阿尔都塞提出了意识形态国家机器理论。阿尔杜塞给意识形态下了定义，他认为："意识形态是一个诸种观念和表象的系统，它支配着一个社会群体的精神。"② 意识形态国家机器理论是对马克思主义意识形态理论的重要发展，意识形态国家机器理论强调的是一种非武力、非暴力的国家机器，是一种以意识形态方式执行职能的国家机器，是阶级实现统治的重要工具。阿尔都塞的意识形态国家机器理论是对马克思主义的国家自主性学说以及意识形态理论的丰富与深

①［德］赫伯特·马尔库塞：单向度的人——发达工业社会意识形态研究［M］.刘继，译.上海：上海译文出版社，1989：12.

②［法］路易·阿尔都塞.意识形态和意识形态国家机器［J］.思想，1970（151）.

化，为文化研究开启了新的视角，提供了新的范式。

第二，对中国文化软实力与文艺战略的研究。

关于中国文艺软实力的研究，美国著名南亚问题专家约书亚·科兰兹克所著的《魅力攻势：看中国的软实力如何改变世界》①一书，是西方世界第一部系统研究我国软实力的著作。在书中，约书亚·科兰兹克通过大量的资料整理与采访实录，对近些年来中国的软实力影响进行了系统全面的梳理，在大量实证的基础上，将中国的软实力与美国的软实力进行了比较。他认为在近十几年间，中国通过文化手段、商业手段等使得其外交逐渐地走向了成熟，更加具有建设性以及活跃性，中国软实力的增长极大地改变了其在世界其他国家和地区的形象。而与之形成鲜明对比的是美国的软实力日趋疲软。这一著作对于系统研究中国软实力增长具有很高的参考价值。

约瑟夫·奈，美国国际政治知名学者、哈佛大学名誉教授，作为"软实力"概念的提出者，他在《华尔街日报》上发表了一篇名为《中国软实力的崛起》②的文章。文章指出中国的软实力正在逐步上升，而美国的软实力则呈现出下降的趋势，中国的传统文化具有很大的吸引力，这使得中国的软实力有了丰厚的历史底蕴滋养。他与约书亚·科兰兹克持有相同的观点，他们都认为美国不能忽视中国软实力的增长，应当学习中国软实力增长中所采取的一些措施，而这些也正是美国所缺少的内容。

哈佛大学亚洲中心资深研究员杜维明认为，以儒家文化为代表的中华文明，要向积极融入世界文明对话中，也必将要弘扬儒家文化，因为至今儒家文化仍然具有作为全球轴心文明重要组成部分的精神力量，因此中国的崛起也必将是中国传统文化的崛起。本杰明·史华兹所著的《古代中国的思想世界》③对中国的古代思想进行了细致深入的研究，内容包含儒家、道家、法家等。此外，郝大维等汉学家都十分肯定儒家学说所散发的魅力，他们在研究汉学时十分重视研究中国传统思想对于当代世界所发挥的重要作用，直接关切如何使中国的传统文化与现代化问题接轨，如何运用

①[美] 科兰兹克. 魅力攻势：看中国的软实力如何改变世界 [M]. 北京：中央编译出版社，2014.

②[美] 约瑟夫·奈. 中国软实力的崛起 [N]. 华尔街日报，2005-12-09.

③[美] 本杰明·史华兹. 古代中国的思想世界 [M]. 程钢，译. 江苏：人民出版社，2013.

中国传统思想来解决现代化发展过程中出现的一系列问题。

从以上对于国内外研究现状的梳理，我们不难看出文艺、中国特色社会主义文艺、习近平关于文艺工作的重要论述、文化软实力等在国内外引起了诸多学者的关注，学术界多学科、多角度地在学理层面对文艺理论与实践进行了深入的研究，并且也形成了一系列高质量的学术论文、学术著作，总体上取得了丰硕的研究成果，为深入研究中国特色社会主义文艺建设研究奠定了一定的学理支撑和有益指导。但是，已有成果还存在不足。

第一，研究成果体现的学科基础相对单一。从以上相关研究成果中不难看出，对于新时代中国特色社会主义文艺建设的研究多数是从文艺学的角度出发，很少体现马克思主义学科的理论特色。本书以马克思主义理论作为研究的理论出发点，力图从理论层面以及实践层面对新时代中国特色社会主义文艺建设进行更加全面的研究。

第二，研究成果多以政策解读为主，缺少实践性导向的研究成果。新时代中国特色社会主义文艺建设是一项系统性的工程，目前学术界研究较多是对习近平关于发展社会主义文艺的相关论述以及相关政策的解读，虽然解读是十分必要的，但是相对于政策解读来说，如何深入地挖掘政策的学理依据从而更好地落实政策也应当成为研究的重点，不能仅仅停留在理论的宣传与解读层面，应当将理论与实践联系起来，让理论融入实践，并指导实践。

第三，研究成果的问题导向性不足。在相关研究成果中不难看出对于繁荣新时代中国特色社会主义文艺实践的实施路径很多，但是大多都只局限于宏观理论指导，缺乏问题导向的可行性措施，缺少对具体问题的现实回应。

1.3 研究思路与方法

1.3.1 研究思路

本书以新时代中国特色社会主义文艺建设为主要研究对象，主要内容分七个章节。首先是本书的绪论。在绪论部分主要对本书的选题依据和选题意义、国内外研究现状、研究思路与方法、创新之处与不足之处进行了系统介绍。主体部分的六个章节分别从相关概述、理论资源、构成体系、发展现状、国外经验以及实践路径六个方面有序展开。第 2 章对新时代中国特色社会主义文艺建设的相关概念进行了概述。首先对新时代中国特色社会主义文艺的相关概念进行界定，例如什么是文艺、什么是社会主义文艺、什么是新时代中国特色社会主义文艺。接着指出了新时代中国特色社会主义文艺建设的特征，有本质特征、时代特征、显著特征与基本特征。最后是新时代中国特色社会主义文艺建设的现实背景。分别为文艺现代化的实践转向、文艺多样化的发展趋势以及文艺市场化的趋势明显。第 3 章是新时代中国特色社会主义文艺建设的理论资源。新时代中国特色社会主义文艺形成的理论依据大致有四个，分别是马克思主义文艺理论、中国化马克思主义的文艺理论、中国传统文化涵养的优秀文艺精神和理念，以及对西方文艺理论的批判借鉴。第 4 章是新时代中国特色社会主义文艺建设的构成体系。这是本书研究的核心要点，在这一章中，新时代中国特色社会主义文艺建设的构成体系主要包括四个层面，即本质层面、内容层面、价值层面以及功能层面。本质层面主要分为三点：人民需要文艺、文艺需要人民、文艺成果惠及人民。内容层面主要分文艺创作、文艺批评以及文艺政策三个方面进行阐述。价值层面主要是从经济价值、政治价值、社会价值和历史价值四个方面展开。功能层面主要分为认识功能、审美功能、凝聚功能和教育功能。第 5 章是新时代中国特色社会主义文艺建设的现状。发展现状共分为三个部分，其一是实践成效，从文艺主体、文艺客体、文艺本体、文艺中介、文艺环境、文艺保障等六个方面进行阐述。其二是从本体内容、创作主体、环境氛围、作品影响四个方面阐述新时代中国特色社会主义文艺面临的问题。其三是从思想观念、人才支持、外部环境、制度设计等方面找出了文艺发展面临问题的四个原因。第 6 章是国外文艺建设的发展经验，力图从这些国家的文艺政策、典型文艺事业发展成功经验中汲取中国特色社会主义文艺建设的一些积极养分。第 7 章是新时代中国特色社会主义文艺建设的实践路径。这是本书研究的重点也是精华，也体现出了本书以问题为出发点，最终要解决实际问题。新时代中国特色社会主义文艺的实践路径从四个维度展开，这也是针对第 5 章中文艺发展面临的四个问题提出的应对措施。分别从文艺本体、主体层面、制度层面以及构建话语体系方面入手。

1.3.2 研究方法

第一，文献梳理分析方法。一方面，对马克思主义经典著作、党的文献、报告以及领导人讲话进行文本梳理，并搜集、整理、分析国内外的相关研究性著作、学术期刊论文。另一方面，对中国古代文艺传统、近代以来中西方文艺思想、文化观等相关著作进行分析和比较研究。

第二，跨学科研究法。本书不仅涉及马克思主义理论，还涉及哲学、文学理论相关学科，运用多个学科的理论、方法和成果综合对新时代中国特色社会主义文艺建设进行全方位、多方面的研究，以多种视角进行具体化分析后再进行高度整合，提出较为全面、科学的解决问题的对策和路径。

第三，理论与实践结合方法。本书以马克思主义为指导、坚守中华文化立场、立足当代中国实际来进行分析，整理出中国特色社会主义文艺理论与实践的历史脉络。在此过程中，运用马克思主义理论来指导我们思考问题，可以更好地帮助我们理解新时代中国特色社会主义文艺建设。在研究中国特色社会主义文艺建设时既重视对相关文献资料的深入解读，又关注现实社会的实践情况。在进行相关理论梳理的同时，还要从中探索出中国特色社会主义文艺实践的演进历程。用理论指导实践，同时又在实践中检验理论的正确性，并将实践经验上升到理论的高度，是本书研究的一个重要方法。

1.4 创新之处与不足之处

1.4.1 创新之处

第一，选题对象的创新。对新时代中国特色社会主义文艺建设的研究尚处于起步阶段，因此并没有成体系的论著。就目前已公开发表的成果来看，学术界对新时代中国特色社会主义文艺的研究多集中于对 2014 年习近平在文艺工作座谈会上的讲话的精神解读，习近平在文艺工作座谈会上的讲话中的文艺与人民、文艺创作和文艺批评等内容是解读的重点，尚未形成对新时代中国特色社会主义文艺建设的系统研究。根据学界现有文献，还缺乏对新时代中国特色社会主义文艺建设的主要特征、新时代中国特色社会主义文艺建设的框架体系、新时代中国特色社会主义文艺建设的现状以及新时代中国特色社会主义文艺的发展路径的论述。本书力图对新时代中国特色社会主义文艺建设进行更全面的解读。

第二，学术观点的创新。在新时代中国特色社会主义文艺建设的路径选择中，本书创造性地提出了要实现文艺制度改革系统性、整体性与协同性相统一，以及要提炼立足中国文艺经验的标识性话语、构建基于民族审美之上的现代审美范式等一系列创新性的举措，这是本书学术观点方面的重要创新点。

第三，研究方法的创新。一项重大课题的研究必然需要非常丰富的研究方法，现代学科之间的分化主要已经不是研究对象的区别，而是研究方法的区别，新时代中国特色社会主义文艺建设的研究需要多种研究方法。本书综合运用多种研究方法，力图对新时代中国特色社会主义文艺建设进行更科学的剖析。

1.4.2 不足之处

本书通过对新时代中国特色社会主义文艺建设的系统梳理，试图对新时代中国特色社会主义文艺建设有一个更加全面的了解与认知，并希望能对未来中国文艺工作的发展提出建设性的意见，但是由于知识面的限制，本书的梳理仅限于从马克思主义学科出发，不能很好地运用文艺学、哲学、政治学、社会学等人文社科学科的优势来解释问题，这是本书研究未来的努力方向之一。

第2章　新时代中国特色社会主义文艺建设的相关阐述

2.1 核心概念界定

2.1.1 文艺

文艺是文学与艺术的统称。文艺是社会意识形态的基本表现形态之一，是社会存在的产物。因此，文艺的产生受一定的经济、政治、社会等因素的制约。同时，文艺通过文艺形象的塑造来反映现实生活，是对社会存在的反映，所以文艺具有鲜明的阶级性、时代性与社会性。文艺随着社会实践的发展，在不同的历史时期，所产生的文艺类型、种类、风格、样式也是不同的，体现了文艺的时代性。在不同的地区，所产生的文艺也会大相径庭，展现了文艺的地区性。文艺的种类、题材、内容、风格等也是多种多样、丰富多彩的，这就体现了文艺的多样性。同时，由于艺术的创作者代表的阶级利益不同，艺术创作者会按照自己的所代表的阶级立场去创作文艺作品，"按照自己的美学理想进行审美评价，从而表达一定时代或阶级的思想感情"[1]。文艺有先进与落后之分。先进的文艺必定是那些进步的文艺创作者以先进的审美、站在时代的先进立场上去反映和评价生活，创作出符合人民的利益和历史前进的要求的文艺作品。先进的文艺不仅可以丰富人民的精神生活，推动精神文明建设，而且能够极大地推动社会历史的发展。落后的文艺是指那些反映了低级趣味、脱离了高尚情怀的

---

[1]黄展人. 社会主义文艺与共产主义理想 [J]. 学术研究，1983（01）：108.

艺术作品，会对社会的发展造成不利的影响，甚至会阻碍社会的进步，因此落后的文艺也必将被社会所抛弃。

2.1.2 社会主义文艺

社会主义文艺是基于社会主义制度之上的文艺形式，但它既是文艺，具有文艺的一般普遍的共同点，又与资本主义文艺、封建主义文艺、原始社会文艺以及奴隶社会文艺之间存在着巨大的不同，是一种崭新的文艺样式。它的普遍性是建立在这种特殊性基础之上的，相对于普遍性而存在。社会主义文艺建立在生产资料公有制的基础上，是社会主义意识形态的重要组成部分，它以马克思主义作为指导，以表现共产主义为创作内容，以共产主义审美为评判标准，以满足无产阶级的利益和要求为奋斗方向，是体现社会主义性质并且始终为实现共产主义的伟大理想而斗争的无产阶级文艺。社会主义是伴随着无产阶级的国际共产主义事业产生的，社会主义文艺在无产阶级运动中萌芽、发展、成熟，并且逐渐成为无产阶级武装自身的强大精神武器。马克思与恩格斯也十分重视无产阶级的文艺发展，马克思要求社会主义的文艺要代表无产阶级的利益，切实反映现实生活，要揭露资本主义剥削无产阶级和人民大众的真实丑恶嘴脸，揭露资本主义将在工人阶级争取自身解放的过程中必然走向灭亡的历史趋势。因此，马克思提倡的文艺还应当反映无产阶级勇敢斗争的面貌，并且正确反映无产阶级领导的共产主义运动的现实，歌颂无产者为了革命勇于牺牲的光辉事迹，从而用反映社会主义意识形态的文艺教育人民、引领人民。社会主义文艺作为社会主义精神文明的重要组成部分，在推动社会主义社会发展方面发挥着精神武器的作用，社会主义文艺在现阶段，在经济、政治、外交以及国家软实力方面都肩负着无可替代的作用。"共产主义理想是建设社会主义精神文明的核心"[1]，也是建设与发展社会主义文艺的灵魂。用共产主义理念引领人民群众，是社会主义文艺的优秀传统，也是社会主义文艺的最本质特征，"是它区别于历史上一切进步文艺的根本特点。"[2]

---

①李力，黄南山. 社会主义文艺与社会主义精神文明建设 [J]. 社会科学，1983（11）：84.
②黄展人. 社会主义文艺与共产主义理想 [J]. 学术研究，1983（01）：108

2.1.3 新时代中国特色社会主义文艺

党的十八大以来，中国特色社会主义进入新时代，人民群众的物质文化需求已经得到基本的满足。习近平总书记在党的十九大报告中指出，"我国的社会的主要矛盾已经转化为人民日益增长的美好生活需要和不平衡不充分的发展之间的矛盾。"① 社会主要矛盾的转化不仅仅意味着人民对物质生活提出了更高的要求，而且对于政治生活、文化生活、生存环境等也提出了更高的要求，尤其是对精神生活的追求日益增长。从文艺事业方面来看，人民期待更多高质量、高水平、高层次的文艺作品来丰富他们的精神生活，促进他们的全面发展。而新时代中国特色社会主义文艺，正是能满足人民精神需求的文艺。社会主要矛盾的转化，推动着社会主义文艺建设方向的变化，对新时代中国特色社会主义文艺建设提出了全新的要求，同时制定了全新的发展标准，规划了其主要发展方向。新时代中国特色社会主义文艺在马克思主义文艺理论的指导下，坚持运用马克思主义的立场、观点、方法去解读、去认识文艺建设，坚持问题意识，直面文艺建设中存在的现实问题，破解文艺发展面临的难题，预见未来文艺建设中可能存在的问题，回答了我们为什么要发展文艺、发展什么样的文艺，以及怎样发展文艺等一系列问题，推动了马克思主义文艺理论的时代化、大众化与中国化，实现了马克思主义文艺理论的新飞跃，同时新时代中国特色社会主义文艺解决了人民之需、回答了时代课题、引领了文艺发展方向，具有独特的思想品格和鲜明特征。

2.2 新时代中国特色社会主义文艺建设的特征

2.2.1 党性和人民性相统一

党性和人民性相统一是新时代中国特色社会主义文艺建设所体现出来的本质特征，党政军民学，东西南北中，党是领导一切的，历史经验告诉我们，在文艺建设领域坚持中国共产党的领导是其朝着正确方向发展的保

①习近平. 决胜全面建成小康社会 夺取新时代中国特色社会主义伟大胜利——在中国共产党第十九次全国代表大会上的报告 [M]. 北京：人民出版社，2017：11.

证，文艺发展方向必须与党的性质和宗旨保持一致。文艺坚持以人民为中心的创作导向与中国共产党坚持以人民为中心的工作导向相一致。中国共产党对于中国特色社会主义事业的领导，不是仅靠物质层面建设，更重要的是靠精神层面建设，主流媒体要宣传好党的正确路线、方针、政策。文艺作为社会主义意识形态的重要组成部分，是联系群众和国家的桥梁，是联通群众与党的媒介。人民通过阅读和观看文艺作品也可以从中了解国家文艺发展的方向，因此文艺工作至关重要。人民群众是中国共产党最坚实的执政基础，中国共产党始终保持同人民群众的血肉联系，历史和实践证明，紧紧依靠群众，不脱离群众，是我们党保持先进性、纯洁性和战斗力的关键，也是保持执政地位的关键。文艺为人民发声，文艺为人民抒情，能拉近群众与党之间的关系。坚持中国共产党在文艺建设领域的领导，会时刻提醒文艺工作者坚持以人民为中心的创作导向，文艺发展方向也会时刻与人民保持一致。一个拥有群众支持的政党才会拥有战无不胜、攻无不克的强大力量，才能克服前进道路上的种种困难。文艺坚持本质维度，会给予群众精神力量，给予党精神支撑，这是文艺创作的根本维度，必须坚定不移地坚持。

　　坚持党对文艺工作的领导就要正确处理好党性和人民性的关系。文艺领域坚持党性就是要坚持党对文艺工作的绝对政治领导，广大文艺工作者要站稳政治立场，坚定政治原则，自觉增强看齐意识，一切文艺创作都要向党中央看齐，坚决宣传和维护党的方针、政策，维护党的权威，同党中央保持高度一致。坚持人民性就是要求在文艺创作、文艺管理、文艺批评等文艺建设的种种环节中，坚持文艺建设为了人民、文艺建设依靠人民以及文艺建设成果由人民共享，把最广大人民群众的利益放在至高无上的地位，文艺建设要反映人民愿望，体现人民需求。党性和人民性不是对立的，而是统一的。中国共产党是全心全意为人民服务的政党，党性和人民性从来都是统一的。没有离开党性的人民性，也没有离开人民性的党性。习近平总书记强调要坚持和改进加强党对文艺工作的领导①，为文艺领域的意识形态工作吃了一颗"定心丸"，广大文艺工作者要自觉抵制西方在意识形态领域的渗透，无论何时都要坚决拥护党的领导，无论何时都要同

---

①习近平. 在文艺工作座谈会上的讲话[M] 北京，人民出版社，2015. 27.

党中央保持高度一致，要用生动形象的语言描述党的政策，给予广大人民群众正确的价值导向，给予人民群众精神支撑的力量。文艺是塑造灵魂的工程，加强和改进党对文艺工作的领导，离不开广大文艺工作者，他们是塑造灵魂的工程师，要紧紧依靠广大文艺工作者，发挥其在社会主义文艺建设中的主体力量，党的意志的体现和践行要靠广大文艺工作者的正确宣传。同时还要自觉遵循文艺发展的特殊规律。规律是客观的，是不以人的意志为转移的，但我们可以正确认识规律、利用规律，不可只顾及主观愿望而忽视了客观规律。把党的领导贯穿在新时代文艺创作的全过程，一方面强化了党的领导地位，另一方面也为文艺沿着正确的方向发展提供了政治指导。加强和改进党对社会主义文艺工作的领导为文艺领域意识形态工作提供了新思路，必须长期坚持下去。

新时代中国特色社会主义文艺坚持文艺建设来自人民、文艺建设为了人民、文艺建设成果属于人民。不论是马克思主义经典作家还是党的历代领导集体，都十分重视人民性在文艺创作过程中的重要作用。进入新时代以来，以习近平同志为核心的党中央，将人民性作为中国特色社会主义一切事业的标准与方向，习近平指出："社会主义文艺，从本质上讲就是人民的文艺。"① 他全面而深刻地阐述了如何在新时代条件下坚持"文艺的人民性"这一时代课题。习近平对文艺创作进行了深刻的论述，同时也指出了文艺发展的对象问题，在此基础上，他指出一条文艺发展的未来道路——为人民服务。要坚持为人民服务的未来发展方向则必须坚持"以人民为中心"的创作导向。习近平提出"以人民为中心"的创作导向，是在对前人理论继承的基础上结合时代不断发展完善的结果。一方面习近平继承了毛泽东所提出的文艺为人民服务的观点，另一方面习近平结合新的时代条件把人民性贯穿在文艺创作、文艺评判、文艺审美等全过程，全面凸显了人民在文艺创作中的重要性。习近平强调文艺的"人民性"具有重大的历史意义，一方面"丰富了马克思主义文艺主体论"②；另一方面，长期以来文艺界存在的文艺为谁服务的难题得到了解决，匡正了文艺界价值混乱、思想纷乱的局面。关于文艺主体习近平提出人民是文艺创作的源头活水，也是文艺表现的主体，他强调人民需要文艺，文艺也需要人民，同时

---

①习近平. 在文艺工作座谈会上的讲话[M].北京：人民出版社，2015：13.
②张知干. 时代性、人民性、创新性、开放性［N］. 文艺报，2017-09-01.

文艺也要热爱人民。关于文艺创作习近平强调要创作无愧于时代的文艺精品。文艺作品是衡量一个时代文艺成就的重要标准，而什么样文艺作品才能称得上是无愧于时代的文艺精品呢？就是那些能够展现时代风貌、体现中华优秀传统美德，并且能够传播中国当代的价值理念、能够展现我国大国风范、代表新时代人民审美取向、思想性和艺术性相统一的优秀作品。关于文艺工作习近平强调要加强和改进党的领导，创造性地提出要坚持党性和人民性相统一，这是充分尊重文艺发展规律的表现。发挥人民群众的自主性、参与性，让人民群众有更多的社会主义文艺建设的参与感。在文艺批评方面，习近平指出要把好批评的方向盘，运用历史的、人民的、艺术的、美学的观点评判和鉴赏作品，同时强调文艺批评是社会主义文艺发展的一面镜子、一剂良药，坚持文艺批评就要真批评，敢说实话，说真话，不能一味地阿谀奉承，说好听话，这样我国的文艺是没办法进步的。更不能运用西方的理论来引导解决中国的实际问题。习近平关于"以人民为中心"的文艺发展思想既坚定了"文艺为了谁"这一文艺工作的根本立场，又为"文艺要写谁"这一文艺创作的根本导向指明了方向，同时也确定了"文艺由谁评判"这一文艺工作的检验标准，既体现了对前人理论的继承，又体现了新时代文艺发展的新特点，

2.2.2 守正性与创新性相统一

文艺的守正创新成为新时代中国特色社会主义文艺建设的时代特征。同时，守正创新也是新时代中国特色社会主义文艺走向繁荣的必经之路。习近平总书记在文艺工作座谈会上指出："创新是文艺的生命。""要把创新精神贯穿文艺创作生产全过程，增强文艺原创能力。"[①] 唯有创新，才能精品纷呈，才能挺立于世界文艺发展前沿，永葆文艺的生机和活力。习近平总书记还强调："广大文艺工作者要把创作生产优秀作品作为中心环节，不断推进文艺创新、提高文艺创作质量，努力为人民创造文化杰作、为人类贡献不朽作品。"[②] 习近平总书记从文艺作品的创作过程、创作成果以及文艺工作者的创作水准等方面来推进文艺的创新，但是这一系列的创新都

---

①习近平. 文艺工作座谈会上的讲话 [M]. 北京：人民出版社，2015：11.
②习近平在中国文联十大、中国作协九大开幕式上的讲话 [N]. 人民日报，2016－12－01 （02）.

是基于守正的基础上，这充分展现了习近平总书记对文艺创新规律的深刻把握。新时代中国特色社会主义文艺的守正性与创新性并存体现在三个方面。

首先体现在对文艺规律的深刻把握上。文艺发展的规律是"时运交移，质文代变"。这句话的意思是文艺会随着时代的变化而变化，同时也证明了"一部文艺史，就是文艺不断发展创新的历史。"① 习近平总书记在分析当前我国文艺工作存在的问题时指出，"文艺创作中出现的一些问题，同创新能力不足很有关系。"② 只要能解决创新不足的问题，其他问题也会得到一定程度的解决。在文艺的创新方式上，新时代中国特色社会主义文艺强调从文艺创作的整体过程出发来把握，因为文艺创作不仅仅是思想灵感的迸发，还需要内容与形式的创新，是内容与形式相统一的深度的创新。在文艺创新的途径方面，将文艺创新与美学创新紧密结合起来，在艺术中融入诸多美学的概念，使得艺术呈现出更多的美学意蕴。同时新时代中国特色社会主义文艺坚持"百花齐放、百家争鸣"，让文艺工作者在创新的氛围中大胆创造，竞相迸发。

其次，新时代中国特色社会主义文艺的守正性与创新性并存也体现在对人才成长规律的深刻把握上。新时代中国特色社会主义文艺实现更好发展，关键在"人"，拥有一支好的人才队伍，文艺才能实现更好发展。文艺工作者承担着改造国民思想的重任，文艺工作者的重要地位无人能取代。习近平总书记十分重视人才工作，关于人才队伍建设，他多次强调广大文艺工作者要创作出更多有道德的文艺作品，自觉成为时代的先觉者、先行者、先倡者，反映时代气象，彰显时代价值，书写和记录改革开放的伟大实践，鼓舞人民向前。这就为文艺工作者提出了更高要求。2014年习近平在文艺工作座谈会上提到繁荣发展社会主义文艺"必须有大批德艺双馨的文艺名家"③，这就凸显了人才队伍对于新时代中国特色社会主义文艺建设的重大作用，同时也把人才问题上升到事关中国特色社会主义文艺事业繁荣发展的关键来认识。

最后，新时代中国特色社会主义文艺的守正性与创新性并存体现在对

①张知干.时代性、人民性、创新性、开放性［N].文艺报，2017-09-01.
②习近平.在文艺工作座谈会上的讲话[M].北京：人民出版社，2015：11.
③习近平.在文艺工作座谈会上的讲话[M].北京：人民出版社，2015：11.

文艺与科技融合规律的深刻把握上。随着融媒体的发展，文艺的传播方式发生了翻天覆地的变化。文艺传播方式由于互联网技术和融媒体的加入与融合日趋多样化，这在很大程度上改变了文艺发展方式，同时也在某种意义上打破了传统的文艺范式。伴随着融媒体的发展催生了一大批新的文艺类型，使得文艺类型更加丰富多彩，文艺类型的丰富与传播方式的多样也更新了文艺发展的观念，使得文艺的实践方式发生了巨大的变化，进而实现了文艺创作生产方式的转换。"网络文艺"具有快速传播的特点，在新的技术革命带领下，文艺更快更便捷地走进人民生活，传统的文艺表现方式以及文艺生态被深度拓展、快速更新。同时"网络文艺"的迅速发展也为新时代的文艺超越传统文艺、形成新的文艺发展格局提供了无限可能性。

2.2.3 民族性与开放性相统一

马克思指出："各个单独的个人才能摆脱各种不同的民族局限和地域局限，而同整个世界的生产（也包括精神生产）发生实际联系，并且可能有力量来利用全球的这种全面生产（人们所创造的一切）。"① 马克思通过这句话告诉我们，民族的只有走向世界，与其他国家和地区进入相互依存状态，才能够利用这种合力来获得更高的发展。

当今世界是一个开放的世界，任何一种文化无论其所产生于任何国家和地区，其都是开放的、流动的，但是开放和交流并不意味着文化失去了民族性，反而在世界文化百花园中，文化的民族性更加显得熠熠生辉。进入新时代以来，以习近平同志为核心的党中央从我国的具体实际出发，把文化、文艺发展与人民美好生活紧紧联系在一起，并将文化、文艺的繁荣发展上升到关系中华民族伟大复兴的高度，将文化、文艺发展与世界各民族共同进步繁荣联系在一起去思考，不断推动中华文化走向世界，也以宽阔的胸怀欢迎世界上优秀的文化进入中国大门。

新时代中国特色社会主义文艺建设的民族性与开放性并存主要表现在两个方面。首先，体现在如何正确处理外来文化与中华传统文化的关系上。中华优秀传统文化作为中国文艺的根与魂，孕育了中国文艺，为中国

---

①中共中央马克思恩格斯列宁斯大林著作编译局．马克思恩格斯选集（第 1 卷）［M］．北京：人民出版社，1972：42.

文艺的发展贡献了优秀的文化基因，同时也是中国文艺在世界文艺竞争中站稳脚跟的坚实基础。新时代中国特色社会主义文艺是深深植根于中华优秀传统文化血脉的创作。习近平总书记十分提倡文艺工作者在文艺创作时要融入中华优秀传统文化，体现中华民族特色，让文艺创作深入中华民族优秀传统文化的内核中去。但是习近平总书记强调对中华优秀传统文化的继承和发展，并不是主张对文艺的故步自封，他强调"我们社会主义文艺要繁荣发展起来，必须认真学习借鉴世界各国人民创造的优秀文艺。只有坚持洋为中用、开拓创新，做到中西合璧、融会贯通，我国文艺才能更好地发展繁荣起来"①，并提出"要把提高作品的精神高度、文化内涵、艺术价值作为追求，让目光再广大一些、再深远一些，向着人类最先进的方面注目，向着人类精神世界的最深处探寻"②。这也就意味着新时代中国特色社会主义文艺在发展时不仅要注重从中华文艺宝库中汲取优秀的思想传统、表现手法与审美方式，继承中华民族丰富的优秀文化基因，还要努力融入时代元素，随着时代的改变进行审美的升级，并且坚持以我为主、兼收并蓄，善于借鉴一切有利于我国文艺事业发展的工作体制机制和经营管理理念，善于从世界文艺在内容、表现形式、传播方式的探索历程中汲取经验，将世界潮流引入民族特色中，推动我国的文艺事业走向繁荣之路。新时代中国特色社会主义文艺不是凭空产生的，而是继承了中华优秀传统文化和社会主义新文化。如中华优秀传统文化中的礼乐文化，以礼为主，以乐为辅，礼乐配合，形成了中国特有的文化现象。礼乐文化不仅铸就了灿烂的中华文化，而且丰富了人类文明的精神宝库。礼乐文化中所体现的中国传统的礼治和德治的价值观念，让世界了解到一个礼仪大邦所拥有的魅力。在历史的长河中礼乐文化并没有褪去价值，而是对我国数千年的社会发展产生了重要影响。对于新时代社会主义文艺的发展，习近平强调要弘扬"中华美学精神"，充分体现了新时代文艺理论对传统文艺中美学价值的挖掘。儒家所提倡的"和为贵"的待人之道、"仁爱"思想、"中庸"的处世态度等，具有超越时空的价值。今天在世界各地备受欢迎的孔子学院就体现了对儒家礼乐文化的继承，在世界传播了当代中国的价值观念。

---

①习近平.在文艺工作座谈会上的讲话[M].北京:人民出版社,2015:26.
②习近平在中国文联十大、中国作协九大开幕式上的讲话[N].人民日报,2016-12-01(02).

此外，改革开放以来，一系列歌颂祖国的文艺作品纷纷涌现，在中国的大地上讲述着中国人的故事，展现着中国梦的价值追求。《霸王别姬》是中国传统京剧的灿烂传奇，西楚霸王与虞姬的爱情故事永远定格在中国文学的字里行间，也定格在中国戏曲的舞台上。由谭盾改编的新版《霸王别姬》以交响乐团与钢琴、京剧青衣相结合，形成中国戏曲与西方音乐的融合，在保留传统京剧元素的基础上，将中国传统的京剧融入西方交响乐的思维重新演绎经典国粹。谭盾表示他希望能用交响乐与钢琴把中国的经典国粹传播出去，将钢琴、交响乐、京剧、琵琶等元素融合，形成中国独有的文艺元素，希望用西方的文艺形式讲述中国故事，让世界对中国刮目相看。当今世界是一个开放包容、多种文明相互交织的时代，广大文艺工作者在新时代中国特色社会主义文艺理论的坚强指导下，应充分挖掘传统文化中的重礼仪、尚民本等价值观念，在保留中国传统文化基本元素的基础上，以西方文艺形式为媒介，与中国本土文艺形式相结合，塑造一个又一个"中国形象"，向世界讲述一个又一个"中国故事"，让中华文化走出国门，传播当代中国人的价值观念。

其次，新时代中国特色社会主义文艺建设的民族性与开放性并存体现在正确认识和把握文艺竞争与文艺交流交融的关系上。当今世界，国与国之间在越来越成为"你中有我，我中有你"的命运共同体关系的同时，也普遍遵循着"弱肉强食、优胜劣汰"的丛林法则，一个强大的国家不仅需要经济、军事实力等硬实力的提升，更需要文艺、文化等软实力的增强，文化和文艺的竞争越来越成为综合国力竞争的重要因素。习近平总书记指出："当今世界是开放的世界，艺术也要在国际市场上竞争，没有竞争就没有生命力。"① 艺术的竞争就是综合国力竞争的重要组成部分，因此明确要求我们社会主义文艺要在文艺交流过程中勇于面对国际竞争中的挑战，在交流中竞争，在竞争中成长。

2.2.4 大众化与个性化相统一

当前我们发展的文艺是面向现代化、面向世界、面向未来的民族的科学的大众的社会主义文艺，同时也是面向大众、服务人民、广大人民群众

---

①习近平. 在文艺工作座谈会上的讲话[M].北京:人民出版社,2015:27.

喜闻乐见的文艺。但是大众化的文艺并不能否定人们的个性化的需求，因此，社会主义文艺还重视对不同人群的个性化的满足。

新时代，我国文艺发展迎来了新特点。伴随着5G时代的到来，文艺创作生产的能力大幅度提高。新媒体背景下文艺传播的传统方式发生了深刻变革，文艺传播不再只局限于传统的文艺院校、文艺演艺团等，互联网时代由于网络传播速度快、时效强、覆盖广等特点，使得一些微平台出现，如微博、微信、QQ、快手、抖音以及其他各种App等，逐渐取代了传统的文艺传播平台，为新时代文艺工作的繁荣发展增添了新动力。微平台下微电影、微话剧、微小说等新兴文艺传播方式的产生，为新时代文艺工作的发展带来了新元素，快节奏的生活使得"碎片化"的娱乐、阅读等方式深得年轻人的喜爱，每个人都是制片人、歌唱家、网络作家，文艺生产门槛大大降低。在微平台上每个人的才华尽展，个性释放，极大地推动了文艺工作的发展。市场经济的深入发展，也在逐渐地改变着人们的生活。互联网时代人们思想活跃，个性得到了极大解放，人民对文艺创作的形式和要求也越来越高，群众对精神文化需求的质量要求越来越高，由于人们多元化、个性化、自由化的特点致使文艺创作逐渐朝着多元化、个性化的方向发展，文艺创作逐渐呈现时代性、趣味性和生活性，告别了传统慢热式的传播方式，文艺作品通过网络就可以达到"一夜爆红"的效果，极大地改变了人们的文艺观念和文艺实践。针对这些新变化，习近平指出："我们要扩大工作覆盖面，延伸联系手臂，用全新的眼光看待他们，用全新的政策和方法团结、吸引他们，引导他们成为繁荣社会主义文艺的有生力量。"① 多元化的文艺内容、个性化的展现手段以及个性化的文艺选择，都成了新时代中国特色社会主义文艺建设的基本特征。

2.3 新时代中国特色社会主义文艺建设的现实背景

2.3.1 文艺现代化的实践转向

新时代中国特色社会主义文艺的现代化是文化现代化的重要组成部

---

①习近平.在文艺工作座谈会上的讲话[M].北京:人民出版社,2015:12-13.

分，是伴随着社会主义现代化的过程产生的，"是社会现代化的一种现实规定"①，同时文艺的现代化也丰富了我国社会主义现代化的内容。文艺现代化是时代的要求，也是文艺自身发展的需要。文艺作为社会存在的反映，其代表了不同时代的风貌，因此，文艺也逐渐融入了现代化的社会生活，从而自然而然地打上了现代化的烙印，具有了现代化的特征。新时代中国特色社会主义文艺的现代化主要体现在三个方面。

第一，新时代中国特色社会主义文艺内容的现代化。新时代中国特色社会主义文艺反映的是新时代社会的风貌，因此具有鲜明的时代特征，体现了时代的精神面貌。习近平总书记指出，"一个时代有一个时代的文艺，一个时代有一个时代的精神。任何一个时代的经典文艺作品，都是那个时代社会生活和精神的写照，都具有那个时代的烙印和特征。"② 文艺现代化的开端最早可追溯至五四运动时期，在当时反帝反封建的运动中，文艺开始具有了现代化的意蕴，因为其所倡导的是反帝反封建的"新文学"与"新文艺"。新中国成立以后，文艺开始真正具有了现代化的特征，它开始为社会主义建设与改革服务，中国文艺的现代化道路是极具中国特色的，它倾向于结合中国文艺的民族特点，通过特定的民族形式来实现。进入改革开放新时期以来，邓小平在教育工作指导中提出了教育要"三个面向"，即"面向现代化、面向世界、面向未来"，随后这"三个面向"由教育领域延伸至人们的生活领域、经济领域以及文化领域。新时代以来，以习近平同志为核心的党中央，更加注重文艺为社会主义服务的职能，坚持以人民为中心的创作导向，坚持以文艺精品来丰富人民的精神生活，为实现中华民族伟大复兴提供了强大的精神激励。艺术创作内容、风格、表现技巧的现代化主要体现在生活的艺术化与艺术的生活化。生活的艺术化即艺术化的生活，这是我们所追求的符合人本性且符合人类审美观念的生活方式。它主张将生活中的微小细节转化成为艺术的构成元素，使得人们能够时刻保持精神上的愉悦感，是将生活上升到艺术高度的一种体现，即"只要能够体会自身的审美经验，人们就可能使生活成为无止境的玫瑰花与欢

---

①曾祁. 试论文艺的民族化与现代化 [J]. 广西大学学报（哲学社会科学版），1991（05）：82.

②习近平在中国文联十大、中国作协九大开幕式上的讲话 [N]. 人民日报，2016-12-01（02）.

乐。"①

　　社会实践是艺术创作的来源，进入近代以来，人们对待艺术的观念已经发生了微妙的变化，不再仅仅用诗词、音乐、舞蹈、话剧等来表达艺术，日常生活以及人的行为本身也成了艺术。艺术走出了殿堂，走进了大街小巷、走进了千家万户。摄影技术的出现为生活艺术化提供了新鲜的方式，这是因为对于摄影而言，生活本身就是一种存在的艺术，用照片来记录生活中每一个最简单的最习以为常的存在，捕捉日常生活中的每一个细节，用艺术化的手段加以浓缩与呈现，从而达到一种高尚的境界——生活艺术化的再现。如用一些碎布片，将它们不规则地排列起来就可组成粘贴画，再装上相框，便可成为一个标准的装饰品挂在墙上。再如动物标本、植物标本，将动物或植物叶片用独特的形式展示，对死亡与生命的价值进行全新的建构，意寓着动物、植物的生命在某种意义上的永生。

　　而艺术的生活化则是指艺术刨除"为艺术而艺术"的创作动机，摆脱创作主体、艺术作品与民众之间的间隙与隔阂，艺术工作者与民众以相互间的文化性共同为内容进行交流，使得他们二者之间的距离、习惯、取向等相互趋近和认同，真正做到艺术开始走向生活、描绘生活，进而影响生活，这是艺术与生活相结合的一种体现，实现了艺术与民众的对话与交流。艺术的生活化意味着艺术不再仅仅是远离民众的曲高和寡、阳春白雪，而是大众的艺术，是日趋生活化、多样化、生动化、丰富化的艺术，是最广大人民群众都能欣赏、读懂、感受到的艺术。艺术的生活化与艺术的大众化是并驾齐驱的过程，甚至从某种意义上来说艺术的生活化就是艺术的大众化。在全媒体时代，艺术通过更加便利的传播手段突破了时空的限制，民众随时随地可以根据自己的意愿选择观看电影、电视剧、话剧、歌剧、画展、演唱会等，许多传统的艺术通过新媒体的方式展现在民众面前，拉近了民众与传统艺术的距离。全媒体时代的到来，带来的不仅仅是艺术作品传播方式的更新，更使得人人皆可以成为"剧作人"。人们在观看艺术作品时可以自由地在网上发表艺术评论，这一方面促进了艺术评论的普及，另一方面也极大地提高了民众的艺术欣赏水平。近年来，小视频创作风靡全球，一些没有经过系统训练的普通人也可以借助新媒体技术制

---

①[美] 欧文·埃德曼. 艺术与人 [M]. 任和，译. 北京：工人出版社，1988：9.

作艺术作品，借以表达自己的思想，兼具草根性和趣味性的视频内容使得艺术更加具有生活气息。

第二，新时代中国特色社会主义文艺表现形式与传播样式的现代化。艺术的内容是需要通过文艺形式来表现的，同样的内容用不同的表现方式所带来的表现效果也是不同的，文艺的表现形式对于文艺内容具有一定的反作用，因此，现代化的文艺表现形式的普及，为我们带来了文艺内容的现代化体验，促进了文艺内容的现代化转向。优秀的文艺工作者会选择更适合表演文艺内容的表现形式，他们往往会在旧的形式的基础上，结合全新的技术手段进行创新，从而创造出新的表现形式，更好地表达优秀的文艺作品，弘扬鲜明的时代精神。新时代，随着技术手段的升级，传统的艺术手段被继承下来，同时新的艺术形式也随之亮相，比如传统的电影到3D电影的全面升级，给观众带来了身临其境的观影感受。艺术传播方式的现代化，进入现代以来，艺术的传播开始注重运用新的艺术传播阵地。艺术院团便是众多传播阵地的其中之一。艺术院团是中国特色社会主义文化制度的产物，以满足消费者精神性需求和服务于社会为目的，成为弘扬中华优秀传统文化的载体以及开展意识形态工作的重要阵地。艺术院团的存在见证了中国文化制度变迁的全部过程，是当之无愧的艺术发展历程的"留声机"与"记事本"。改革开放以来，国家更加重视发挥艺术院团的作用，对艺术院团进行多次改制、转轨，它的变迁见证了我国文化制度的发展，也展现了中国共产党推进国家治理体系与治理能力现代化的艰难历程。艺术院团的转企改制，"打破了计划体制下长期形成的行政型的旧模式，形成符合社会主义市场经济体制的小管理、大经营的新格局。"① 实现了艺术院团内部部门之间的良性互动以及与外部院团的资源共享，强化专业化分工、市场化运作、职业化经营，从而使得艺术院团更加适应市场经济环境，激发了创作活力。艺术院团在融入市场经济大潮过程中，仍旧不忘初心，强化担当作为，积极履行社会责任。特别是新冠肺炎疫情暴发以来，艺术院团深入贯彻落实习近平总书记"要坚持在常态化疫情防控中加快推进生产生活秩序全面恢复"的重要指示精神，以"艺"战"疫"，用心用情创作各门类抗疫作品，讴歌奋战在类抗疫一线的工作者，宣传疫情防控

---

① 谢旭辉. 文化体制改革与优秀传统吸取传承发展研究 [M]. 昆明：云南大学出版社，2018：72-73.

的必要性及相关知识，开展多场线上线下复工复演专场演出，为凝心聚力营造良好发展环境做出了新贡献。

第三，新时代中国特色社会主义文艺创作理念的现代化。创作理念的现代化最明显的特征便是艺术逐渐开始提倡人本主义的复归。改革开放四十多年来，中国的艺术发展观念经历了数次演变，每一次的演变都将中国传统艺术由过去相对封闭的状态转变为更加开放的状态，中国艺术开启了一个又一个崭新的发展起点。在这样一个艺术转型时代，经过短短几年的发展，带有人本主义特质的艺术作品影响迅速扩大并逐步确立了其在中国当代艺术转型时期的重要地位，中国人民涌现的更高的精神需求与审美需求得到了艺术养料的补给。马克思在《政治经济学批判》中，将人的发展划分为三个阶段，即"人的依赖关系"阶段、"物的依赖关系"和"个人全面发展阶段"。这里的"个人全面发展阶段"即"人本主义"阶段，在这一阶段，人的文化属性得到极大张扬，注重挖掘个体的天资异禀以及需求的完整呈现，强调人类的所有生产活动都应当从满足人本身需求出发。近年来，艺术界人本主义的复归虽然并未实现真正的"个人全面发展"，但此时的艺术作品已经具有了很大的进步性。艺术作品表现出更加亲近人性的特点；主张打破自我封闭、突破人性极度压抑扭曲的氛围，从而更加深刻地探索与人类广泛文化积累建立联系和对话的可能性；坚持将艺术的创作置于对个体的生存价值的确认的基础上，将艺术创作的目光返回到人的这个主体之上，回到对人的自身以及情感的根本观照上来。朦胧诗的诞生正是这一时期的产物。"朦胧"意指含蓄、隽永、富有意味，这与"文革"时期"主体先行""直白"的艺术作品形成了鲜明的对比，通过这种"朦胧"我国的诗歌体现了真正的艺术传统。著名的朦胧派诗人顾城在《一代人》里写道："黑夜给了我黑色的眼睛，我却用它寻找光明。"这句诗如今可谓口口相传、家喻户晓。除了诗坛以外，流行音乐界也表现出了强烈的个性解放、人本主义抬头的倾向。以崔健等摇滚音乐歌手为始，具有现实批判精神和强烈个性色彩的摇滚音乐风靡并逐渐开启了摇滚时代。

2.3.2 文艺多样化的发展趋势

改革开放四十多年来，我国各项体制机制得到完善，技术与科技也取得了突飞猛进的发展，文艺与各个领域的交流也在日益加深，使得文艺发展的状况更加复杂与多样。文艺实践中出现了多种新情况与新特点，文艺的生产主体、生产过程、传播过程等也发生了翻天覆地的大变化，文艺多样性的趋势更加明显。在日益复杂的发展格局中，了解文艺发展的多样化趋向规律对于推动社会主义文艺大发展大繁荣具有重大意义。新时代中国特色社会主义文艺的多样性主要表现在以下四个方面。

第一，文艺内容的多样化。自毛泽东提出"百花齐放、百家争鸣"的"双百"方针以来，我国文艺创作在"双百"方针的指导下蓬勃发展。在多样化的文艺发展格局中，弘扬社会主义主旋律的文艺占据了文艺的主流部分，许多优秀的艺术家创作出了脍炙人口的优秀文艺作品，满足了人们的精神文化需求。但是与此同时还存在着一些"非主流"的文艺，其中包含外来的试图对我国进行资本主义意识形态渗透的文艺、反历史潮流的提倡"复古"的文艺、背离社会主义核心价值观的文艺。虽然弘扬社会主义主旋律的文艺占据了上风，但是这些处于"主流"对立面的"非主流"的文艺对社会主义文艺的健康发展造成了严重的不良影响。"这些'反主流文艺'，不仅无益于提高人们的审美趣味，甚至可能摧毁我国长期以来在道德伦理、理想信念建设方面所取得的成果。"①

第二，文艺生产主体的多样化。在之前相当长的一段时间里，我国的文艺生产主体过于单一，多属于"体制内"。但是随着我们对于社会主义文艺建设规律认识的加深，以及对于社会主义文艺建设的逐步探索，文化体制改革取得了较好的成效。尤其表现在文艺创作主体一改之前单一的格局，创作主体身份逐渐多样化，许多"体制外"的艺术家纷纷加入艺术创作的大军之中，为新时代中国特色社会主义文艺注入了多元且坚定的创作力量。例如，出现了许多民营文化工作室、民营文化传播公司、网络作家、自由创作人等新文艺群体，他们的加入使得社会主义文艺主体力量得到极大丰富，这些新文艺群体不仅让社会主义文艺焕发了勃勃生机，同时也带动了文化经济的发展。

第三，文艺需求的多样化。文化消费需求的增长不仅是数量的增长，更是质量的增长，也包含着品种和形式的多样性。1998 年到 2018 年的二十年间，我国城乡居民文教消费需求总量由 3357.64 亿元增长至 31882.97

---

① 党圣元. 多样性与社会主义文艺繁荣发展 [N]. 光明日报，2015-11-02.

亿元①，增长幅度高达849.56%，年均增长11.91%。全国城乡人均文教由270.36元增长至2289.24元，增长幅度为746.74%，年均增长11.27%。全国文教消费需求的增高是社会经济发展水平提高的结果，也是人们对于精神需求提高的结果。人们的需求发生了巨大变革，由过去单纯的对于物质层面的追求到物质与精神层面共同的追求，再到对于美好生活的追求，人们对于精神文化层面的要求越来越高，不仅仅展现了社会文化生态的良好发展趋势，同时也是人类社会进入现代文明的重要标志之一，是新媒体时代宝贵的社会文化生态。从古至今，文艺都承担着满足人们在审美、娱乐、教育、认识、休闲等精神文化层面需求的功能。因此，进行不同样式的文艺生产就是为了满足人们的精神需求，文艺作品只有满足了人们的精神需求，其价值和意义才能得到实现。由于年龄、学识、民族、地域、职业、生活环境等的差异，人们对于文艺也有着不同类型和不同层次的需求。随着文化消费需求种类的多样化，人们的消费随机性也变得很大。看电影、看电视、健身、看演唱会、读书等，人们可以随意选择。但是也要看到由于地域、人口、经济、文化分布不平衡的特点，文化消费也存在着较大的差异。

第四，文艺传播手段的多样性。文艺传播是人类交流文艺信息的一种社会行为，是人与人、人与他们所属的群体、组织和社会之间，通过特定的传播媒介进行文艺信息的传递、接受与反馈。文艺的传播首要的功能便是中介功能，通过传播，一部文学作品就能与读者见面，一首曲子便能感人肺腑产生共鸣，艺术作品实现了由文本到艺术成品的转化，也使得艺术家个人创造的成果转变为社会共享的财富。没有文艺的传播，艺术家创造的作品则永远停留在艺术文本的半成品阶段，无法通达公众，其意义和价值将永远是潜在的，艺术家作为创造主体的地位也将无法得到确证。豪泽尔说过："没有中介者，纯粹独立的艺术消费几乎是不可能的，不然就是一种对艺术才能的神话。"埃斯皮卡也曾经说过，如果把文学艺术作品比作一个新生儿的话，艺术家是赋予其生命的，虽然出版商并没有赋予文学艺术作品生命，但是他们担当的角色则类似于助产医生，甚至是决定新生儿生死的审判官。在古代，文艺的传播方式比较单一，口语的产生使得人

---

①王亚南．中国文化消费需求景气评价报告(2020)[M].北京:社会科学文献出版社,2020:4.

类能够进行紧密协作和复杂思维，也为文学艺术传播提供了直接的媒介。与非语言性的符号相比，口头传播的方式真切生动、简便快捷，并且能够传递复杂的感受和深刻的观念。随着时代的发展，文学诗歌等有了新的传播方式，手工抄写或者手工雕刻方式得以普及。文字作为记录艺术的符号系统，与口语相比，其符号性大大增强，其融注思想知识的能力也得到了大幅度提高，因而更加适合传递复杂深刻的文艺信息；同时，也超越了时空的限制，使得文艺信息得到更久的保存与传递。到了宋代，印刷术的发展推动了文学作品的传播，文学作家的作品一经创作，便能得到广泛传播。文字书写媒介和印刷媒介的普及不仅仅提高了文艺的传播质量，也提高了普通民众的文化知识水平，扩大了文化艺术作品对社会的渗透以及对民众的影响。到了近现代，随着科学技术的发展与进步，文艺传播的方式日渐多样化，电视、电影、纸质和电子刊物、等进入人们的日常生活领域。文艺的传播也越来越依赖于高新科技，但是文艺传播方式对于文艺的影响不仅仅局限于此，它对于文艺还具有重要的塑造和规约作用。这意味着，文艺传播媒介并非单纯的工具，事实上，它对文艺的题材、风格特征以及性质功能方面都存在着规约和塑造作用。口头媒介使得民间传说等艺术形式亲近自然、通俗易懂，文字书写造就了典籍艺术的高雅精致，现代大众传媒则使得影视艺术具有了仿真性的特征。

在数字传播技术支持下的诸如网页、微博、微信、豆瓣、天涯论坛等出现了一些网络作家，这些网络作家有的是有组织有纪律的创作团体，但是也不乏一些独立的创作人，他们通过新媒体来传播文艺，随时可以将他们的所见所闻、所思所想通过网络播出去，形成了一种"网络文艺"现象，成为当代中国文艺生产与传播的一支重要主力军。但是，传统的文化传播手段的重要作用仍然不可忽略，传统传播手段要与新型传播技术手段相结合，二者协同发展，交相呼应，"促成传统形态与新型形态的文化产品并存，促进新型文化业态和文化消费模式不断出现，文字数码化、书籍图像化、阅读网络化的发展促进着文化多样化发展。"①

---

①教育部习近平新时代中国特色社会主义思想研究中心. 文化多样化新特点探源［N］. 人民日报，2019-03-22.

2.3.3 文艺市场化的趋势明显

在前现代时期，文艺作品的经济属性在大多数的文明体系中是被抑制的，文艺作品是一种远离功名利禄的崇高领域，一件艺术品价值的高低是要看它与世俗的功名利禄距离的远近的，距离越远，则价值越高。在康德的哲学词典里，将美界定为非功利的，功利性会使得美的属性弱化甚至丧失，因此，在当时的社会，文艺往往与政治、宗教联系在一起，宗教信仰以及政治导向也成为文艺发展的重要推动力量。到了工业革命时期，文艺与市场的联系开始逐渐地紧密起来，艺术原有的神圣性被商业化与货币化所削减，但是此时文艺开始走向普通大众的视野，成为普通民众消遣的一种方式。到了19世纪，文艺市场化的趋势更加明显，此时文艺产品的生产主要依靠的是市场机制，到了20世纪中后期，创意经济时期的到来意味着文艺不仅仅再仅限于文化领域，文艺开始蔓延到社会经济的方方面面。20世纪中后期以来，文化与经济之间的融合变得更加频繁，经济增长总额中文艺产品的份额占比越来越大，并且成为其增长的核心要素。特别是进入21世纪以来，文艺与经济早已成为不可分割的统一体，越来越符合市场机制，但是这也并未削减文艺的主流价值，因为符合市场经济规律自然也符合主流价值。文艺的市场化使得文艺更加大众化，越来越符合大众的审美，这在一定程度上促进了文艺的繁荣与传播，也推动了市场经济的发展，成为影响经济发展的关键竞争力。同时，与文艺市场化相适应的制度的确立，使文艺市场化建设得到不断完善，通过市场规则、规章、规定来保证公平、公正的交易原则的实现，建立良好的市场秩序和市场环境，保证了文艺市场化的顺利健康发展。

从历史上看，文艺市场化并不是现代才产生的，它在古代就已经产生并取得了快速的发展，只不过是到了近代以来，文艺市场化的趋势更加明显，并且得到了空前的加强。总的来看，我国文艺市场化的趋势大致经历了四个阶段，第一阶段是古代的文艺市场阶段。这一阶段主要横跨奴隶社会和封建社会这两个时期。在这两个时期，我国先人依靠勤劳的双手和惊人的智慧创造了光辉灿烂的古代文化艺术，如舞蹈、绘画、杂技、戏法等。但是由于社会制度的局限，在这一时期，创造文化艺术的普通民众或奴隶并没有权利和机会享受到这些作品，他们的作品被奴隶主或封建地主占为己有，而艺术家们则沦为奴隶主或封建地主的艺术创作工具，甚至成为维护他们统治的工具。例如，被称为"奇伟之戏"的戏法，也即今日我们所说的魔术，在自然科学不发达的年代，统治者往往借助戏法把自己装扮成为神的使者，将戏法变为愚弄人民的工具。到了封建社会后期，生产力的发展促使文艺娱乐活动进一步发展，甚至出现了一些专供人们游乐的场所。隋唐时期，在许多主要街道两边排列着大大小小的戏场，官员们在道路两侧支起了许多帐篷，在帐篷里设有座位，作为自己的观看处所，这些帐篷被称为"看棚"。看棚被后代长期沿用，戏台出现了以后，看棚就成了环绕戏台的高档的观众席。随着表演的日渐繁荣，固定的演出场所出现了，这种固定的演出场所最初出现在寺庙中，因为佛教定期举行的礼佛仪式以及僧人的俗讲活动吸引了大量民众前来观看，逐渐寺庙转变成为人们的游乐场所，但是在寺庙内娱乐终究不是长远之计，人们开始将娱乐场所搬至寺庙外，"市场戏处"由此诞生，"市场戏处"的诞生使得演出娱乐等摆脱了寺庙而成为市井中纯粹的娱乐场所。宋代的瓦肆是宋人的娱乐场所。瓦肆在宋时被世人称为"勾栏"，在勾栏中，各路杂技艺人聚集于此，优胜劣汰，技高者立足，技不如人者离开。在这里，艺人分占一座勾栏进行商业性演出，人们可以观看各种杂戏、听各种小曲儿和小说经史。勾栏演出从早上五更开始，一直可以持续到夜幕降临，不管风雨寒暑，"辟优萃而隶乐，观者挥金与之"。随着瓦肆在全国各地的迅速发展，使得原本兴起于民间的百戏杂技也再次回到了民众视野当中，丰富了普通民众的业余生活，也促进了当时经济社会的发展进步，到了明清时期，戏曲在各地相继产生发展并广泛传播，这时戏曲的发展达到历史的最高峰，社会上出现了一大批专门从事文化娱乐服务的戏班子，也出现了很多以"卖艺"为生的艺人，初级形态的流散的文化市场初现萌芽。此时，"堂会"成了戏曲演出的主要形式之一，堂会的演出地点设在厅堂内，大厅中间摆上地毯作为演出的场地，周围设有桌席供宾客们坐赏。明清以后，还有些利用四合院整体布局作为剧场。明朝末年，酒馆中开始有了专为戏曲表演设置的场地，这些戏曲演出场地的设置是为了吸引更多的酒客，但是在喝酒的环境中，戏曲演出环境极度嘈杂，此时，茶园剧场登上历史舞台。茶园剧场出现后，仍然保留了吃茶的习惯，但是却以演习为主要营生。茶园剧院一经产生，便成为中国封建社会晚期剧场的代表形式，成为多年的中国剧场基本样式。

第二个阶段是中国近代时期。这一时期主要是从鸦片战争到新中国成立之前。鸦片战争后，帝国主义的坚船利炮，使我国被迫打开了国门，一些欧美的文化也趁机传入了我国。现代电影的引进，使得我国的电影事业有了进一步的发展，文化市场也得到了进一步的发展。抗战时期，许多文艺工作者陆续从国内各地到达延安与各大抗日革命根据地，与当地的文艺工作者一同积极参与群众性的文艺活动，促进了抗日革命根据地文艺的蓬勃发展。同时，文化界救亡协会的成立，促进了各个根据地文艺组织和团体、文艺刊物的涌现，如文艺突击队、文艺界抗战联合会、延安新诗歌会等。在华北抗日根据地，农村喜剧运动也进行得如火如荼。1942 年，桂林地区成为我国最活跃的一个文艺运动的据点，许多新的书店以及出版社在桂林地区成立，主要负责创作文艺类书籍；在这里，戏剧活动也十分活跃，许多戏剧组织通过戏剧鼓舞抗战必胜的决心。在极度艰辛的环境下，戏剧工作者以百折不挠的勇气为中国文艺事业做出了可贵的贡献。

第三阶段是社会主义革命与社会主义建设时期。新中国成立以后，在理论方面对于文艺市场化的认识不高，但是在实践上却十分重视文艺市场化建设。20 世纪 90 年代，中共中央宣传部组织实施"五个一工程"，即每年推出一本好书、一台好戏、一部优秀电影、一部优秀电视剧、一篇或者几篇有创见、有说服力的文章，这是建设社会主义精神文明的重大举措，同时也对于文艺的繁荣起到了引导、丰富和推动作用。自"五个一工程"实施以来，全国推出了一大批反映时代精神、改革开放、现代化建设和主旋律的高格调的文艺精品。

第四阶段是改革开放新时期以来，文艺与市场二者之间的关系得到正式确立，文艺市场化的趋势也得到了空前发展。党的十四大确立社会主义市场经济体制，这标志着我们党对于计划与市场关系的认识有了新的飞跃。在过去较长的一段时间里，人们受到"左"的错误思想的影响以及单一的计划经济体制的束缚，文艺发展理念较为保守与闭塞，缺少了主动性与创造性。社会主义市场经济体制的确立，使得人们逐渐摆脱了计划经济体制的束缚，将人们从封闭保守的观念中解放出来，同时也增强了文艺经营、文艺市场化的观念，群众文艺事业进一步向多元化方向发展，开辟了文艺发展的新格局。一些歌厅、舞厅、娱乐城等文化设施日渐齐全，一些文艺事业单位与经济实体"联姻"，形成了利益互补的文艺经济联合体。党的十四届六中全会通过的《中共中央加强社会主义精神文明建设若干重要问题的决议》明确提出要积极培育和完善文化市场，促进文化市场的健康发展。市场机制作为文化市场发挥作用的基础，关系着文化事业的繁荣与发展。1992 年，国务院办公厅编著的《重大战略决策——加快发展第三产业》一书中第一次使用了"文化产业"这一概念，党的十五届五中全会通过了《中共中央关于制定国民经济和社会发展第十个五年计划的建议》，第一次在中央文件中提出了"文化产业"这一概念，要求要不断完善文化产业政策，加强文化市场建设和管理，推动文化产业的进一步发展。文化产业这一概念的提出，标志着在文化建设问题上，党完全突破了意识形态束缚，是我国对于文化产业重要地位的承认与认可，改变了之前对于文化的单一认识，明确了解放和发展文化生产力的动力机制和判断标准。1996年，党的十四届六中全会审议通过的《中共中央关于加强社会主义精神文明建设若干重要问题的决议》指出，文化市场作为社会主义精神文明建设的重要阵地，必须要确保文化市场的健康发展，绝不能让文化市场成为腐朽文化滋生蔓延的温床，因此要健全文化市场管理体制，制定完善文化市场的法律法规，规范文化市场的行为，确保文化市场生产健康的文化产品，更好地丰富广大消费群体的文化生活。党的十七届五中全会提出了要推动文化产业成为国民经济支柱性产业的目标。

长期以来，文艺与市场的关系都很微妙。一部分人担心文艺与市场的过度联系会消解文艺的审美价值，从而失去诸多功能和意义。另一部分人则不然，他们过度将文艺与市场结合起来，强调文艺的经济属性。诚然，这两个看法都是片面的，文艺走向市场、文艺市场化的趋势是不可避免的，也是无法阻挡的，因为现代社会的大工业生产方式的特性决定了文艺生产的性质、文艺产品的性质以及文艺消费的性质，决定了文艺不仅仅具有精神享受和意识形态性质，还具有一般商品消费的经济性质。因此文艺要想得到真正的发展，必然要适应市场经济的需要，符合市场经济的规律。与此同时，文艺也要保持其正面的功能不被消解。我国的文艺市场化趋势在改革开放以后得到加强，文化市场成为社会主义市场的重要组成部分。而文艺的市场化也经历了相当长的一段时间。

随着文化立法工作的逐步加强，文化市场流通体系的改革和建设都取得了重要的成果，文化产业结构、区域产业结构不断优化，以公有制为主体、社会资本和外资广泛参与的文化产业发展格局初步形成，促进了我国文化产业的迅速、健康有序发展。自党的十六大以来，我国的文化产业每年都保持了两位数的增长，到 2018 年，我国文化及相关产业增加值达到了41171 亿元，比 2017 年增长了 18.57%，占 GDP 的比重为 4.48%，比同期 GDP 名义增速高达 12%。[①]

---

①国家统计局网站. 2018 年全国文化及相关产业增加值 GDP 占比重为 4.48%［EB/OL］. ht-tp：//www. stats. gov. cn/tjsj/zxfb/202001/t20200121_ 1724242. html.

第 3 章　新时代中国特色社会主义
文艺建设的理论资源

　　新时代中国特色社会主义文艺建设有着深刻的理论依据。新时代中国特色社会主义文艺的伟大实践是马克思主义文艺理论在当代中国的最生动呈现，也是中华传统优秀文化涵养的文艺理念在新时代的全新面貌，同时也吸取了西方优秀文艺理论。

3.1 马克思主义文艺理论

　　在马克思的论著中，虽然没有专门研究文艺理论的书籍，但是在其论述中都渗透着文艺的思想。马克思主义文艺理论是中国特色社会主义文艺理论的重要来源，中国特色社会主义文艺理论是马克思主义文艺理论中国化的最新成果。

3.1.1 文艺是社会实践的产物

　　马克思主义文艺理论是马克思主义基本原理、立场、方法等在文艺领域的逻辑表达。马克思在《路易·波拿巴的雾月十八日》一文中说过："人们自己创造自己的历史，但是他们并不是随心所欲地创造，并不是在他们自己选定的条件下创造，而是在直接碰到的、既定的、从过去承继下来的条件下创造。"① 马克思主义文艺思想不是凭空产生的，它是吸收历史与现实中有益的文艺资源，在历史与现实的文艺语境中形成的历史与现实的碰撞，是时代特征与其相应的文艺基础的现实表达。马克思主义文艺理

---

①中共中央马克思恩格斯列宁斯大林著作编译局 . 马克思恩格斯全集（第 8 卷）［M］. 北京：人民出版社，1961：121.

论在当今社会依旧呈现出蓬勃的生命力，根本原因就在于它的这种与时俱进的能力以及深刻的文艺基础。其深刻的文艺基础表现为马克思主义文艺理论的产生受古希腊以来的欧美文艺影响很大，因此马克思主义文艺理论立足于解决文艺发展中存在的现实问题，马克思、恩格斯关于文艺的重要论述都是在讨论解决文艺问题时提出来的，其思想具有现实主义的特点。虽然马克思并没有形成专门的文艺理论方面的论著或者系列文章，但是在马克思、恩格斯的文章、著作、信件中都渗透着马克思、恩格斯的文艺思想，在这些文章中，马克思、恩格斯的文艺思想见诸对作家、作品和文艺现象的批评之中，也见诸以文艺为例证来表达自己观点的语句中。

马克思主义文艺理论的第一个重要特性就是，马克思认为文艺是社会实践的产物，因此，具有实践和现实的属性。文艺作为意识的一种表现形式，是由物质决定的，是客观世界在文艺工作者头脑中的反映。因此，社会的现实状况决定了文艺的内容以及文艺工作者的创作倾向。现实性与实践性是马克思主义文艺理论表现出来的特有品格，因此马克思主义经典作家在解决理论与现实的文艺问题时更加精准，也使得马克思主义经典作家的文艺理论与文艺批评能够有的放矢，这些实践的成果更加佐证了马克思主义文艺理论具有理论的有效性。马克思主义文艺理论的实践性和现实性要求我们在发展社会主义文艺时，要主动摒弃教条主义，避免其对文艺创作的束缚，同时文艺的创作还要回归人民的社会实践中去，要经得起人民社会实践的考验。但是马克思所认为的文艺本质观，并非机械的、对客观现实的反映，文艺的创作还受文艺创作者的影响。艺术创作者由于其阶级立场、生活环境、知识水平等的限制也会创作出不同品位的文艺作品，但总体来说，文艺作品都是一个时代的产物，反映了一个时代的社会状况，也体现着一个时代的精神风貌。

3.1.2 文艺具有意识形态属性

马克思主义文艺理论的第二个特性是文艺具有意识形态属性。在《〈政治经济学批判〉序言》中，马克思将艺术和政治、宗教、道德、法律、等划入社会意识形态的形式范畴，认为文艺是在一定的社会存在基础上产生的社会意识，会伴随着社会存在的改变而发生变革。在《德意志意识形态》中，马克思明确指出，意识形态是建立在一定的经济基础之上、并为这一经济基础服务的"观念上层建筑",是一个由政治、法律、思想、道德、宗教、艺术、哲学等所构成的一个有机思想体系。因此,作为社会意识形态一种表现形式的文艺深深地根植于特定的社会物质经济事实之中。因此,文艺的意识形态属性成为其发挥政治功能的先导,文艺以超越现实社会的方式对人们进行改造,把社会统治所要求的秩序性和一致性潜移默化地却又深刻持久地根植于被统治者的思想以及行动中。

马克思、恩格斯十分重视意识形态问题,较早就指出人们在社会生产生活中必然会发生各种各样的关系,这种不以人的意志为转移的关系就是生产关系,而"这些生产关系的总和构成社会的经济结构,即有法律的和政治的上层建筑竖立其上并有一定的社会意识形式与之相适应的现实基础。"① 马克思接着指出,经济基础发生变革时与之相适应的上层建筑也要发生一定的变革,这种变革有两种,其中一种即"人们借以意识到这个冲突并力求把它克服的那些法律的、政治的、宗教的、艺术的或哲学的,简言之,意识形态的形式"②。在此,马克思明确指出了艺术是意识形态的一种形式,并且随着社会经济基础的变化而发生着变化。19 世纪 70 年代,恩格斯在《反杜林论》中也指出"由哲学、宗教、艺术等等组成的观念上层建筑"③,这里的观念上层建筑就是指意识形态。列宁指出,"写作事业应当成为整个无产阶级事业的一部分,成为由整个工人阶级的整个觉悟的先锋队所开动的一部巨大的社会民主主义机器的'齿轮和螺丝钉'"④,把革命文艺事业当作无产阶级取得革命胜利的重要武器,突出强调了文艺的阶级性和政治性。文艺的意识形态属性决定了文艺一经产生,就会对经济基础产生巨大的影响。恩格斯指出,"虽然物质生活条件是原始的起因,但是这并不排斥思想领域也反过来对这些物质条件起作用,然而是第二性的作用"⑤。马克思基于唯物史观的立场审视文艺,将文艺作为反映人们社会生活的意识形态的一种特殊形式,他总是把是否真实地描绘了现实的社

①马克思. 政治经济学批判 [M]. 北京:人民出版社,1976:4.

②马克思. 政治经济学批判 [M]. 北京:人民出版社,1976:5.

③恩格斯. 反杜林论 [M]. 北京:人民出版社,2018:93.

④中共中央马克思恩格斯列宁斯大林著作编译局. 列宁全集 (第 12 卷) [M]. 北京:人民出版社,1987:93.

⑤恩格斯致康·施米特 [M] //中共中央马克思恩格斯列宁斯大林著作编译局. 马克思恩格斯选集 (第 4 卷). 北京:人民出版社,1972:474.

会关系作为评价文艺作品的基本准则。因而，他要求广大文艺工作者要遵循文艺创作的规律，要通过对社会生活的加工与改造，使其所描绘的社会生活情景不仅能够真实地反映现实生活，同时也能够深刻地揭露人们的思想精神状态，这样文艺就能够成为一面可以深邃透视时代的镜子，构成人类完整的"人文科学"体系的重要组成部分。

3.1.3 坚持"人民性"的文艺发展观点

习近平总书记明确强调，"马克思主义是人民的理论"①。"人民性是马克思主义最鲜明的品格"②。在近代世界历史上，马克思主义发挥了其广泛而又深刻的影响力，在一些国家掀起了一股马克思主义热潮，它之所以有如此大的吸引力，很大程度上就是因为其坚持人民性。它来源于人民，扎根于人民，聆听人民的心声，同时又服务于人民。它指出了人民群众不仅仅是历史的剧中人，同时也是历史的剧作者。在马克思主义文艺理论中也体现了坚持人民性的文艺发展观点。马克思主义文艺理论的人民性首先体现在其认为人民应当掌握新闻出版的自由。在 1842 年到 1843 年间，马克思在《莱茵报》上发表了诸多革命性的文章，这些文章都有一个非常明显的特点，那就是报刊出版物的"人民性"问题，马克思在《第六届莱茵省议会的辩论》的第一篇文章中说道："人民历来就是什么样的作者'够资格'和什么样的作者'不够资格'的唯一判断者。"③ 由此可以看出，马克思认为人们应当享有新闻出版的自由，而且自由报刊也应当代表人民的利益，传达人民的心声，接受人民的评判。马克思主义文艺理论的人民性还体现在其认为文艺事业是人民群众创造的产物，随着人民群众社会实践的发展而发展，因此文艺是来源于人民的。马克思和恩格斯在二人合著的《神圣家族》中说道："历史活动是群众的事业，随着历史活动的深入，必将是群众队伍的扩大。"④

---

①习近平在纪念马克思诞辰 200 周年大会上的讲话 [N]. 人民日报, 2018-05-05.

②杨金洲. 以人民为中心发展思想的理论逻辑与价值意蕴 [N]. 光明日报, 2018-11-27.

③中共中央马克思恩格斯列宁斯大林著作编译局. 马克思恩格斯全集 (第 1 卷) [M]. 北京: 人民出版社, 1995: 195-196.

④中共中央马克思恩格斯列宁斯大林著作编译局. 马克思恩格斯全集 (第 2 卷) [M]. 北京: 人民出版社, 1957: 104.

3.1.4 "世界文学"的观念

马克思在《共产党宣言》中说道："各民族的精神产品成了公共的财产，民族的片面性和局限性日益成为不可能，于是由许多种民族的和地方的文学形成了一种世界的文学。"① 在这里，马克思所提到的"文学"并不是普通意义上的文学，与我们现在使用的文学也存在着本质的不同。它是指包括自然科学、宗教、艺术、哲学等在内的一切著作与文本，实质上就是指一切精神文化产品。由于资本主义在世界范围内的扩张，过去各个地区相互独立与隔绝的状态被打破，世界范围内的交往成为普遍的现实，各个地区与国家之间除了日常的经济交流之外，文化层面的交往也变得密切，这就形成了"世界文学"的观念。"世界文学"的提法与当今世界文化全球化有很大的相似性，但是马克思当时已经认识到"世界文学"是一个不可阻挡的历史发展趋势，世界各地区与各个国家的文化交流也会成为日常。我们不能逆历史潮流，唯一的处理方式便是积极应对，主动出击，但在这个过程中也必须要保持本民族文化的本土特色，也就是要维持文化的民族性，这样才能在"世界文学"的潮流中保有一席之地。

3.2 中国化的马克思主义文艺理论

马克思主义文艺理论传入中国是伴随着马克思主义的传播而来的，五四运动以后，马克思主义开始逐渐被中国社会所接受，在文艺建设领域，也开始使用马克思主义文艺理论进行理论指导，这为我国文艺建设取得长足进步提供了坚实的理论基础，也使得我国文艺建设逐渐具有了社会主义特色。马克思主义文艺理论随着我国文艺建设的展开而开始了中国化的进程。马克思主义文艺理论的中国化也就是马克思文艺理论的世界普遍的真理适用性向中国社会的特殊具体性真理转化的过程，也是由精英理论向大众理论转化的过程。在这一过程中，涌现出了大批优秀的马克思主义者，这其中包括陈独秀、李大钊等，他们通过对马克思主义著作的翻译与吸收、立说与传播，通过对文艺大众化的实践，通过对社会主义文艺理论的

---

① 中共中央马克思恩格斯列宁斯大林著作编译局. 马克思恩格斯选集（第1卷）[M]. 北京：人民出版社，2012：404.

建构，形成了具有中国特色的社会主义文艺理论。

3.2.1 毛泽东文艺思想

毛泽东文艺思想是马克思主义文艺理论传入中国以后第一个系统性的中国化的马克思主义文艺理论结果，是中国化马克思主义文艺理论的典范。一方面，毛泽东文艺思想坚持运用马克思主义文艺理论的基本原理来指导中国文艺建设过程中存在的问题，将马克思主义文艺理论与中国革命与建设时期文艺的实际相结合，使得文艺在社会主义革命与建设时期发挥了巨大作用。另一方面，毛泽东文艺思想深深植根于中国革命实践中，并且汲取了中华民族深厚的优秀文化传统，实现了对中华优秀传统文化与马克思主义文艺理论的继承与发展，从而体现出创新价值，具有中国特色。

在 1940 年发表的《新民主主义论》中，毛泽东就已经明确指出："新民主主义的文化是大众的，因而即是民主的。它应为全民族中百分之九十以上的工农劳苦民众服务，并逐渐成为他们的文化。"① 由于文化的特殊性决定了广大文艺工作者应当深入人民大众，了解人民大众的喜好，应用人民群众能听得懂的语言，这样才能受大家的欢迎。在《新民主主义论》中毛泽东运用辩证唯物主义的观点正确区分了文化与政治、经济的关系，强调经济是基础，政治是经济的集中反映，而文化一方面是政治、经济的反映，另一方面又作用于一定的政治、经济，毛泽东多次提到新民主主义时期不仅要建立新民主主义的政治和经济，更重要的是要建立新民主主义的文化。"所谓新民主主义的文化，一句话，就是无产阶级领导的人民大众的反帝反封建的文化"②，并提出了新民主主义的文化纲领，即民族的、科学的、大众的文化。毛泽东不仅确立了"大众文化观"，还提出了要建立文化统一战线，文化统一战线要与军事战线相联合，为军事战线服务，要使得文化战线成为革命战线中的重要组成部分。在文化战线上，文艺是重要的部门。主张文艺应当为革命所用。在进行文艺创作的同时，必须运用革命的现实主义和革命的浪漫主义相结合的创作方法，只有运用这种创作方法，才能够将现实与理想结合起来，体现文艺的真实性的同时强调了文艺的政治性。

---

①毛泽东选集（第2卷）[M]．北京：人民出版社，1991：708．
②毛泽东选集（第2卷）[M]．北京：人民出版社，1991：698．

　　1942 年，中共中央在延安召开了文艺座谈会，这次会议的召开，标志着毛泽东文艺思想的正式形成。在这次讲话中，毛泽东的"大众文化观"得以确立。《在延安文艺座谈会上的讲话》（以下简称《讲话》）论述了新民主主义文艺，标志着新民主主义文艺理论的确立。毛泽东指出，"无论高级的或初级的，我们的文学艺术都是为人民大众的，首先是为工农兵的，为工农兵而创作，为工农兵所利用的。"① 因此，"一切革命的文学家艺术家只有联系群众，表现群众，把自己当作群众的忠实的代言人，他们的工作才有意义"②。也就是说，文艺的创作主体和服务对象都应该是人民大众，文艺也只有朝着为人民大众服务的方向发展，才能确保经久不衰，才能发挥其引领大众、鼓舞大众的作用。在这次会议中，毛泽东也指出了文艺的本质："一切文化或文学艺术都是属于一定的阶级，属于一定的政治路线的。为艺术的艺术，超阶级的艺术，和政治并行或互相独立的艺术，实际上是不存在的。"③ 这一论述强调了文艺的政治性和阶级性，他明确指出"作为观念形态的艺术作品，都是一定的社会生活在人类头脑中的反映的产物。"④ 毛泽东在《讲话》引言部分就提出了文艺工作者要解决五个问题："立场问题，态度问题，工作对象问题，工作问题和学习问题。"⑤立场问题是根本问题，必须放在首位，立场问题决定了其他四个问题。五个问题紧密相连，具有较强的逻辑性。五个问题的提出决定了文艺为什么人以及文艺如何为人服务的问题。在中国，占人口大多数的有四种人：工人、农民、兵士和城市小资产阶级，这四种人就是最广大的人民大众，毛泽东在《讲话》中分别对这四种人做了分析，指出"我们要为这四种人服务，就必须站在无产阶级的立场上"⑥，无产阶级的立场是文艺创作的根本立场，我们的文学艺术是为人民大众服务的，首先是为工农兵服务的。《讲话》体现了党在新民主主义革命时期的文艺方针，在《讲话》精神的指引下，我们党有序开展了延安整风运动，加强和改造党员干部的学习，使新民主主义文艺沿着正确的轨道发展。关于文艺的功能，毛泽东提出文

---

①毛泽东选集（第 3 卷）[M]. 北京：人民出版社，1991：863.
②毛泽东选集（第 3 卷）[M]. 北京：人民出版社，1991：864.
③毛泽东选集（第 3 卷）[M]. 北京：人民出版社，1991：865.
④毛泽东选集（第 3 卷）[M]. 北京：人民出版社，1991：860.
⑤毛泽东选集（第 3 卷）[M]. 北京：人民出版社，1991：848.
⑥毛泽东选集（第 3 卷）[M]. 北京：人民出版社，1991：856.

艺是"团结人民、教育人民、打击敌人、消灭敌人的有力的武器"①，把文艺比作"齿轮和螺丝钉"，把革命文艺当作整个革命当中的重要事业，认为"如果连最广义最普通的文学艺术也没有，那革命运动就不能进行，就不能胜利。"② 革命文艺、文艺战线、文艺军队、有力武器，这是在反对帝国主义、封建主义、官僚资本主义过程中提出来的。

新中国成立以后，为了更好地繁荣社会主义文艺，毛泽东在《论十大关系》的报告中提出了"百花齐放、百家争鸣"的文艺创作方针。他指出："百花齐放，百家争鸣的方针，是促进艺术发展和科学进步的方针，是促进我国社会主义文化繁荣的方针。艺术上不同的形式和风格可以自由发展，科学上不同的学派可以自由争论。"③ "双百"方针是毛泽东在社会主义改造和社会主义建设时期在文化科学领域中的一个富有探索性的成果，这是对马克思主义文艺理论的发展与创造，也是继新民主主义革命时期文学批评标准后的一个重大发展，它体现了无产阶级政党领导和建设社会主义文艺事业的宏大气魄和胸襟，体现了我们党对文艺本质规律的科学认识，同时在政策和理论上为社会主义文艺事业的发展提供了科学指导。"双百"方针提倡对于古代和国外的文学艺术遗产应当批判地吸收借鉴。坚持社会主义文艺的自由、民主和竞争是"双百"方针的核心。文艺作为一种十分自由的精神活动，"双百"方针强调了文艺的这一"自由"本性，把文艺自由作为文艺发展的必要条件，把与文艺自由相对立的强制性行政力量视为阻碍文艺发展的因素。只有文艺工作者自由地选择题材、形式、风格及创作方法，文艺园地才能达到百花盛开的局面。但是这种文艺自由并不是绝对的，而是相对的自由，其前提必然是"为人民服务、为社会主义服务。"同时，"双百"方针也提倡艺术的竞争，认为只有通过自由竞争才能实现优胜劣汰，才能促进文艺事业的繁荣发展。文艺上要允许多家学派、多种风格的多元共存，使它们在相互争论、相互竞争、互相映衬中向前发展。竞争的结果也绝不是"仅剩一家"或"一家独大"，而是"百花齐放"。实行"双百"方针也不是对于马克思主义指导地位的削弱，相反会加强马克思主义的指导地位。

---

①毛泽东选集（第3卷）［M］. 北京：人民出版社，1991：848.
②毛泽东选集（第3卷）［M］. 北京：人民出版社，1991：866.
③毛泽东文集（第7卷）［M］. 北京：人民出版社，1999：229.

3.2.2 邓小平文艺理论

进入改革开放新时期以来，马克思主义文艺理论的中国化进入了综合创新期，以邓小平同志为核心的党中央，在继承马克思主义文艺理论与毛泽东文艺思想的基础上融合了新的实践经验，逐渐形成了独具特色的邓小平文艺理论。邓小平文艺理论是对毛泽东文艺思想的继承与发展，更是马克思主义文艺理论在改革开放新时期中国化的重大成果，是对马克思主义文艺理论的丰富与深化。

党的十一届三中全会实现了新中国成立以来党的历史上具有深远意义的伟大转折，开启了我国改革开放和社会主义现代化建设的新时期。1978年12月18日至22日，党的十一届三中全会在北京召开。全会冲破长期"左"的错误思想的严重束缚，彻底否定"两个凡是"错误方针，高度评价关于真理标准问题的讨论，重新确立了党的实事求是的思想路线。邓小平在闭幕式上发表《解放思想，实事求是，团结一致向前看》的讲话，破除思想上的僵化，对思想路线进行拨乱反正，使各项工作逐渐步入正轨。1979年邓小平《在全国文学艺术工作者第四次代表大会上的祝词》（以下简称《祝词》）是改革开放以来具有纲领性和指导性的政策文件。《祝词》肯定了社会主义文艺发展的基调，否定"文革"时期"四人帮"的"黑线专政"，建立"人民文学"，重提"双百"方针。《祝词》是继毛泽东《在延安文艺座谈会上的讲话》之后具有开创性意义的一部指导性文件，为中国特色社会主义文艺的发展做出了开创性贡献。首先，《祝词》对"人民"的含义做了新的阐述，突出强调了人民在文艺创作中的重要地位。《祝词》中提到，参加此次大会的有五四时期、五四后、新中国成立后为文艺做出贡献的文艺家，也有在同"四人帮"做斗争的过程中涌现的文艺家，特别是还有港澳台同胞中的文艺家，新时期的"人民"内涵更广、外延更丰富，体现了极强的包容性。此外，邓小平充分肯定人民在文艺中的重要作用，强调"文艺属于人民"，"人民是文艺的母亲"。其次，《祝词》确定了"开放"的理念。实现社会主义现代化建设是当前和今后一段时期内的主要工作，文艺工作者要同全国各族人民同心同德实现"四个现代化"建设，同意识形态领域的各种错误思潮做斗争，"继续坚持毛泽东同志提出的文艺为最广大的人民群众、首先为工农兵服务的方向，坚持百花齐放、推陈出新、洋为中用、古为今用的方针，在艺术创作上提倡不同形式和风格的自由发展，在艺术理论上提倡不观点和学派的自由讨论"①，只有坚持开放的理念，文艺的路子才能越走越宽。最后，《祝词》论述了文艺与政治的关系。"文革"时期，由于党没有继续坚持正确的文艺路线，没有正确处理好文艺与政治之间的关系，使得我国文艺工作遭到了严重损失。《祝词》强调党要领导好文艺工作，但党对文艺工作的领导不是发号施令，而是要根据文艺发展的特征和规律，繁荣发展社会主义文艺，创作出无愧于人民的文艺作品。《祝词》是一篇指导我国社会主义文艺事业和社会主义精神文明建设的重要文献，是中国特色社会主义文艺理论的重要组成部分，为中国特色社会主义文艺建设在新时代的发展奠定了基础，具有标志性意义。

邓小平文艺理论的主要内容体现在文艺本质、文艺发展道路、文艺功能以及文艺人才培养等方面。关于文艺本质，邓小平继承了马克思主义文艺观，认为文艺具有社会意识形态属性，是服从于政治生活的。在《一二九师文化工作的方针任务及其努力方向》一文中，邓小平说道："文化工作服从于政治任务。无论哪一种势力或哪一种派别的文化工作，都是服从其政治任务的。"② 因此，在进行文艺创作时，邓小平主张所有的创作生活都是在政治允许范围之内的，不允许超政治的文艺创作。任何进步的、革命的文艺工作这都不能不考虑作品的社会影响、不能不考虑国家的利益、人民的利益以及党的利益。邓小平同志关于文艺与政治关系的论述，总结了中国文艺建设的经验与教训，既坚持了无产阶级建设社会主义文艺的根本方向与基本原则，也体现了党对文艺建设规律认识的深化，它给党对文艺工作的领导提出了更高的要求，也对广大文艺工作者如何加强历史责任感揭出了全新的要求。

在文艺的重要地位方面，邓小平认为文艺是社会主义精神文明建设的重要内容之一。在文艺的功能方面，邓小平认为文艺作为一种社会意识形态，又不同于其他的一般的意识形态，因为他具有娱乐属性的功能，能为人们带来精神上的愉悦。不仅如此，文艺还具有引导人与教育人的功能。邓小平认为文艺应该使人们得到教育和启迪，得到娱乐和审美的享受，也

---

①邓小平文选（第2卷）[M]. 北京：人民出版社，1994：210.
②邓小平文选（第1卷）[M]. 北京：人民出版社，1994：22.

就意味着文艺要有教育功能、认识功能、娱乐功能和审美功能。首先，充分发挥文艺的教育功能。邓小平希望"文艺工作者中间有越来越多的同志成为名副其实的人类灵魂工程师"①。广大文艺工作者要高举社会主义的旗帜，用自己的文艺作品教育与引导人民正确地看待历史问题、更好地解决现实问题，从而可以在党的领导下，坚定不移地为实现社会主义现代化开辟道路。邓小平强调文艺工作者的职责，这是因为他认为作为"思想战线上的战士，都应当是人类灵魂工程师。在当前这个转变时期，在社会主义精神文明建设和整个社会主义事业中，他们在思想教育方面的责任尤其大。"② 其次，要充分发挥文艺的认识功能。文艺具有认识功能，文艺的认识功能来源于文艺自身的规律与特征，来自文艺对生活的描写与反映，但这种真实，不再是生活的本来面目，是添加了艺术元素的艺术真实。最后，要正确认识文艺的娱乐功能。娱乐功能是文艺的首要功能与基本功能，艺术者在从事艺术创作与生产时，娱乐是其内在动机之一，充分认识与发挥文艺的娱乐功能对于社会主义精神文明建设有着重大意义。但是我们也要划清娱乐性与低级趣味、庸俗、浅薄等的界限，充分认识低级、浅薄、庸俗等丑恶现象的危害性，以及认识到趣味性、娱乐性不能仅仅停留在感官的刺激与宣泄上，必须将它们上升到心灵与精神美的高级层次上，让其成为一种高层次的审美活动。邓小平指出："对于那些只顾迎合一部分观众的低级趣味，而不惜败坏社会主义文艺工作者光荣称号的人，广大人民群众表示愤慨是理所当然的。"③

在文艺发展的基本方向方面，邓小平与时俱进地提出了"四项基本原则"。"四项基本原则"成为进行社会主义现代化建设和改革开放必须遵循的根本原则，也成为社会主义文艺建设必须遵循的根本原则，这就是社会主义文艺建设的方向。在"文艺为什么服务"这一基本问题上，邓小平继承了毛泽东的文艺应当为人民服务这一观点，同时增添了文艺应当为社会主义服务这一核心观点，也就是"两为"，开辟了社会主义文艺发展的新局面，同时也是"双百"方针在新时期的贯彻执行。"双百"方针与"两为"方向统一，也就是"双百"方针与党的基本路线的统一。

①邓小平文选（第2卷）[M].北京：人民出版社，1994：211.
②邓小平文选（第3卷）[M].北京：人民出版社，1993：40.
③邓小平文选（第3卷）[M].北京：人民出版社，1993：43.

在文艺人才培养方面，邓小平在尊重文艺的生产规律基础上，联系我们的国情、我们的时代，提出了"尊重知识、尊重人才"，深刻地阐明了"必须十分重视文艺人才的培养"的现实紧迫性，并从两个方面提出了培养杰出文艺人才的途径。第一是要解决各级领导干部思想上存在的问题，各级领导干部要重视文艺工作，重视文艺人才的培养。这就要求各级领导干部做到注重发现人才，高度重视人才的精神需要。第二是要从工作制度上做出有益于开展文艺工作的制度安排，从制度上为文艺工作提供重大保障，成为繁荣和发展社会主义现代化的必要条件。同时，"文艺工作者要同教育工作者、理论工作者、新闻工作者、政治工作者以及其他有关同志相互合作，在意识形态领域中，同各种妨害四个现代化的思想习惯进行长期的、有效的斗争。"① 邓小平对文艺工作者寄予了殷切期望，提出了衡量文艺工作者工作的最根本是非标准——是否有利于"四个现代化"，鼓励广大文艺工作者要通过有血有肉、生动形象、感人至深的艺术形象真实地反映社会生活，始终不渝地面对广大群众，与人民保持血肉联系，满足人民精神生活的多方面需求、提高整个社会的思想文化道德水平，做实现"四个现代化"的"促进派"。同时，文艺人才还要分析学习古今中外优秀文艺作品，不断提高自身的表现能力与艺术技巧，邓小平指出："我国古代的和外国的文艺作品、表演艺术中的一切进步和优秀的东西，都应当借鉴和学习。"② "文艺工作者还要不断丰富和提高自己的艺术表现能力，所有文艺工作者，都应当认真钻研、吸收、融化和发展古今中外艺术技巧中的一切好的东西，创造出具有民族风格和时代特色的完美艺术形式。只有不畏艰难、勤学苦练、勇于探索的文艺工作者，才能攀登上艺术的高峰。"③

3.2.3 "三个代表"重要思想中关于文艺的论述

"三个代表"重要思想中关于文艺的论述是党的第三代领导中央集体的集体智慧的结晶，是马列主义的文艺观、毛泽东文艺思想以及邓小平文艺理论在社会主义初级阶段和改革开放的条件下的创新与发展，它告诉了

---

①邓小平文选（第2卷）［M］. 北京：人民出版社，1994：209.

②邓小平文选（第2卷）［M］. 北京：人民出版社，1994：210.

③邓小平文选（第2卷）［M］. 北京：人民出版社，1994：212.

我们在新形势下如何建设中国特色社会主义文艺，并制定了一系列的方针、路线等，对于当时我国的文艺事业发挥着至关的指导作用，江泽民关于文艺的论述也成了中国化马克思主义文艺理论的一个重要组成部分。

在新的历史时期，为发展文艺工作，江泽民指出要坚持马克思主义的指导地位："坚持马克思主义的指导地位，不断用马列主义、毛泽东思想、邓小平理论武装全党和教育全国人民，这是保证全党紧密团结和带领人民共同奋斗的根本思想基础，也是保持我国社会政治稳定的根本思想基础。"① "主旋律唱响了，主动仗打好了，就能在全社会形成和发展积极向上的舆论环境，使科学的理论和正确的思想在社会生活中发挥主导作用。使广大干部和群众保持良好的精神风貌，不断巩固和发展全国各族人民团结奋斗的共同思想基础。这是我们在新形势下做好宣传思想工作的一条成功经验。"②

江泽民致力于开创社会主义精神文明建设的新局面，推动正确认识物质文明与精神文明二者之间的关系，他认为物质文明为精神文明提供了物质条件和实践经验，精神文明又为物质文明提供了精神动力与智力支持，二者互为条件、互为目的，共同发展。在谈到如何加强道德建设和文化建设时，江泽民指出："各项文化事业都要坚持为人民服务、为社会主义服务的方向，坚持百花齐放、百家争鸣的方针。要积极引导文艺工作者深入群众，深入实际，了解和体验改革开放和现代化建设的火热生活，树立正确的创作思想。这样才能培养造就一支好的队伍，产生一大批无愧于时代的作品，实现以优秀的作品鼓舞人的光荣任务。"③ 我们正处于社会主义建设的新时期，社会主义现代化本身就是亿万群众演出的艰苦创业、激流勇进的历史话剧。文艺要反映波澜壮阔的现实，要歌颂可歌可泣的英雄，文艺工作者要努力在自己的作品中，融入爱国主义精神，在人民的历史创造中进行艺术创造，给予人民奋进的精神力量。为此，江泽民非常重视文艺人才队伍的建设，他在多次的讲话中指出要加强文艺人才的培养工作，在中国文学艺术界联合会第七次全国代表大会上他指出："要尊重知识、尊重人才，真诚团结、充分信任和热情关心广大文艺工作者，积极营造良好

① 江泽民. 论 "三个代表" [M]. 北京：人民出版社，2001：125.
② 江泽民. 论 "三个代表" [M]. 北京：人民出版社，2001：124-125.
③ 江泽民文选（第1卷）[M]. 北京：人民出版社，2006：580.

的创作环境，对优秀作品和优秀人才要大力扶持，积极宣传，给予奖励。要热情支持文艺工作者发挥个人的创造精神，施展聪明才智，并积极引导他们更好地把握时代精神和人民的要求，认真严肃地考虑自己作品的社会效果。"①

关于文艺与政治的关系，江泽民进一步指出要继续坚持"百花齐放、百家争鸣"的方针，文艺虽然不从属于政治，但是不可能脱离政治而存在。他指出："十一届三中全会以后，我们党已经不再使用文艺从属于政治的口号，十八年的实践已经证明，这是正确的。"② 正确处理政治与文艺的关系，必须对社会主义新的历史条件下的政治做科学的说明。首先，文艺与政治同属于上层建筑的范畴，都受经济基础的约束，产生于一定的经济基础中，并对经济基础具有反作用。其次，政治在上层建筑中居于主导地位，对所有的生活都起着一定的掌控作用。因此，文艺应当为社会主义政治所服务，而不能脱离政治所存在。

江泽民指出，社会主义文艺要想获得更大的发展，绝不能闭关锁国、孤芳自赏。即文艺的发展不仅仅要立足本土，更要具有世界眼光，积极吸取借鉴国外有益的文艺发展成果，以我为主、为我所用。他指出："中国的社会主义文艺，是在扩大开放的环境中发展和繁荣的文艺。坚定不移地实行对外开放政策，与世界各国进行广泛的经济、贸易、科学、技术、教育、文化交流，对我们的社会主义现代化建设具有重大意义，同时也有益于文艺工作者开阔眼界，增长知识，学习和借鉴世界各国的文明成果。"③

在 21 世纪之初，江泽民更是划时代地提出了"三个代表"重要思想，将"始终代表先进文化的前进方向"列为"三个代表"之一。"三个代表"重要思想同马克思列宁主义、毛泽东思想、邓小平理论一起被写入党章作为党的指导思想，这体现了党和国家对文化事业的高度重视，也展现了社会主义文化事业在中国特色社会主义建设过程中的重要地位。

---

①江泽民文选（第 3 卷）[M]. 北京：人民出版社，2006：404.
②江泽民. 在中国文联第六次全国代表大会、中国作协第五次全国代表大会上的讲话 [N].光明日报，1996-12-16.
③江泽民. 在中国文联第六次全国代表大会、中国作协第五次全国代表大会上的讲话 [N].光明日报，1996-12-16.

3.2.4 科学发展观中关于文艺的论述

进入 21 世纪以来，党中央不断地推进马克思主义文艺理论的中国化进程，将马克思主义普遍真理与中国的文艺建设实践相结合，努力实现理论与实践、内容与形式、普遍与特殊、政治过程与文化过程的统一。在强调理论创新成为马克思主义文艺理论中国化的主题的同时，也注意引导培养一批坚持马克思主义文艺观的文学艺术家。党的十七届六中全会吹响了建设社会主义文化强国的号角，更为社会主义文艺工作提出了时代任务。胡锦涛同志在中国文联第九次全国代表大会、中国作协第八次全国代表大会上的讲话中指出："文艺是民族精神的火炬，文艺事业是中国特色社会主义事业的重要组成部分，是社会主义文化建设的重要内容，文艺工作在党和国家工作全局中具有十分重要的地位。"① 将文艺工作提高到了新的历史高度。在会议上，胡锦涛对广大文艺工作者提出了"四个希望"，即"希望广大文艺工作者始终坚持正确方向，更加自觉、更加主动地承担起用社会主义先进文化引领社会进步的历史责任"，"希望广大文艺工作者始终坚持以人为本，更加自觉、更加主动地承担起为人民抒写、为人民放歌的历史责任"，"希望广大文艺工作者始终坚持锐意创新，更加自觉、更加主动地承担起推进文化创造的历史责任"，"希望广大文艺工作者始终坚持德艺双馨，更加自觉、更加主动地承担起弘扬文明道德风尚的历史责任"②。这"四个希望"从四个不同方面指出了广大文艺工作者的四个历史责任，为广大文艺工作者更好地创作出优秀的文艺作品指明了方向。

在新的历史起点上，胡锦涛提出了科学发展观，在科学发展观的指引下，我国政治、经济、文化、社会各方面的建设全面铺开，文艺事业也自觉地转入科学发展观的轨道，得到了更加全面、协调和可持续的发展。在文艺的可持续发展中，以人为本体现在文艺的生产、创作、消费等各个环节。文艺在生产时，以满足人们的精神文化需求作为出发点，以人们的现实生活作为创作源泉，以期达到与最广大人民群众的思想感情的根本契

---

①胡锦涛. 在中国文联第九次全国代表大会、中国作协第八次全国代表大会上的讲话［N］. 光明日报，2011-11-23.

②胡锦涛. 在中国文联第九次全国代表大会、中国作协第八次全国代表大会上的讲话［N］. 光明日报，2011-11-23.

合。

中国共产党第十七届中央委员会第六次全体会议全面分析形势和任务，认真总结我国文化改革发展的丰富实践和宝贵经验，通过了《中共中央关于深化文化体制改革推动社会主义文化大发展大繁荣若干重大问题的决定》① 这一文件，为开创中国特色社会主义文艺建设道路开辟了全新的发展道路。文件从九个方面展开。第一介绍了文化改革发展的改革背景以及新时期加强文化改革的必要性。第二提出了社会主义文化建设的整体目标——建设社会主义文化强国。第三提出了实现社会主义文化强国的之魂——推进社会主义核心价值体系的建设。第四要继续贯彻和落实"两为"与"双百"方针，从创作生产领域为文艺建设提供更好的指导政策。第五要保障人民文化权益，满足人民最基本的文化需求，为人们提供更优质的公共文化服务。第六要努力转变经济发展方式，推动文化产业的发展，使得文化产业成为国民经济的全新增长点，成长为国民经济的支柱性产业。第七要改革与完善文化体制机制，创新文化发展模式，从而为文艺的发展提供制度的保障。第八要建设文化发展的专业人才队伍，人才是第一资源，只有尊重劳动、尊重人才，才能为推进文化建设提供一支科学的智囊队伍。第九要坚持党对文化工作的领导，在坚持的基础上要改善党的领导方式，提高党的科学执政水平，切实承担起党的社会主义现代化建设的责任。这九个方面的主要内容，为新时期社会主义文艺的全面推进提供了方法论的指引。

3.2.5 习近平总书记关于文艺工作的重要论述

党的十八大以来，以习近平同志为核心的党中央，将文艺问题上升到与民族复兴伟业相统一的前所未有的高度上，科学地分析了当前文艺工作存在的种种矛盾，详细阐释了新时代文艺工作者的历史使命和重要原则，高屋建瓴地诠释了一系列关乎文艺发展方向的根本性问题。习近平总书记关于文艺工作的重要论述深刻阐明了在新时代我们需要什么样的文艺、怎样建设新时代中国特色社会主义文艺，以及新时代中国特色社会主义文艺的重要地位与目标任务，形成了中国特色社会主义文艺理论的最新创造性

①中共中央关于深化文化体制改革推动社会主义大发展大繁荣若干重大问题的决定［M］. 北京：人民出版社，2011.

表述，是新时代中国特色社会主义文艺实践的科学总结，同时也是马克思主义文艺理论中国化历程的一个重要丰碑，是马克思主义普遍真理同我国具体文艺实践相结合的结果，开辟了马克思主义文艺理论的新境界，成为新时代中国特色社会主义文艺工作的重要理论指导。

习近平在多个场合提到文艺。关于文艺的重要地位，习近平在 2014 年全国文艺工作座谈会上的讲话中指出："文艺是时代前进的号角，最能代表一个时代的风貌，最能引领一个时代的风气。"① 文艺作为意识形态层面的内容，可以发挥其对社会引领作用。习近平总书记关于文艺工作的重要论述是对马克思主义文艺理论中坚持"人民性"观点的深化与发展。"人民立场是中国共产党的根本政治立场。"② 在文艺发展方面，习近平总书记提出了要坚持"以人民为中心"的创作导向，坚持文艺发展的人民性，这是新时代中国特色社会主义文艺的本质特征，"以人民为中心"的创作导向也是对马克思主义理论的创新与发展。人民性是马克思主义最鲜明的品格。习近平总书记明确强调，马克思主义是人民的理论。在近代世界历史上，马克思主义发挥了其广泛而又深刻的影响力，在一些国家掀起了一股马克思主义热潮，它之所以有如此大的吸引力，很大程度上就是因为其坚持人民性。它来源于人民，扎根于人民，聆听人民的心声，同时又服务于人民。它指出了人民群众不仅仅是历史的剧中人，同时也是历史的剧作者。因此，习近平总书记关于文艺工作的相关论述是对马克思主义文艺理论的继承与发展，它坚持马克思主义文艺理论的指导作用，同时又将马克思主义文艺理论中"人民性"的观点进行了深入的发展。

习近平总书记关于文艺工作的重要论述是对马克思主义文艺理论中坚持实践的观点的深化与发展。马克思在《关于费尔巴哈的提纲》中说道："哲学家们只是用不同的方式解释世界，问题在于改变世界。"③ 马克思坚持以实践的观点去解决社会生活中出现的所有问题，同时坚持理论联系实际，提倡没有脱离理论的实践，也没有脱离实践的理论，理论与实践二者是密不可分的。习近平总书记关于文艺工作的重要论述坚持实践的观点，

①习近平. 在文艺工作座谈会上的讲话 [M]. 北京：人民出版社，2015：5.

②杨金洲. 以人民为中心发展思想的理论逻辑与价值意蕴 [N]. 光明日报，2018-11-27.

③中共中央马克思恩格斯列宁斯大林著作编译局. 马克思恩格斯全集（第 3 卷）[M]. 北京：人民出版社，1960：8.

着眼于解决新时代文艺工作中面临的一系列问题与困难，回应现实需要，为新时代坚持和发展中国特色社会主义文艺建设提供了科学的世界观和方法论，又强调在社会主义文艺建设中将科学的实践上升到理论高度，进一步来指导文艺实践。因此，习近平总书记关于文艺工作的重要论述在实践性方面开辟了马克思主义新境界。

3.3 中国传统文化的优秀精神基因

新时代中国特色社会主义文艺建设不仅要将当代中国元素融入中国精神当中，也要有传统文化的优秀精神基因。优秀传统文化是一个丰富的宝库，取之不尽，用之不竭，文艺创作者要主动加以开采和利用。优秀传统文化是中国精神的精神基因，优秀传统文化已深深地融入了每个中国人的心中。如家庭本位、道德观、义利观等，都是新时代文艺创作应该坚持的题材。优秀传统文化是我们的精神财富，我们要大力利用，不要唯洋是举、崇洋媚外，要弘扬传统文化，把传统文化中有价值的理念融入文艺创作的全过程。那些优秀的价值理念不论何时都不过时，但我们要注意提高辨别能力，不能全盘吸收，在内容上要与时俱进，结合时代赋予其新的要素和新的内涵。

3.3.1 强调人与自然相统一的独特审美范式

中华文明具有五千多年的历史，在这五千年漫长的历史过程中，延续了中华文化的传统血脉，涵养了文艺创作的重要渊源，也为中国特色社会主义文艺在世界上站稳脚跟奠定了坚实根基。因此，中国优秀传统文化不仅仅是历史的，也是现实的，对于我们新时代文艺工作具有本源性的意义。

由于独特的价值体系与方法论，中华文化形成了自己独具特色的审美范式。这一独特的审美范式表现为强调人与自然的统一，即"天人合一"的文化心理，体现了艺术在人的精神感性与自然秩序内在的和谐。在我们传统的认知中，"天人合一"仅在处理人与自然的关系时适用，其基本理念是天与人是一个统一体，相互关联，不可分割。"天"在传统文化中，有五个基本内涵，第一，"天"是可以与人发生感应关系的存在；第二，"天"是赋予人类性格、主宰人类命运的存在；第三，"天"是蕴含着吉凶祸福的存在；第四，"天"是人们敬畏、信奉与祈福的存在。第五，人类应当遵循自然规律，遵守自然法则，从而达到"天人和谐"的局面。"天人合一"思想达到了本质上的协调统一，其表现出来的文化心理对中国传统文化有着全面而深刻的影响，人们在社会生产实践中，积累了大量文学艺术、风俗习惯、礼仪等传统文化的经验与智慧，生动形象地体现了人类与自然相互依存的关系。在我国艺术历史长河中，艺术家经常以"天"（亦即大自然）作为情感的寄托，通过对自然状况的描述，将人的心情与自然界有机地联系在一起。这种手法在诗歌中尤为常见。如"空山新雨后，天气晚来秋"，"行到水穷处，坐看云起时。"除了在诗歌文学这类的艺术中有所体现之外，"天人合一"的文化心理在一些通俗的绘画作品和手工艺品中也有所体现。例如一些"龙凤呈祥""松鹤延年"的图案画饰等，在小小的作品中展现着天、地、人同根同源、平等和谐的价值观念。将自然融入艺术作品，体现了人与自然、人与社会的和谐之美，表达了人们对于真善美的追求，也寄托了人们对于和谐安详的理想生活的渴望与向往。在建筑文化中，"天人合一"也有所体现，例如在选址建房时，人们对于房子的选址讲究"避风聚水、水动风生、风生水起"，只有这样才能够激发万物生长的生命力。同时，传统风水对于周边环境还有"左青龙、右白虎"的对称美学布局要求，许多城池的建设体现了这一原则，空间位置的对称性不仅仅体现了人类对大自然的模仿，也有助于满足人们的审美要求。在先秦时期，人们在建造明堂时对地形有着很高的要求，"下之润湿弗能及，上之雾露弗能入，四方之风弗能袭"。对于外在环境，要求明堂建在城南有水环绕的地方。在建筑结构上，一般是上圆下方，以此来象征天圆地方。

中国传统审美中另一个突出的特点是注重整体性。文学的创作往往强调的是"文史哲"三者的统一。也就意味着文学作品不仅仅是文学作品，它也是一部历史作品，同时也蕴含着丰富的哲学思想。先秦的诗歌"日出而作，日入而息"，其不仅仅是诗歌，同时也是古代劳动人民生活的一个真实写照，这是一句历史史实，而与此同时，这一生存状态又超越了具体的时空，延续至今成为今人的生活基本样式，因而显示出了丰富的哲学意味。《论语》《左传》《史记》这样的文学作品，则是我们审美样式的典型代表。

3.3.2 追求不同文艺形态接纳与认同的包容态度

"天下观"作为一种世界观形态，不仅仅是一个地理范畴，更包含着复杂的历史文化内涵。中国的"天下观"，可追溯至春秋战国时期，自春秋战国时期开始，将中原作为"天下"的中央。中原文化以一整套完整的伦理体系吸引着四周的其他文化，通过这种海纳百川的气度，中原文化逐渐形成了一个包罗万象的庞大的中华文明体。"四海之内皆兄弟"，不同的人们生活在一个共有的"天下"之中，而不是生活在绝对的有我无你的地域之内。周朝的"五服制"是典型的表现。所谓"五服"，则指自"天子"都城向四周扩展，由近及远、由亲至疏，为周朝的统治者认识、想象、描述和管理天下的差序等级结构。秦汉以来，大一统的国家多实行郡县制，边远地区则沿袭周朝的朝贡体制，中原作为"天下"的中心，承认各番邦、部落的相对独立权，接受其象征性的朝贡，但是并不对番邦国家和地区实行直接的控制，反而会给予他们以丰厚的回赐，在经济贸易往来方面也给予了很大的优惠，从而形成了"无远弗届、涵盖无限"可包容远近各种异质文化的广义的"天下"体系。对于古代中国人来说，能够贞百虑于一致，驱万途于同归的根本精神就是为了达到和谐，经过长期的历史积淀，这种精神最终转化成为中华民族普遍的社会心理习惯，并作为一种深层次的心理定式，影响着中华儿女的思维与习惯。直到今天为止，我们仍旧延续了这种"四海之内皆兄弟"的文化继承观，在对待外来文化的态度上，中华文化也一直采用着这种"求同存异、共同发展"的策略。

在对于外来文化的态度上，中华文化承认地域差别，承认文化之间的差异性，但是并不排斥这种差异性。相反，认为这种差异性也可以成为互相交流的重要环节，差异性的存在不能成为阻碍两种文化之间交流的障碍，而应当成为彼此发展进步的来源。因此中华文化强调的是不同之间的和合与同一，追求的是不同文化形态的接纳与认同。中华文化的一大基石是协和万邦，这是中华民族"天下观"的一个核心观念，是古人关于人与人之间、国家与国家之间的相处之道。中华优秀传统文化中的方法论、价值体系以及由此而决定的审美范式，既是中华民族创造的人类宝贵遗产，更是对今天的发展进步具有重大现实意义的宝贵精神财富，即使是在文学与艺术领域，仍然有着极为强大的生命力与现实意义。中国特色社会主义文艺体现出了对中华优秀传统文化的继承与发扬，在审美意蕴中展现中国文艺的发展变化与魅力，在不断地向世界讲述中国故事、展现中国魅力。

3.4 西方现代文艺理论的批判借鉴

《国家"十二五"时期文化改革发展规划纲要》指出："积极吸收借鉴国外优秀文化成果，坚持以我为主、为我所用，学习借鉴一切有利于加强我国社会主义文化建设的有益经验、一切有利于丰富我国人民文化生活的积极成果、一切有利于发展我国文化事业和文化产业的经营管理理念和机制。"① 实现中国特色社会主义文艺的长期健康发展，必须吸收和借鉴人类优秀文化成果。西方文艺理论与实践是改革开放以来对当代中国文艺转型产生深刻影响的理论"他者"。它对中国文艺的发展产生了一定的影响。一方面，西方文艺理论改变了当代中国文艺理论的话语方式甚至话语体系。在理论话语体系内，西方文艺理论促使中国文艺理论产生了深刻的变革。中国文艺理论开始由保守走向了世界舞台，逐渐展示中国的文艺风采。另一方面，西方文艺的实践对中国文艺的实践也产生了一定的影响。从五四运动开始，西方的浪漫主义与现实主义文学开始传入中国，在这一中国转型的重要历史时期，沉闷而压抑的中国文坛被现实主义与浪漫主义激活，我国涌现出了一大批现实主义与浪漫主义作家群体，他们在一定程度上吸收借鉴西方现代主义文学理论，通过某些西方的创作手法来表现与反映当时觉醒的新一代的思想状态。以茅盾、鲁迅等为代表的现实主义作家，通过对社会状况的生动写实，大大开拓了中国文学的现实表现力。诚如钱中文所说："我国文学理论在反思中，深感我国文学理论在求变、求新的过程中，每个阶段都深受外国文论的影响。"② 在现阶段，新时代中国特色社会主义文艺也对西方的文论进行批判的借鉴，取其精华，去其糟粕，走出了一条具有中国特色的文艺建设之路。

3.4.1 突破"主客二分"的美学思维方式

在我国文论建设史上，长期以来存在着一种过分强调文艺的机械模仿

---

①国家"十二五"时期文化改革发展规划纲要 [M]. 北京：人民出版社，2012：32-33.
②钱中文. 文学理论：在新世纪的晨曦中 [J]. 文学评论，1999（06）：6.

功能的思想，它是一种以机械唯物主义认识论为其哲学基础的文论思想，这一思想最大的特征便是将模仿的真实与否作为衡量文艺的最重要标准之一。很显然，这是与文艺的本性要求背道而驰的。西方文论的引入，特别是西方文论对于传统的"主客二分"思维模式的突破，使得我国逐渐认识到机械认识论的局限性，开始了新的文论的探索，将我国当代文论奠定在马克思主义实践观的理论基础之上，这对我国文艺建设的现代化转型起到了重要的推动作用。

3.4.2 融入条分缕析的理性思维方式

中国的文艺建设由于受中国传统感悟式直觉思维方式的影响，所以偏向于感性认知。这与西方条分缕析的理性思维方式存在着很大的不同。西方条分缕析的理性观念最早出现在古希腊时期。古希腊的哲学家在解释、世界认识世界时往往把具体的物质当成世界的本原，无论是认为"万物是一团熊熊燃烧的火"还是认为"万物都是由水生成"的，他们都试图用物质元素解释世界和万物的来源。在苏格拉底、柏拉图、亚里士多德之后，理性的本体论就形成了。这一理性本体论对人们欣赏艺术创作也产生了一定的影响。笛卡尔在认识世界时遵循了一个原则，他说："按照次序引导我的思想，以便以最简单、最容易认识的对象开始，一点一点上升到对复杂的对象的认识，即便是那些彼此间没有自然的先后次序的对象，我也会给它们设定一个次序。"[①] 笛卡尔在理性思维中融入了主体性的能动性。西方的理性思维在近代开始传入中国，对于我国传统感悟式直觉思维方式产生了一定的影响。"理性"是西方传统哲学的一个基本概念，它是人们对事物判断和思考的基本出发点，是人类在一定的历史发展阶段认识论范畴的标志。在古希腊时期，理性属于人但并非来源于人，理性以理念为根据并受理念的指导，具有主动性。起初，理性主义最具有代表性的人物是柏拉图，柏拉图认为，感性是人的缺点，人应当克服自己的缺点，只有理性才能使得人们获得真实的尊严。在笛卡尔眼里，他将数学当作人类理性最完美的例证，强调一种以演绎法为基础的逻辑推理的理性认识方法。以波瓦洛为代表的新古典主义文艺思潮，把文艺视为贯彻理性原则的工具，将

---

①笛卡尔. 哲学原理 [M]. 北京：商务印书馆，1958：6.

理性直接搬运到文学当中，作为指导文学创作的基本原则和文学价值判断的重要标准。到了黑格尔这里，理性主义代表了理念发展的最高阶段，也即绝对精神阶段，黑格尔将理性普遍化为一种形而上的东西，以此来抑制一切感性的东西，使得理性成为一种"冷酷的理性。"到了近现代，新理性精神应运而生，新理性精神主张运用大视野的历史唯物主义、哲学、人类学来审视人的生存意义，以重新理解与解释人创造的文化、文学、艺术的意义与价值；主张在传统基础上建立起现代性，当代文化建设必须以文化传统为基础与出发点，吸收古代文化与西方文化中的有益成分，使之融会贯通；主张在大视野的历史唯物主义、哲学、人类学的观照下，弘扬人文精神，体现文艺作品的人文关怀，以弥补人们的精神空缺。新理性精神作为一种文化、文学、艺术内在的精神信念，在对旧理性主义批判的基础上确立自身的现代性的理论结构，这种现代意识精神，作为一个尺度，是我们在新时期建设中国特色社会主义文艺需要遵循的重要原则。

3.4.3 外部研究与内部研究的辩证统一

外部研究是指以作者为中心进行的研究。内部研究是指以文本为中心进行的研究。美国当代学者 M. H. 艾布拉姆斯在《镜与灯——浪漫主义文论及批评传统》一书中曾提出文学四要素的观点。他认为，文学作为一种活动，总是由世界、作家、作品、读者等四个要素构成。在 19 世纪到 20 世纪初期，西方对于文学的研究往往都属于外部研究，但是随着时间的流逝，外部研究逐渐暴露了其局限性，"过分地关注文学的背景，对于作品本身的分析极不重视，反而把大量的精力消耗在对环境及背景的研究上"[1]。这样一来，文学的内部研究就显得十分必要。文学的内部研究让文学回归了文学自身，有利于深入文本的内部，通过细致的观察以及对文本的细致入微的解读，帮助更好地理解和把握文学作品的自身规律。但是内部研究也存在着一定的缺陷，其缺陷在于无法从意义层面对文学作品做出解释。而意义，即情感和思想，是文学作品的灵魂。中国文论努力吸收内部研究与外部研究各自的优点，摒弃它们的缺陷，努力做到二者之间的和谐统一，也就是说在进行艺术欣赏时，不仅仅关注作品本身，还要深入了解作

---

①刘若愚. 中国文学理论 [M]. 南京：江苏教育出版社，2006：4.

者自身，避免重复西方的片面之路。

3.4.4 文艺批评方式的借鉴

"对话理论"是西方文论中文学研究的重要范式。苏联文艺理论家巴赫金对"对话理论"进行了独特的阐释，形成了独具特色的"对话主义"。"对话主义"倡导人文学科中学术研究的各种视角、不同思想与观点的互动、互补。巴赫金的"对话主义"认为文学作品（特指小说）中的每个人物都具有独立的自我意识，但是这种"自我意识"并没有高低贵贱之分，它们是平等的，这种平等实现了文学作品由自我中心状态向非自我中心状态的转变。同时，巴赫金的"对话主义"也包含着主体间相互作用、相互否定、相互协调，在"主体-主体"的精神交流中，人类无限地接近真理。巴赫金的"对话主义"在我国产生了极大的反响，在我国文学创作界泛起了涟漪。20 世纪 90 年代以来，"对话理论"已经成为我国文学理论界的共识。钱中文在《对话的文学理论——误差、激活、融化与创新》一文中曾经指出："如何协调本土文学理论与外来文学理论之间的相互关系？文学理论接受的境界是什么？……我想我们可以根据巴赫金的对话理论，使东西方文学理论的交流，变成东西方文学理论的对话，逐渐形成对话的文学理论批评。"① 日渐中国化的"对话理论"，继承并发挥了巴赫金"对话主义"的指向，对用非此即彼的尺子裁决一切、热衷于容不得其他声音独断主义主张进行批判，以及对放弃价值判断否定理性意义存在的相对主义偏执进行批判，为我们进行文学批评提供了宝贵的启示。

---

①钱中文. 对话的文学理论——误差、激活、融化与创新 [J]. 中国社会科学院研究生院学报，1993（05）：7.

第 4 章　新时代中国特色社会主义文艺建设的构成体系

4.1 本质层面

　　新时代文艺建设从本质上来说是为人民服务，人民是文艺创作的出发点和落脚点。坚持以人民为中心的理念不仅是习近平关于文艺工作重要论述的重点，更是习近平新时代中国特色社会主义思想的理论中心。深刻领会习近平新时代中国特色社会主义思想就要把握"八个明确"和"十四个坚持"，"八个明确"和"十四个坚持"具有提纲挈领的作用，其中一个坚持就是"坚持以人民为中心"，这是"以人民为中心的创作导向"的理论基础和理论指南。随后，习近平又强调"社会主义文艺是人民的文艺，必须坚持以人民为中心的创作导向，在深入生活、扎根人民中进行无愧于时代的文艺创造"①。习近平关于"以人民为中心的创作导向"的论述是对马克思列宁主义文艺思想的继承，是对中国共产党历届领导人文艺思想的发展，丰富了中国特色社会主义理论体系的内涵。

　　坚持文艺创作首先要明确文艺为什么人的问题，毛泽东强调"为什么人的问题，是一个根本的问题，原则的问题。"② 在文艺创作过程中必须时刻牢记文艺为什么人的问题。邓小平强调"我们的文艺属于人民"，"人民是文艺工作者的母亲"③，凸显了人民在文艺创作过程中至高无上的地位。江泽民指出，文艺工作者要"在人民的历史创造中进行艺术的创造，在人

---

①党的十九大报告辅导读本 ［M］. 北京：人民出版社，2017：42-43.

②毛泽东选集（第 3 卷）［M］. 北京：人民出版社，1991：857.

③邓小平文选（第 2 卷）［M］. 北京：人民出版社，1994：209、211.

民的进步中造就艺术的进步"①，把人民与艺术的进步紧密联系在一起。胡锦涛强调"只有把人民放在心中最高位置，永远同人民在一起，坚持以人民为中心的创作导向，艺术之树才能常青"②，明确指出了人民在文艺创作过程中至高无上的地位。习近平指出"社会主义文艺，从本质上讲，就是人民的文艺"③，把人民作为文艺创作的根本地位确立起来。党的十八大以来，习近平关于"以人民为中心的创作导向"的论述内涵丰富，新时代文艺建设的本质凸显了对马克思主义文艺本质思想的继承，毛泽东开启了"文艺为人民服务"的时代，习近平则进一步继承、发展并延续了"文艺为人民服务"，为新时代文艺建设指明了发展方向。文艺建设的本质维度主要体现在三个方面：人民需要文艺，文艺需要人民，文艺发展成果惠及人民。

4.1.1 人民需要文艺

根据马斯洛需求层次理论，人类有一些先天的需求，比如衣食住行，而当人们的这些先天需求得到满足以后，便有了更高层次需求。新时期我国社会主要矛盾已经转化成了人民对于美好生活的需求同不平衡、不充分发展之间的矛盾，人们对于美好生活的需求里面就包括了对于文艺的需求。人民需要文艺，因而文艺创作的一切根本出发点和落脚点都是为了人民。新时代我国社会主要矛盾发生转化，意味着人民对精神生活的要求越来越高。人民已不再处于要求"吃饱了"阶段，而是要求"吃得好""穿得好""吃得好"，这就意味着不仅物质产品要丰富，精神产品更要丰富。高质量的文艺作品是丰富的精神产品，起着陶冶性情、锻炼情操的作用。优秀的文艺作品要求文艺发展要能有效辨别真善美和假恶丑，能够泾渭分明，把追求真善美当作文艺的最高追求。要求广大文艺工作者要善于从传统文化中汲取营养，学习文艺创作的技巧，弘扬中华美学精神。中华美学精神强调把文艺的审美本质充分体现在文艺作品中，要求广大文艺工作者用生动的笔触、优美的旋律和充沛的激情创作人民喜闻乐见的优秀文艺作

---

①中共中央文献研究室. 十四大以来重要文献选编（下）[M]. 北京：人民出版社，1999：2152.

②中共中央文献研究室. 十七大以来重要文献选编（下）[M]. 北京：中央文献出版社，2013：618.

③习近平. 在文艺工作座谈会上的讲话 [M]. 北京：人民出版社，2015：13.

品，提高人民的精神力量，丰富人民的精神生活。坚持一切为了人民有助于为人民提供丰富的精神文艺产品，丰富的精神文艺产品有助于为人民提供丰富的精神滋养。人民只有精神获得满足，才能有动力为社会主义事业做贡献，才能从更高层次为国家贡献力量。同时，伴随着我国综合国力的增强，国际社会对我国的关注度越来越高，对人民的关注度也越来越高，越来越关注我国人民的生活状况、传统习俗等，而这些不能仅靠官方宣传。高质量的文艺作品可以通过一幅画、一部电影、一首歌、一首诗来展现中国特色，讲述中国故事，深化国际社会对我国的了解。

判断一个国家综合国力的标准，除了物质力量的衡量标准外，更重要的是精神力量标准。除了建设物质文明外，"还要建设社会主义的精神文明"①，文化软实力越来越成为综合国力的重要标准。"文化兴，国运兴"。建成社会主义强国的同时也要建成文化强国。所谓文化强国，是指这个国家具有强大的文化力量。这种力量既表现为具有高度文化素养的国民，也表现为发达的文化产业，还表现为文化的软实力。培养高度文化素养的国民和较强的文化软实力，需要用优秀的文艺作品滋润人心，要使社会主义先进文化深入人心，使人民的文化生活丰富多彩。新时代，人民对文艺作品的需要向高层次、高质量的方向发展，需求更加广泛多样，文学、舞蹈、歌曲、戏剧、美术、摄影、书法、话剧、曲艺杂技、民间文艺等各领域都要跟上时代步伐、满足人民需求。人民的生活由物质生活和精神生活构成，幸福生活是丰富的物质生活和高质量的精神生活的统一体，高质量的文艺作品丰富了人们茶余饭后的幸福生活，有利于实现人的全面发展。人民的需要代表了文艺的发展方向。

4.1.2 文艺需要人民

人民是文艺创作的主体，文艺为人民服务是新时代中国特色社会主义文艺理论的核心思想，新时代文艺创作的一切目的都是实现文艺为人民服务。文艺需要人民这一观点，体现了在文艺建设领域坚持历史唯物主义的观点，人民是社会历史的创造者，同时也是社会物质财富和精神财富的创造者。文艺需要人民，是指人民是文艺创作的源头活水，文艺创作来自人

---

①邓小平文选（第 3 卷）［M］. 北京：人民出版社，1993：28.

民，离开人民，文艺就会变为无本之木、无源之水，文艺必须为人民服务，反映人民意志，体现人民愿望。"社会主义文艺与其他文艺的根本不同在于社会主义文艺是为人民服务的"。① 文艺需要人民，主要体现在以下几个方面。

第一，人民是文艺创作的源泉。离开人民，再华丽的文艺作品也是没有灵魂的空壳。艺术来源于生活却又高于生活，艺术来源于人民，因此艺术要服务于人民。人民不是抽象的人，而是一个一个具体的人。艺术服务于人民就意味着广大文艺工作者的所叙所述一方面都来源于人民，另一方面又都服务于人民。习近平总书记指出："文艺创作方法有一百条、一千条，但最根本的方法是扎根人民。"② 在文艺创作时，应体现人民的需求，反映人民的生活。中国特色社会主义事业需要千千万万的人民群众参与，广大文艺工作者要坚持以习近平新时代中国特色社会主义思想为指导，理论与实践结合，在深入实践中以身作则，从人民生活中寻找艺术创作灵感和创新借鉴，塑造打动人心的文艺精品，引起人民的思想共鸣，激发广大人民群众的创造激情，发挥广大人民群众的主体力量，为社会主义事业做贡献。

广大文艺工作者必须在扎根于人民的伟大实践中感悟人间冷暖，体会百姓生活，为文艺创作积累丰富而又真实的文艺素材，只有在这样真实的文艺素材基础上，才能真正创作出体现人民愿望、反映人民需求的文艺作品，只有这样的文艺作品才是真正为人民服务的作品，只有这样的文艺作品才是拥有主体性的文艺作品。信息化背景下，坚持文艺取材于人民，还要坚持与时俱进地反映人民的需求，要通过科学技术跟上时代步伐，紧跟时代潮流。信息技术的发展使得人民的需求变得多样化，人民生活、工作与科技结合，文艺也要与科技结合。广大文艺工作者要善于利用互联网发展文艺的新形态，更新文艺传播的方式，将文艺发展与微平台结合，将文艺创作植入互联网，善于利用微博、微信、抖音及其他各种网络 App 传播主流 价值观，弘扬社会主旋律。文艺需要人民，有助于督促文艺工作者始终做到文艺为人民抒写、文艺为人民抒情、文艺为人民抒怀。人民是国家的主人，同时人民也是文艺创作的主人翁，人民需要什么，文艺工作者就

---

①张三元、孙虹玉. 论习近平文艺思想的人民性［J］. 湖北经济学院学报，2018（01）：116.
②习近平新时代中国特色社会主义思想学习纲要［M］. 北京：人民出版社，2019：149.

应该创作什么，要把人民的需要当作文艺创作的标准。人民的喜怒哀乐是文艺创作最鲜活的素材，人民的力量是无穷的，人民的智慧是无尽的，坚持"文艺需要人民"的创作原则有助于满足人民对精神作品的热切期待，提高人民的满意程度。只有坚持"文艺需要人民"的创作原则，文艺工作者才能时刻关注人民的冷暖和人民的幸福，才能使文艺创作永远保持旺盛生命力，才能实现文艺的繁荣发展，才能使文艺作品充满活力。文艺创作扎根人民，就是要坚持文艺题材取之于人民，文艺作品作用于人民，要求文艺创作者走进群众生活，深入群众实践，反映群众愿望，体现群众利益。人民性是新时代中国特色社会主义文艺创作的根本属性，人民是文艺创作的源头活水，从纷繁复杂的大千世界凝练创作出来的优秀文艺作品，是丰富多彩的社会现实人物的折射，是充满矛盾的百态人生的再现，"咬破手指""闭门造车"只会脱离群众，与群众的价值取向相背离，文艺创作最终会变成无源之水和无本之木。扎根人民有助于使创作出的文艺作品经得起时间的考验，避免在时间的浪潮中被淹没，从而成为不可磨灭的时代精品，这就要求文艺工作者要创作出讴歌时代、讴歌党、讴歌国家、讴歌人民的文艺精品，"不断增强脚力、眼力、脑力、笔力"①，用浪漫主义情怀观照生活和社会，用现实主义情怀体现需求和愿望，使人民感受积极向上的精神，努力为社会主义文艺做贡献，推动社会主义文艺走向繁荣兴盛。

第二，人民是文艺发展的动力。人民的需求代表文艺的发展方向，人民需要什么，广大文艺工作者就要生产什么。"人民的需要是文艺存在的根本价值所在。"② 人民不是抽象的人，而是一个个具体的人，人们的爱恨、喜怒、哀乐、内心的挣扎和冲突都是文艺创作的题材，都是促进文艺向更高层次发展的鲜活生命力。正是古代人民丰富多彩的生活、多姿多彩的需要，才产生了《诗经》《关雎》《天问》《清明上河图》等时代巨作。人民的实践生活改变了文艺创作者的主观世界，锻炼和提高了他们的认识能力。文艺创作者正是在实践的推动下，不断打破认识上的旧框框，突破头脑中的旧思想，实现认识上的新飞跃，从而不断有所发现、有所前进，

---

①习近平致中国文联中国作协成立 70 周年的贺信［N］. 人民日报，2019-07-17（02）.

②中共中央文献研究室. 十八大以来重要文献选编（中）［M］. 北京：中央文献出版社，2016：129.

在文艺创作上才能更上一层楼。

第三，人民是文艺创作的评判标准。习近平指出："以人民为中心，就是要把满足人民精神文化需求作为文艺和文艺工作的出发点和落脚点，把人民作为文艺审美的鉴赏家和评判者，把为人民服务作为文艺工作者的天职。"① 强调人民是文艺创作的评判主体。文艺作品好不好、文艺作品美不美要由人民来评判，人民是文艺创作的最终目的，只有人民喜欢的作品，才是好作品。文艺评判标准不应该由文艺工作者的主观意识决定，而应回归到人民群众中去，接受人民的检验，要创作出人民群众喜闻乐见的文艺作品。

4.1.3 文艺成果惠及人民

文艺成果惠及人民就是要让人民享受到文艺创作的成果，广大文艺工作者要创作出有温度的文艺作品。有温度是指从个体层面体现文艺创作者对人民的关切。有温度要求文艺工作者要热爱人民，要用善良之光温暖人民的心灵，启迪人民的思想，要求文艺工作者创作有内涵的文艺作品。不把人民的幸福和人民的冷暖放在心中的作家不是一个好作家。文艺工作者要想创作出有温度的文艺作品，必须在与人民接触的过程中感受人民的欢乐、体验人民的痛苦。热爱人民不是一句空洞的口号，而是要体现在实际行动中，要求文艺工作者要亲身体验人民的生活，与人民紧紧联系在一起，同人民打成一片，关在象牙塔中的文艺工作者不会有持续的创作激情，高质量的文艺作品必须是在与人民的接触中产生的。如四大名著之一的《红楼梦》，如果曹雪芹没有对当时的环境和社会做过长期的观察和实践，呕心沥血，是根本不可能创作出这样一部千古流芳的文艺巨作的。鲁迅如果不了解辛亥革命时期最底层人民的生活状况，根本不可能创作出像阿Q、祥林嫂、少年闰土等这样栩栩如生的人物。历史和实践都已经证明没有人民参与的创作是不可能生产出优秀的文艺作品的。要想创作出流传千古的文艺作品，必须走出象牙塔，亲近人民的生活，在与人民的接触中体悟生活的本质，吃透生活的底蕴。生活不是只有莺歌燕舞，还有很多不如意的地方。关在象牙塔里的文艺工作者只能创作出抽象的文艺作品，不

---

①中共中央文献研究室. 十八大以来重要文献选编（中）[M]. 北京：中央文献出版社，2016：127.

仅无助于文艺的发展，而且会为社会带来负面效应。"文艺热爱人民"有助于使文艺工作者在体验人情冷暖中，努力创作积极向上的文艺作品，通过积极乐观的文艺作品，弘扬社会主旋律，宣传社会正能量，通过义艺作品给予人民精神鼓舞和精神支持，让人民看到生活还有很多美好的地方，让人民看到希望和光明。

4.2 内容层面

4.2.1 坚持以人民为中心的创作导向

党的十九大报告指出，繁荣发展社会主义文艺要"在深入生活、扎根人民中进行无愧于时代的文艺创造"[①]，为创作出无愧于时代的文艺作品提供了方法论指导。只有创作出优秀文艺作品，才能无愧于时代、无愧于民族。衡量一个时代的标准，要看有多少优秀的文艺作品。当前国际社会对我国的关注度越来越高，对我国文艺建设的关注度也越来越高，能否创作出具有中国风格的优秀文艺作品关系着我国的国际影响力。2014 年，习近平在文艺工作座谈会上提出了文艺工作的五个问题，其中第二个问题就是"创作无愧于时代的优秀作品"，足见习近平对优秀作品的重视。

第一，把创作优秀作品作为文艺生产的中心环节。优秀文艺作品是一个时代的反映，体现着一个时代的精神风貌和价值追求，体现一个民族和时代的创造力、引导力。优秀文艺作品是一个时代的精气神，能帮助人们驱逐心灵的阴霾，给人以光明，给人以力量，引导人们积极向上。文艺工作者要始终把创作优秀文艺作品作为生产的中心环节，用高标准、严要求严格约束自己，这就要求文艺创作不能拘泥于形式，固守传统，文艺作品形式要丰富多样。文艺工作者既要生产"阳春白雪"，又要生产"下里巴人"，要努力创作具有中国风格、中国特色、中国气派的文艺作品。生产优秀文艺作品，要求文艺工作者扎根生活、扎根人民。实践是创作的源泉，只要深入实践，就会给人以思想启迪。人间冷暖，事业顺境、逆境，梦想和期望，爱与恨，只要是源于生活的一切素材都可以给予文艺工作者

---

①党的十九大报告辅导读本 ［M］. 北京：人民出版社，2017：43.

灵感。"青少年阶段是人生的'拔节孕穗期',最需要精心引导和栽培。"①青年是最容易受到文艺作品影响的群体,当前西方大多是靠电影、动漫、图书、影像等来混淆青少年的认知,扭曲他们的价值观,从而达到意识形态渗透的目的。文艺作品对青少年吸引力是最大的,影响也是最大的,一部文艺作品的好坏足以影响青少年的身心健康成长。一个人年轻时读的文学作品,到长大时仍能记忆犹新,对其的生活方式、思维方式产生深刻影响,这是因为文艺对人的影响是潜在的,是潜移默化的,看不见、摸不着。因此,我们要正确把握文艺的特点,从文艺本身的技术层面出发,真实反映艺术的审美本性,展现艺术主体的思想情感和心灵世界。在艺术创作的过程中必须克服形式主义,避免过于追求形式的华丽,而忽视内容的体现;避免过于注重舞台效应和场面壮观,而忽视对文艺内容深度的挖掘;避免过于注重票房收入、收视率和点击率,而被市场牵着鼻子走,文艺不能做市场的奴隶,不要沾满了铜臭气。无论任何时候,文艺创作者都要始终牢记把创作优秀文艺作品当作文艺生产的中心环节,努力创作出更多无愧于人民的作品。文艺作为一种意识形态的反映,受制于社会存在的发展,伴随着时间、地点、条件的变化,文艺内容会发生转移,文艺工作者要与时俱进,正确把握时代前进的方向,把握时代的变化,努力创作出更多无愧于时代的优秀文艺作品。

第二,努力创作文艺精品。改革开放以来,我国文艺作品迎来了创作的春天,各种文艺作品竞相齐放,丰富多彩,各种文艺流派交相引领风潮,各种小说、诗歌、戏剧、影视等争奇斗艳,产生了许多脍炙人口的优秀文艺作品,如电视剧《西游记》,小说《平凡的世界》《穆斯林的葬礼》《白鹿原》《长恨歌》等。但同时也应看到文艺创作的问题,如作品良莠不齐、鱼龙混杂,存在着"高原"缺"峰"的现象,娱乐节目、文艺形式、文艺题材千篇一律,竞相抄袭和模仿。关于相亲类的节目就有很多,如最早在山东卫视播出的《爱情来敲门》,接着湖南卫视又播出《我们约会吧》,随后播出的《非诚勿扰》《中国式新相亲》《百里挑一》等同类节目机械化生产,缺乏创新,消费着人们的感情,大大降低了文艺作品的质量,使文艺工作停滞不前。还有一些文艺作品,过多地渲染社会的阴暗面,违背了

①习近平主持召开学校思想政治理论课教师座谈会［EB/OL］. http：//www.gov.cn/xinwen/2019-03/18/content_ 4374831. htm.

文艺真正为人民服务的本质。有的文艺作品过多地调侃、吐槽生活，涌现了大批庸俗的作品，降低了人们的审美质量和审美享受。文艺工作者必须坚决抵制这些不良现象，努力创作精品。市场经济是一把"双刃剑"，在为我们带来利益的同时，使人们越来越浮躁，为达目的不择手段，利益至上、金钱至上、一切向"钱"看成为社会的主要现象。文艺工作受到市场经济的影响，在市场经济浪潮中迷失方向，人们为了利益而生产，快节奏的生活方式使文艺创作者越来越浮躁，不能沉下心来认真创作，急于求成、揠苗助长、急功近利、粗制滥造成为文艺创作的通病，不仅降低了文艺生产的质量，而且也伤害了人们的感情，因为文艺是创作者感情的反映，是人们精神生活的一种反映。历史上我们有过很多优秀作品，这是因为这些著作都是一步一个脚印、循序渐进地完成的，没有哪个大家能在短时间内完成一部巨作，没有哪一部短期内完成的作品能接受时间的检验，任何一部优秀的文艺作品都是稳扎稳打、循序渐进地完成的。文艺工作者要退去市场经济带来的浮躁之气，坚持精益求精的精神，反复打磨，反复钻研，只有这样创作出来的文艺作品才能经受住历史和人民的考验，才能在时间的长河中经久不衰。

第三，真善美是文艺创作追求的永恒价值。自改革开放以来，我国优秀文艺作品大量涌现，主流方向是"弘扬真善美，贬斥假恶丑"。我国著名艺术理论家仲呈祥指出，"真善美"是文艺工作者"心灵对人生的一种独特体验和感悟"[1]，足见真善美在文艺界的重要性。所谓"真"就是用最真的感情反映社会生活最真实的面貌。真情实感是文艺创作最基本的要素，只有投入真情实感才能真情流露。如果文艺作品离开了真情实感，那么一切文艺作品就成了没有灵魂的空壳，丧失了其艺术展现的生命力和感染力。只有饱含真情实感的文艺作品才能具有持久旺盛的生命力。文艺创作者不能为艺术而艺术，艺术源于生活，又高于生活。取材于生活的文艺作品一定是最接地气的文艺作品，但文艺的真实性不仅在于真实反映生活，而且在于对生活题材的去粗取精和去伪存真，只有提高辨别能力，把那些庸俗、低俗的文艺作品过滤出去才能真正达到文艺创作的真实目的。所谓"善"就是创作有道德的文艺作品，有道德的文艺作品要求把德性精

---

① 仲呈祥 . 中国电视剧历史教程 [M]. 北京：中国传媒大学出版社，2010：141.

神贯穿其中，用道德、正义和善良感化人心。善良是我们的精神基因，自古孟子就提倡"性善论"，告诉我们人的本性是善良的。新时代文艺创作者要坚持弘扬先辈的思想精髓，继承善良传统，用善良感化人，因为只有善良才能改变人，只有善良才能达到以文化人、文化天下的目的。所谓"美"就是文艺创作者要有一双会发现美的眼睛，善于寓情于景、情景交融，在感受大自然的同时达到物我合一的境界，在体验情景的同时达到思想和精神境界的升华。在文艺内容上要善于融合现实题材，如抗震救灾英雄的事迹，为了解救人民牺牲自己的消防题材，在平凡的工作岗位默默付出的人们等，让人们产生新鲜感情和美的愉悦。如热播的电影《战狼》《流浪地球》《烈火英雄》《哪吒之魔童降世》等，都用平凡而伟大的题材，生动形象地向人们展示了人间的真情。只有通过塑造体现"真善美"的文艺作品，才能帮助人们接受心灵的洗涤，发现人间之美和自然之美。

4.2.2 坚持人民的文艺评判标准

文艺创作中文艺批评十分重要。早在新民主主义革命时期，毛泽东就提出批评和自我批评是党的三大作风之一，文艺创作过程中的批评和自我批评关乎文艺创作的质量。当前文艺创作中存在只说好听话、不批评的现象，不利于文艺界的发展。文艺批评是文艺创作的一面镜子，是提高文艺审美、引领文艺风尚的重要力量。文艺批评就是要真批评，而不是阿谀奉承、只说好听话，只有说真话，才能发现文艺创作中的不足与问题，文艺作品才能更有说服力、信服力。文艺是为人民大众服务的，文艺批评也要是为人民大众服务的。马克思主义的美学观和历史观决定了文艺批评要为人民服务。文艺批评为人民服务，要求文艺批评要做到"为人民立言"。"为人民立言"要求文艺作品时刻把人民放在至高无上的地位，反映人民的呼声，体现人民的需求，满足人民的愿望，时刻把为人民服务作为文艺创作的"试金石"。针对那些偏离人民、假装为人民说话的文艺工作者要大胆批评、真批评，要让他们红红脸、出出汗。"文艺批评是文艺创作的一面镜子、一剂良药"①，当前我国文艺创作存在文学艺术家不敢讲真话、讲实话的现象，不敢对文学作品进行批评，严重阻碍了我国文艺事业的发

①中共中央文献研究室.十八大以来重要文献选编(中)[M].北京:中央文献出版社,2016:138.

展。"批评，在某种意义上是需要与创作保持一定距离的，不能既当运动员又当裁判员，只有冷静观照，才能客观求实"[①]，批评不是要求阿谀奉承，而是要敢于讲真话、说实话，把唯票房收入论、唯收视率论等实用主义的观点引入文艺评价标准会导致夺票房、争收视率现象的发生，使物质指标至上，从而忽视精神指标。

文艺批评首先要坚持科学的评价标准，科学的评价标准意即树立正确的审美观和历史观。文艺创作是否符合大众口味，最根本的评价标准是文艺作品是否具有审美观。其次，科学的评价标准要坚持历史的观点。每一部文艺作品都是当时时代的反映，历史观要求文艺工作者对文艺作品进行评价时要回到当时的时代背景，从特定历史条件出发，分析文艺创作者的创作广度和深度，自觉抵制历史虚无主义，防止历史层面的价值断层。中华文化源远流长，每一个时代的历史都是新时代文艺理论的题材来源。习近平指出，"没有历史感，文学家、艺术家就很难有丰富的灵感和深刻的思想。"[②] 一个尊重历史并反思历史的民族，才是一个伟大的民族。文艺作品的审美性和历史性要求广大文艺工作者从中国历史出发，尊重中国历史，弘扬中国精神，彰显中华民族品格。只有正确处理好文艺作品的审美性和历史性，才能做到艺术性和思想性的统一，做出正确的价值判断。

文艺的批评标准和原则是一个复杂的、多层次的、变化着的系统。而人们所共同认可以及恪守的最高层次、最具指导性的文艺批评标准和原则是那种具有哲学方法论意义的历史观点与美学观点。但是在进行美学批评时，怎样对现实主义之外的其他艺术流派持宽容态度，在对艺术提出政治要求时怎样遵从艺术规律，都是需要认真对待、不断探索的问题。马克思主义艺术批评标准贯穿在当代中国艺术批评构建多维的价值功能系统的过程中，并且对于我国文艺批评标准的形成起着主导作用。科学的文艺评价标准能提升整个民族的文化自觉。坚持科学标准是文艺工作的真理。真理越辩越明。只有敢于批评才能认识到问题。如果都是表扬和阿谀奉承，一点批评精神都没有，那么任何一项工作都不会前进发展。发展是辩证的自我否定，辩证否定观的实质是"扬弃"，对文艺工作而言，"扬"就是发

---

①仲呈祥. 文艺批评：增强文化自觉和文化自信 [J]. 艺术百家. 2013（02）：15.
②中共中央党史和文献研究院. 十八大以来重要文献选编(下)[M].北京:中央文献出版社，2018:476.

扬、表扬，"弃"就是丢弃、放弃，只有对文艺保持批评的态度才能放弃原来的缺点和问题，文艺发展的过程是表扬与批评相统一的过程。人无完人，金无足赤，每个人都或多或少地存在一些问题，文艺工作者之间应该互相检讨、互相反思，要学会倾听别人，虚心接受别人的意见与建议。"良药苦口利于病，忠言逆耳利于行"，一个愿意指出你问题的人才是一个真正关心你的人，如果全是表扬与夸赞，那么一定不是一个真正关心你的人。文艺批评也是如此，唯有保持批评精神，才能激浊扬清，才能真实地反映现实生活。当然文艺批评也要反对无根据、没有原则的批评，没有根据的批评不仅无助于文艺事业的发展，而且会打消文艺工作者的积极性。文艺工作者要坚持用马克思主义理论武装头脑，坚持马克思主义文艺观，正确运用历史的、艺术的、人民的观点评判文艺作品，实事求是，坚持真理，把握好文艺发展的方向盘，说真话、讲事实，营造良好的文艺批评氛围。

4.2.3 坚持与时俱进的文艺政策方针

党的历届领导人于不同时期所做的讲话是我国文艺建设的政策导向。文艺政策是新时代中国特色社会主义文艺建设的重要制度保障。没有党的文艺方针政策，任何时期的文艺建设都得不到正确发展。制定有效的文艺管理政策有助于社会主义文艺保持平稳发展。社会主义文艺要想获得平稳发展必须制定有效的管理体制和管理政策，有效的文艺管理体制和文艺政策是社会主义文艺的根本保障。党在不同时期对文艺有不同的政策，从毛泽东《在延安文艺座谈会上的讲话》到习近平《在文艺工作座谈会上的讲话》，无一不体现着党对文艺工作的正确领导。但党的文艺政策不是一帆风顺的，党的文艺政策也走过弯路，但党每次都能及时发现问题，坚持实事求是的原则及时予以修正。文艺管理政策与文艺发展是相辅相成的过程，文艺管理政策为文艺发展提供动力，文艺发展展现文艺管理政策的成效。新时代，习近平以建设社会主义核心价值体系作为我国社会主义文艺发展的根本条件，用社会主义核心价值观解决当代多种价值观冲突的问题，建设社会主义和谐文艺。制定有效的文艺管理政策要求党不断深化和改革文艺体制，首先思维要不断更新，要跟上时代节拍，不断创新和完善文艺管理政策。加强对文艺的管理旨在使文艺实现更好更快发展，而制定好的文艺政策能保证社会主义文艺健康发展，要不断适应新情况，发现新问题，通过完善文艺管理体制，不断制造生动活泼的文艺发展局面。

1986 年 9 月，党的十二届六中全会审议通过了《中共中央关于社会主义精神文明建设指导方针政策的决议》①，决议指出要以经济建设为中心，坚定不移地推进社会主义精神文明建设，坚持社会主义精神文明建设的战略地位，社会主义精神文明建设的主要目的是培养有理想、有道德、有文化、有纪律的社会主义公民。要制定文化事业发展具体规划，保证文化任务像经济任务一样如期高质量完成。1989 年，中共中央通过的《关于进一步繁荣文艺的若干意见》指出，在文艺领域首先要理顺党、政府和群众文艺团体之间的关系，在文艺管理体制上要扩大各文艺事业单位的自主权，引进竞争机制，促进人才流动，以增强文艺事业单位的生机与活力，建立和完善社会主义文化市场，正确引导群众的文化消费。1996 年 10 月，党的十四届六中全会审议通过《中共中央关于加强社会主义精神文明建设若干重要问题的决议》，决议指出要繁荣文学艺术，来满足人民群众日益增长的精神文化需求，重申了社会主义文艺建设要坚持为人民服务与为社会主义服务的方向。

党的十八大以来，党中央高度重视我国文艺发展工作，新时代中国特色社会主义文艺以习近平关于文艺工作的重要讲话为主要依据，形成了一个完整、科学的体系。2014 年 10 月 15 日习近平《在文艺工作座谈会上的讲话》（以下简称《讲话》）是继毛泽东《在延安文艺座谈会上的讲话》、邓小平《在全国文学艺术工作者第四次代表大会上的祝词》之后对新时代文艺发展具有指导性意义的文件，既有对之前的继承，也有新的突破和创新，开启了文艺发展的新时代。2014 年习近平《讲话》回答了五个问题，为新时代文艺发展提供了政策指导。第一，明确将新时代中华文化的发展与民族复兴紧密联系在一起。实现中华民族伟大复兴是近代以来中国人的梦想，如今的中国比历史上任何时期都更接近于民族复兴的实现，伟大事业需要伟大精神，伟大精神需要伟大作品，习近平《讲话》将文艺发展与中国梦紧密结合，指出"没有中华文化繁荣兴盛，就没有中华民族伟大复

①中共中央文献研究室. 十二大以来的重要资料选编（下）[M].北京：人民出版社，1988：1173-1190.

兴"。① 第二，提出了优秀文艺作品衡量标准问题，即"思想精深、艺术精湛、制作精良"②。新时代文艺创作标准不再只局限于政治标准，更加强调"文艺"和"思想"，"思想"不再指"政治思想"，而是指文艺思想、文学审美、人民的精神世界。优秀的文艺作品要真正地走进人民的精神世界，引起人民的思想共鸣。第三，对"文艺为人民服务"有了新的、更高层次的认识。自毛泽东、邓小平、江泽民、胡锦涛以来，党就长期坚持文艺为人民的根本问题，新时代习近平对人民的文艺做了更深刻的阐述，将人民作为文艺创作的主体，将人民作为文艺作品的鉴赏家和评论家，将为人民服务作为文艺创作者的天职。第四，对社会主义文艺有了全新的论述。新时代，习近平明确指出中国精神是社会主义文艺的灵魂，弘扬中国精神就是弘扬以爱国主义为核心的民族精神与改革创新为核心的时代精神。第五，要正确处理好党对文艺工作的领导问题，正确把握文艺发展规律。文艺发展一方面要坚持党的绝对领导，选好领导班子；另一方面要尊重文艺工作者的创作自由，体现文艺创作者的个性。正确处理好这两个方面就要正确处理好党性和人民性、政治性、思想性的问题。习近平的《讲话》体现了文艺发展的五维向度，体现了新时代文艺发展的政策导向，为新时代中国特色社会主义文艺建设提供了方向指导。

4.3 价值层面

4.3.1 增强文化生产力与文化软实力的重要抓手

文艺作为一种特殊的商品，其不仅仅可以为人们带来审美的享受，还可以带来经济收入。被誉为"国粹"的京剧是积淀了中华民族审美习惯和文化传统的艺术瑰宝，在世界文化艺术宝库中占据重要地位。在京剧中，中国人传统的含蓄、稳健、精致、典雅的精神品格得到了最生动、最饱满的展现。京剧艺术不仅仅深受国人的喜欢，还走向了世界的舞台，受到来自世界各地人们的喜欢，拥有亿万个观众，并且许多商品的生产厂家为了

---

①中共中央文献研究室．十八大以来重要文献选编（中）[M].北京：中央文献出版社,2016:121.
②中共中央文献研究室．十八大以来重要文献选编（中）[M].北京：中央文献出版社，2016：124-125.

吸引更多的人购买产品，在商品上画上京剧脸谱，通过美观的包装也提高了商品的附加值。"无论是书店里陈列的世界名著，还是剧院里上演的精彩话剧、歌剧，大荧幕上播放的电影作品，这些精彩的文艺作品，有很多都以文化产品的形式流动在文化市场中，是文化产业的重要部分。"① 新时代，文化产业已经成为国民经济的重要组成部分，因此，新时代中国特色社会主义文艺有着丰厚的商业价值。同时，文化生产力也是国家综合实力的一个重大指标，彰显了文艺对文化软实力的有力支撑。

"软实力"的概念最早由美国哈佛大学教授约瑟夫·奈于 20 世 90 年代提出，他指出一个国家的综合国力既包括硬实力，又包括软实力。硬实力通常通过经济、科技、军事实力等表现出来，约瑟夫·奈在《软力量：世界政坛成功之道》② 一书的前言中将软实力定义为通过吸引而并不是强迫或收买的方式来达到自己目的的能力。他认为软实力主要包括三个方面：一是文化的吸引力；二是制度和价值观的吸引力；三是掌握国际话语权的能力。不难看出，约瑟夫·奈主要是从国际战略和外交方面来阐释软实力的内涵的，具有明显的工具主义色彩，"文化软实力在软实力中处于灵魂与经纬的位置"③，灵魂与经纬的位置意味着文化因素渗透到了软实力的各个方面，贯穿在了软实力发展的各个环节，硬实力固然十分重要，但在信息化时代软实力要比硬实力更重要、更突出。

在党的十七大报告中，胡锦涛提出了"国家文化软实力"这一概念，在当时的特定语境里分析，"国家文化软实力"大致包括四个层次的含义。第一层次的含义为建设社会主义核心价值体系，增强社会主义意识形态的吸引力与凝聚力。第二层次的含义为建设社会主义和谐文化，培育社会主义文明风尚。第三层次的含义为弘扬中华优秀传统文化，将中华优秀传统文化与现代文化相贯通，并积极吸取传统文化中的养分，建设中华民族共有的精神家园。第四层次的含义为创新文化生产创作体制，激发文化发展的活力。2013 年，习近平总书记进一步强调要"提高国家文化软实力"，并将文化软实力与"两个一百年"奋斗目标和中国梦的实现紧密联系在一起，突出了党对文化软实力的高度重视。由于文化软实力的无形性和潜在

①范周. 文艺繁荣，文化产业如何作为？[J]. 四川戏剧，2014（09）：2.

②[美] 约瑟夫·奈. 软力量：世界政坛成功之道 [M]. 北京：东方出版社，2005.

③王一川. 文学艺术与文化软实力 [M]. 长沙：湖南大学出版社，2015：2.

性，社会主义文艺就承担起了提高文化软实力的重任，成为提高我国文化软实力的重要载体，对文艺作品的关注度就越来越高。历史和实践都已经证明，中华文化在人类文明中的重要地位。文艺作为引领时代前进的号角，新时代包括文艺在内的文化发展与我国文化软实力的提升、国家形象的树立同样紧密联系在一起。全球化背景下，中国传统文化走出国门，肩负着重大的责任与使命，但同时也面临着许多困境。我们要清楚地认识到当前我国文化软实力与实现中华民族伟大复兴的中国梦的要求还不完全相适应。文化软实力与我国日益提升的国际地位之间还存在着较大的差距。改革开放以来，虽然我国的经济建设取得了非常大的成就，到了 2010 年，我国就已经成为世界第二大经济体，经济"走出去"成效明显，但是文化交流却存在着明显的"入超"，我国文化事业的产业份额占世界文化市场的份额较小，处于劣势。文化建设处于滞后的状态，作为战略性产业的文化产业也处于一种被动的战略性短缺阶段，这严重阻碍了综合国力的提升。据有关资料显示，我国的文化市场长期处于"逆差"的情形，为了改变这一世界文化市场"西强我弱"的不利格局，不断推进中国特色社会主义文艺建设，通过文艺建设来发展社会主义先进文化，提升我国的文化软实力，努力实现从文化大国向文化强国的转变显得尤为重要。

武汉大学骆郁廷指出："文化软实力是中国特色社会主义实践中产生和形成的创新话语，它既是中国共产党人在中国特色社会主义实践中作出的创新理论概括，又是推动中国特色社会主义实践强大的精神力量。"[1] 文化软实力具有增强国家凝聚力、提高国家魅力与吸引力的特点，是提升综合国力的重要内容，因此努力提升国家文化软实力是事关国家发展大计的大事，也成为学术界探讨的焦点问题。文化软实力的提升需要的不仅仅是文化实质性内涵的丰富，同时也需要丰富展现文化内涵的形式。文艺作为文化的重要形式，兼具内涵与形式两种形态，因此对于提升国家文化软实力具有很大的优越性。美国著名的教育家杜威曾经说过："艺术的繁盛是文化性质的最后尺度。"[2] 文艺是国家文化软实力的重要表现形式和重要组成部分，同时又是提升国家文化软实力的重要途径。与国家硬实力如经济实力和军事实力通常以"强迫"或者"施压"等方式去直接作用于对方不

---

①骆郁廷. 文化软实力：基于中国实践的话语创新 [J]. 中国社会科学，2013（01）：20.
②杜威. 艺术即经验 [M]. 北京：商务印书馆，2005：383.

同，文艺往往具有柔性、柔软或者间接感化的力量，让受众在不知不觉中受到直觉、情感、想象力等的瞬间触发。文艺总是通过具体的文艺作品去传播其文化软实力的。在国家与国家的交流中，艺术的吸引力在于它总是以"吸引而非强迫"的手段引导平等对话的展开，在传播者和受众之间建立起的互动关系、信任机制成为影响二者之间交流基本面貌的决定性因素。作为文明古国，历史上，中国的文化对于西方国家有着很强的吸引力。例如元朝时期的《马可·波罗游记》，书中表达了西方人对于东方文明的憧憬与向往。

文艺事业的发展对于国家文化软实力的提升具有重要作用。党和国家长期以来都将文艺事业作为重要的事业，将文艺工作作为党和国家工作的重要任务。在新民主主义革命时期，我们党通过繁荣文艺事业来为广大民众传达自强不息的奋斗精神，为全国人民送去走向觉醒的精神力量；到了社会主义建设与改革时期，党和国家通过发展文艺向人民传达艰苦奋斗的作风，展现人民奋起直追的勇气；新时代以来，党和国家通过发展文艺事业，来不断满足人民对于美好生活的需求，丰富人们的精神世界，并且通过繁荣文艺事业来促进国家文化软实力的提升。从某种意义上来说，一些优秀的文艺作品成了国家文化软实力的精粹，如一些举足轻重的艺术品的出境展出，显现出本国的非凡的文化能量；再或者某些艺术作品与重大事件联系在一起，或者与国家利益挂钩，文艺的使命就体现出来了。文艺的发展，必然会促进文艺作品的大量产出，文艺作品也在很大程度上丰富和发展了国家的文化软实力。文艺产业属于文化产业的重要分支，文艺产业同文化产业一样在带来社会效益的同时，也带来了很大的经济价值。文艺产业所创造的经济价值在国民生产总值中的比例也越来越大。

4.3.2 巩固意识形态的重要手段

新时代中国特色社会主义文艺建设，为新时代我国巩固意识形态工作提供了新的思想武器。意识形态领域的斗争是隐形斗争，也是最危险、最重要的斗争之一。社会主义文艺作为社会主义意识形态的重要组成部分，其发展成效关乎社会主义意识形态工作的成效。社会主义文艺是新时代前进的号角，最能代表新时代中华民族的精神风貌。

首先，新时代中国特色社会主义文艺的飞速发展有效抵制了多元主义思潮的冲击。新时代,伴随着改革开放和市场经济的深入发展,一些西方国家从未松懈对我国的渗透。在这样恶劣的环境下,如何正确处理外来文化与本土文化、文化的国际化与民族化的辩证关系,以此来确保我国的文化安全,显得尤为重要,也成为摆在我们面前的重大战略课题。对于一个国家和民族来说,一味地开放而忽略了对本土文化的保护,很可能会丧失文化发展的自主性,使得民族文化失去光辉,甚至可能会沦为某些异质文化的附庸,导致本民族文化的彻底消失。西方的价值观逐渐涌入我国,意识形态领域出现多元主义思潮并存的现象,如消极主义、拜金主义、历史虚无主义等,这些负面消极的社会思潮严重冲击了我国主流意识形态。社会主义文艺建设作为我国意识形态工作的重要组成部分,其发展方向关乎我国社会主义的发展方向,新时代中国特色社会主义文艺建设有效回应了当前多元主义思潮并立的现象。关于消极主义,习近平指出不能在文艺为什么人的问题上出现偏差,文艺要始终坚持为人民服务的创作导向。生活中并非到处都是莺歌燕舞、花团锦簇,社会上还有很多不如人意的地方。文艺创作不是只对社会丑恶的揭露,更有对光明的称赞。文艺工作者要抱有积极向上的心态,努力用光明驱逐黑暗,用真善美战胜假恶丑,引导人们积极向上,让人们看到希望与未来。关于拜金主义,文艺领域出现了金钱至上、一切向"钱"看的歪风邪气,严重背离了社会主义文艺的本质。习近平指出,我们强调社会效益不是不要经济效益,而是要正确处理好社会效益和经济效益之间的关系,坚持把社会效益放在首位,不能为了追求市场利益,而背离群众,文艺工作者不能为了追求票房收入和收视率就不顾文艺创作的质量,社会主义文艺是人民的文艺,不能让文艺成为市场的奴隶,沾满了市场的"铜臭气"。关于历史虚无主义,习近平强调历史是文艺发展的一面镜子,通过历史我们可以"观古今于须臾,抚四海于一瞬"。历史给予了文艺工作者无限的创作灵感和想象空间,"但文学家、艺术家不能用无端的想象去描写历史,更不能使历史虚无化。"① 文艺工作者无法完完全全地还原历史,但有责任和义务把真实的历史展现给人们。只有树立和坚持正确的历史观,坚持历史观与审美观的统一,文艺作品才能经得住历史和时代的检验。新时代习近平关于文艺理论的论述有效解决了

---

①中共中央党史和文献研究院.十八大以来重要文献选编(下)[M].北京:中央文献出版社,2018:476.

文艺工作者在面对多元主义思潮时价值观混乱和信仰迷失的问题，为文艺领域的意识形态工作提供了思想武器。

其次，新时代中国特色社会主义文艺提倡把弘扬中国精神作为社会主义文艺建设的灵魂，弘扬中国精神在很大程度上巩固了我国主流意识形态。市场经济在为我们带来利益的同时也带了很多风险和挑战，西方对我国实施的"西化""分化"战略从未停止，意识形态领域的斗争正在激烈地进行，有些西方国家打着所谓的"民主"与"普世价值"的幌子企图动摇我们对社会主义的信念，消解主流意识形态，以习近平同志为核心的党中央敏锐地意识到了这个问题，提出把中国精神作为社会主义文艺的灵魂，有效巩固了我国社会的主流价值观。中国精神是党的十八大以来的特定概念，中国精神在当代的体现就是社会主义核心价值观。社会主义核心价值观分别从国家、社会和个人三个层面对社会主义文艺提出了新要求。每个时代都有每个时代的精神，中国精神作为新时代的核心精神，是凝心聚力的灵魂，是建设中国特色社会主义文艺的指导精神。习近平强调两个文明都搞好才能称得上是中国特色社会主义，精神文明是实现国家强盛的重要条件。一个国家要想强盛，必须建立起精神上的高楼大厦。改造国民思想的任务从来都是由文艺工作者完成的。社会主义核心价值观是全体公民价值观的"最大公约数"，新时代广大文艺工作者要充分认识到自己肩上的重任，把社会主义核心价值观熔铸在社会主义文艺创作的全过程，坚持正面引导，弘扬社会主旋律。社会主义核心价值观的培养不是靠外在形式就能实现的，也不是靠敲锣打鼓就能实现的，而是靠内在培养，广大文艺工作者要通过创作高质量的文艺作品将社会主义核心价值观自觉内化于心，外化于行，在潜移默化中践行社会主义核心价值观。当然我们强调要弘扬社会主义核心价值观，弘扬中国精神，并不是说不要借鉴外来优秀文化，而是要积极吸收外来文化中的合理成分，结合中国国情，将其转化为富有民族特色的中国形式，要坚持"以我为主，为我所用"，大胆吸收借鉴外来文化中的一切优秀的、合理的成分。

当前，伴随着我国综合国力的提升，我国经济实力跃居世界第二位，国际社会对我国的关注度也越来越高，人民迫切需要有中国风格、中国特色、中国气派的文艺作品，从而让世界更好地了解中国。要积极扩大中国在国际社会的影响力，一首诗、一部话剧、一幅画、一部电影，都能引起人们的共鸣,很好地打动人心,传递我国的文化底蕴,让世界能更好地了解中国,了解中国的生活方式、民族特色,了解中国人的世界观、人生观、价值观。人民的需求代表了文艺的发展方向,文艺创作必须体现人民的需求。在文艺创作过程中,广大文艺工作者要通过优秀的文艺作品,向世界宣传中国,让更多的人了解中国,传播好中国声音,讲好中国故事。

4.3.3 引领社会发展的重要风向标

第一,文艺建设的社会价值首先体现在文艺建设有助于丰富人的感觉和思维。新时代中国特色社会主义文艺的社会价值体现在艺术家通过艺术实践活动发现、创造社会物质或精神财富。艺术是一种强大的社会生产力,在艺术加入人们的社会生产之前,人们从事的社会生产活动往往是枯燥无味的简单性劳动,当艺术加入社会劳动中来时,人们开始在社会劳动中加入审美元素,在劳动中获取美的享受以及精神上的满足,这种艺术的创造性不仅丰富了社会产品,而且使社会的发展趋向于美好。因此艺术一旦走进人们的生活,它就成了一种物质需求得到满足以后的精神生活必需品,成了社会发展不可或缺的因素。艺术所表现出来的社会价值是其他东西不可代替的,"文艺对于人的意义究竟何在?往远说,它使人成其为人。往近说它有助于丰富人的感觉和思维。"①

第二,文艺可以引领社会风气。优秀的文艺作品可以对一个民族的精神气质、伦理道德等方面产生深刻影响,成为影响本民族精神的重要因素,也可以引领一个时代的风气。文艺一方面要观照社会现实,体现人间冷暖;另一方面也要通过创作充满正能量的文艺作品对社会予以正面的价值观引导,引导人们积极向上。古时就有文以载道、以文化人的说法,这里的"道"指的是以仁爱、礼仪、道德、中庸为核心的传统道德价值观。传统的道德价值观对我们今天仍具有很大的现实意义,德性精神仍为当代社会主义文艺的核心精神,如果用现代的视角审视古时的"道",那么古时的"道"就是我们今天所大力提倡的社会主义核心价值观。党的十八大以来党中央从国家、社会、个人三个层面提出了社会主义核心价值观的内容,指出社会主义核心价值观是全体公民价值观的"最大公约数",突出

---

① 张筱强.文艺社会价值的重审与重建 [J].中国党政干部论坛,1997(01):19.

强调了社会主义核心价值观的凝聚和引领作用。用社会主义核心价值观来引领与指导中国特色社会主义文艺建设，坚持正面引导，弘扬主旋律。在强调社会主义核心价值观时，习近平特别注重爱国主义。爱国主义是我们的传统，也是文艺创作的核心主题。古代就有大量爱国主义诗歌等文艺作品，涌现了大量爱国主义人物。新时代爱国主义精神传承至今，成为中国人永不熄灭的精神火炬。文艺工作者要有坚定的爱国主义立场，把爱国主义贯穿在文艺创作生产的全过程。一个没有爱国主义情怀的文艺工作者，是不可能创作出感人的文艺作品的；一个没有爱国主义情怀的文艺工作者，更不可能意识到肩上的责任。2017 年热播的由吴京导演的《战狼 2》最终票房为 56.95 亿元，其最大的特点就是将爱国主义与动作结合在一起，将爱国主义表现得淋漓尽致，电影结尾写道："当你在海外遇到危险，不要放弃，在你的身后有一个强大的祖国。"这部电影极大地激发了人们的爱国热情。《战狼 2》高票房收入从侧面反映了当代中国人对爱国主义题材的喜爱。文艺工作者应该多创作这样的文艺精品，引领人民积极向上。习近平强调文艺创作要抒写英雄事迹，也可以看出习近平对文艺引领价值的重视。

4.3.4 推动中华民族伟大复兴的精神力量

文艺作为推动中华民族伟大复兴的精神力量体现了文艺建设的历史价值。文艺建设推动中华民族伟大复兴体现在四方面。

第一，向世界传播了中国特色社会主义文艺建设的价值理念。习近平强调，实现中国梦要和中国价值联系起来，中国价值就是中国特色社会主义价值，代表了先进文化的前进方向。中国梦是国家的梦、民族的梦，更是每个中国人的梦，中国梦中所孕育的"和平、发展、公平、正义、民主、自由，是全人类的共同价值"[1]。习近平强调，社会主义文艺创作不仅要包含当代生活意蕴，更要体现对传统文化的继承。传统文化是涵养社会主义核心价值观的重要源泉，也是实现中国梦的重要精神命脉。新时代广大文艺工作者根据时代的特点和要求，对传统文化中不合时宜的内容加以改造，实现创造性转化；对传统文化中没有的时代元进行补充和丰富，实

①中共中央文献研究室．十八大以来重要文献选编(中)[M].北京:中央文献出版社,2016:695.

现创新性发展。新时代中国特色社会主义文艺理论通过创作文艺精品，以中国梦为实现载体，向国际社会展现中国价值，把当代中国的价值理念传播给更多的人，不仅有利于我国文艺的发展，而且有利于我国国际形象的树立。新时代中国特色社会主义文艺强调"中国精神是社会主义文艺的灵魂"。中国精神包括以爱国主义为核心的民族精神和以改革创新为核心的时代精神，在当代中国的价值体现是社会主义核心价值观。核心价值观是一个民族的精神纽带，一个民族没有核心价值观就没有灵魂。社会主义核心价值观与中国梦相辅相成，相互补充。中国梦是国家的梦、民族的梦和个人的梦，实现国家的梦要求做到社会主义核心价值观国家层面的历史担当，实现民族的梦要求拥有社会主义核心价值观社会层面的精神力量，实现个人的梦要求实现社会主义核心价值观个人层面的人民关切。这与习近平强调的文艺工作者要创作"有筋骨、有道德、有温度"的文艺作品相契合。树立中国价值理念就要讲好中国故事，文艺作品是中国故事的传播载体，也是中国梦的生动载体，树立中国价值就要通过文艺作品讲好中国故事。东西方文艺由于不同的风俗民情、传统习俗、生活方式、地理环境等，都在各自的地方讲述着自己的故事。中国故事植根于中华民族，熔铸于灿烂的中华文化，新时代中国特色社会主义文艺理论的形成体现了文艺工作者在世界文艺格局中拥有的强大的文化自信，植根于本土，体现了深厚的文艺根基。

新时代我国日益走近世界舞台的中央，世界对我国的关注度越来越高，我国对世界的影响力也越来越大。新时代广大文艺工作者在中国共产党的坚强领导下，把中国的价值理念，如和平、发展、合作、共赢等融入文艺创作的全过程，运用中国形式全新展开，做了新概念新表述新阐释。要想使中国的价值理念真正传播出去，就要求广大文艺工作者以中国梦为载体，不仅要讲"好"的中国故事，而且要讲"好"中国故事。中国梦是习近平在参观《复兴之路》展览时提出的，《复兴之路》大型主题展览"回顾了中华民族的昨天，展示了中华民族的今天，宣示了中华民族的明天"①，让我们深刻地意识到中华民族的昨天是历经沧桑、苦难深重，中华民族的今天是花团锦簇、成就斐然，中华民族的明天必是欣欣向荣、一片

---

① 习近平. 习近平谈治国理政（第一卷）［M］. 北京：外文出版社，2018：35.

光明。《复兴之路》展览向全世界宣示了中华民族是珍爱和平的民族，我们深刻体会到了战争带给我们的沉重灾难，所以我们深知和平生活的来之不易。我们一直坚定不移地走和平发展道路，20 世纪我们提出和平共处五项原则，为国家间解决争端提供了国际准则。新时代我们提出"一带一路"倡议、构建人类命运共同体、设立亚洲基础设施投资银行、举办 G20 杭州峰会、金砖国家厦门峰会等，努力承担国际责任，为人类发展提供中国智慧和中国方案，向全世界表明我们坚定不移走和平发展道路的决心。我国走和平发展道路并不是因为软弱无能，我国已跃升为世界第二大经济体、成为上世界最大的发展中国家，我们有能力也有实力，但我们从不主动挑起争端，我们始终把全人类的和平发展当作我们追求的目标。中国的和平发展道路凝聚了世界各国人民的价值观，体现了全人类共同的价值追求。当代中国的价值理念通过《复兴之路》展览就能得以向全世界传播，充分展现了新时代中国特色社会主义文艺发展的强大感召力和影响力。

第二，新时代中国特色社会主义文艺建设的历史价值还体现在文艺作为一种载体，能够承载某一历史时期的人文、习俗、传统、生活面貌、政治、经济或者其他方面的特质，具有历史研究的价值，并且可以成为考察一定历史时期史实的重要依据。作为中国十大传世名画之一的《清明上河图》，是世间仅存无几的伟大的现实主义绘画真品艺术，"该图的创作、流传颇具传奇色彩，而其影响更是无与伦比的奇迹。"[1] 画中描绘了北宋时期都城汴京的繁荣景象，该作品不仅具有较强的观赏价值，其历史价值也是不可小觑的。在画中，我们可以看到北宋时期商业、手工业、建筑、交通的状况，这为我们研究北宋历史提供了一手的资料，具有重要的历史价值。考古学家在进行考古时，出土的文艺作品会作为研究的最主要证据。我们在研究周朝时期鲁国的国史时，会着重读《春秋》；在研究唐朝的文人骚客的风貌时，我们会读唐诗；在想了解元朝的人文风貌时，我们会读元曲，这些文学作品为我们提供了丰富的历史价值。新时代中国特色社会主义文艺反映的是新时代的风貌，为后人研究提供了一手的资料。

第三，推动中华文化的繁荣兴盛，有利于实现中华民族的伟大复兴。自近代以来，实现中华民族伟大复兴就是中国人的梦想。民族复兴不仅需

---

①程民生.《清明上河图》及其世界影响的奇迹［J］. 河南大学学报（社会科学版），2016（01）：99.

要物质复兴，更需要精神复兴。中华文化作为精神文明建设的重要组成部分，关乎着中华民族伟大复兴的实现。文运关乎国运，文脉关乎国脉。文艺作为文化建设的一部分，繁荣和发展社会主义文艺必须繁荣和发展社会主义文化。习近平关于中华民族伟大复兴与中华文化繁荣兴盛的论述高屋建瓴地为新时代文艺发展明确了路径、指明了方向。2014 年习近平在文艺工作座谈会上的讲话中提出了五个问题，其中放在首位的、第一个需要解决的问题就是"实现中华民族伟大复兴需要中华文化繁荣兴盛"，凸显了他对民族复兴和中华文化关系的重视。他强调，在实现民族复兴的关键阶段，高度重视文艺工作的原因是由国内国际两个方面的因素决定的。从国内来看，我们有着历史悠久的中华文明，历史上涌现了一代又一代的圣贤，创作了一部又一部的著作，孕育了一个又一个的思想，创造了一个又一个的辉煌，战胜了一个又一个的困难，其中一个重要的原因是我们有独具特色的中华文化，赋予中华儿女精神之力量、精神之鼓舞、精神之支撑。古代圣贤早已明白"远人不服，则修文德以来之"的道理，中华民族在人类文明历史的长河中经久不衰、愈加强大，靠的不是穷兵黩武，而是以文化人、以德服人。这是中华民族在战胜一个又一个困难后得出的深刻结论。从国际来看，人类历史的每一次进步都伴随着文明的进步。古希腊、古罗马文明是西方文化的摇篮，文化的发展在当时的社会达到了高度繁荣，开创了西方文明的辉煌时代；文艺复兴运动带领西方走出了"黑暗的"的中世纪，使人性得到了极大解放；以理性崇拜为内涵的启蒙运动是文艺复兴运动后又一次思想解放运动，是西方思想史上的重要历史事件。可以说，西方历史上每一次的进步无不伴随着文明的进步，为人类文明做出了重大贡献。人类文明是世界各国各民族共同创造的，习近平强调在他所到访的国家里，给他留下深刻印象的是当地的文明，如古希腊的寓言、神话、雕塑，俄罗斯的作家，法国的画家，德国的音乐大师，美国的音乐家和漫画家等，比比皆是。中华文明作为世界文明的重要部分，我们的文艺大师、文艺精品，在为中华民族做出巨大贡献的同时，也为世界文明提供了精彩华章。没有中华文化的繁荣兴盛，就没有中华民族的繁荣富强。文艺作品最能感国运之变化、发时代之先声，代表着中华民族的发展方向。当前，中国特色社会主义进入新时代，最需要一大批优秀文艺作品给人以力量、给人以支撑。广大文艺工作者要自觉承担起自己的时代使命，创作更多文艺精品，激励广大人民为中华民族伟大复兴贡献力量。2016 年习近平在中国文联十大、中国作协九大开幕式中再次提出："实现中华民族伟大复兴，需要物质文明极大发展，也需要精神文明极大发展。"① 通过引用毛泽东和邓小平关于建设精神文明的讲话，习近平论证了新时代建设精神文明的极端重要性，通过举例中华文化在历史上所起的重要作用，为新时代文艺发展提出了几点希望，其中摆在首位的就是他希望广大文艺工作者要坚定文化自信，充分认识文艺的重要作用。坚定文化自信，首先就是要用文艺作品振奋民族精神。每一个时代都有每一个时代的精神，每一部文艺作品都是时代精神的反映。只有把文艺同国家和民族紧密联系起来的作品，才能是一部好的作品，才能在人民大众中广为流传。中华民族伟大复兴，需要优秀文艺作品帮助人们树立正确的国家观、民族观、历史观，需要优秀文艺作品书写中华民族伟大历史、改革开放的伟大历史和新时代新征程，需要优秀文艺作品赞美英雄事迹、赞美多彩中国、赞美祖国大好河山，需要优秀文艺作品讴歌党、讴歌国家、讴歌人民、讴歌新时代。历史是一面镜子，只有以史为鉴，才能知兴替。中国特色社会主义文艺建设要继承传统中华优秀传统文化，自觉深入了解党史、新中国史、改革开放史、社会主义发展史，自觉抵制历史虚无主义和民族主义，只有了解历史，才能经得起历史和时代的检验。

第四，发展中国特色社会主义文艺有利于提高我国的文化软实力，推动我国由文化大国走向社会主义文化强国。建设社会主义文化强国，是我们党在新的历史起点上，在对时事充分把握的基础上，对人民精神文化需求的重大关切，对国家文化发展提出的重大战略目标。近年来，文化的竞争逐渐成为大国竞争的新高地。提升新时代中国文化软实力，要坚持走中国特色社会主义文艺发展道路。走中国特色社会主义文艺发展道路，要植根于中国特色社会主义文艺的伟大实践，以马克思主义为指导，坚守中华文化立场，立足当代中国现实，结合当今时代条件，发展面向现代化、面向世界、面向未来的民族的科学的大众的社会主义文化，不断凝聚实现中国梦的强大力量。

---

① 习近平在中国文联十大、中国作协九大开幕式上的讲话[N].人民日报，2016-12-01（02）.

4.4 功能层面

关于文艺的功能作用，历来为人所关注。从我国古代的"兴观群怨"到西方的"寓教于乐"，都能体现人们对文艺功能问题探讨的历史已久。文艺功能论是文艺理论的重要组成部分，新时代，习近平关于文艺功能做过多次论述，在不同场合信手拈来的诗句、对文艺作品中经典台词的引用等体现了习近平深厚的文艺涵养和丰富的文艺思想。2014年，习近平在文艺工作座谈会上的讲话中指出："只要有正能量、有感染力，能够温润心灵、启迪心智，传得开、留得下，为人民群众所喜爱，这就是优秀作品。"① 2016年，习近平在中国文联十大、中国作协九大开幕式上的讲话中再次提到一切艺术创作都是为了"给人以审美的享受、思想的启迪、心灵的震撼"②，文艺作品具有"艺术性、思想性、价值取向"。2018年，习近平在全国宣传思想工作会议上指出，文艺工作者为了做好宣传思想工作，"必须自觉承担起举旗帜、聚民心、育新人、兴文艺、展形象的使命任务"③；2019年，习近平在致中国文联中国作协成立70周年的贺信中再次强调了文艺工作者的使命任务。

关于文艺的功能，观点有很多，但最具代表性的是文艺的认识功能、教育功能和审美功能。文艺的认识功能是指文艺作品是用来反映社会现实的，能够为人们提供真实、丰富的生活材料。文艺本身不具有认识功能，但只要能正确反映现实，就能为读者提供真实的认识材料。文艺的教育功能是指文艺在为人类提供一定生活材料的同时，会帮助人们形成正确的社会观。这种教育功能往往体现在文艺作品对人们思想和道德的教化作用。文艺的审美功能是指人们在欣赏艺术作品时，会得到视觉的享受、性情的陶冶和灵魂的提升。这种审美功能往往能使人们的身心得到提升，人们的性格得到发展。通过以上论述，不难看出新时代人们关于文艺功能的认识有向审美功能回潮的趋势。革命战争年代，特殊的国情造就了文艺特殊的

---

① 习近平.在文艺工作座谈会上的讲话[M].北京：人民出版社，2015：7-8.

② 习近平在中国文联十大、中国作协九大开幕式上的讲话 [N].人民日报，2016-12-01（02）.

③ 习近平在全国宣传思想工作会议上强调：举旗帜聚民心育新人兴文艺展形象 更好完成新形势下宣传思想工作使命任务 [N].人民日报，2018-08-23（01）.

社会功能，政治功能即教育功能占据主导地位。和平年代，由于经济的快速发展，人们在解决了温饱问题的基础上生活质量得到提高，在建设物质文明的同时，越来越注重精神文明的建设，对高质量文艺作品的需求越来越多，文艺工作者越来越关注文艺的审美功能。

4.4.1 认识功能

文艺的认识功能是指文艺作品是用来反映社会现实的，能够为人们提供真实、丰富的生活材料。文艺本身不具有认识功能，但只要能正确反映现实，就能为读者提供真实的认识材料。孔子在谈到《诗经》时说道："诗可以兴，可以观，可以群，可以怨。迩之事父，远之事君，多识于鸟兽草木之名。"这段话译为："学习《诗经》可以激发志气，可以观察天地万物及人间的盛衰与得失，可以使人懂得合群的必要，可以使人懂得怎样去讽谏上级。近可以用来侍奉父母，远可以侍奉君主；还可以多知道一些鸟兽草木的名字。"形象生动地表现了通过《诗经》这部文学作品，可以教会人们许多为人处世的道理，帮助人们认识一些新鲜的事物。恩格斯在品论巴尔扎克所创作的《人间喜剧》时，称《人间喜剧》这部作品为我们后人提供了一部法国社会的现实主义历史，在这部作品中恩格斯所学到的知识也要比当时所有职业家的历史学家、经济学家和统计学家那里学到的全部东西还要多。

文艺的认识功能来源于文艺自身的规律与特征，也来自文艺对于现实生活的真实描写与表现，但是这种真实的描写与表现，已经不再是生活本来的面目，而是经过了艺术加工的真实。同时，这种真实的表现是社会意识形态的部分，要受制于社会存在的发展，反映了社会存在。同样，文艺工作者也只有观照现实、反映人间百态，才能创作出引起人们共鸣、人民大众喜闻乐见的文艺精品。电视纪录片作为电视剧文艺的重要组成部分，其所展现的认知功能是比较明显的。纪录片的知名学者钟大年曾经对电视纪录片下过这样的定义，他指出电视纪录片是"通过非虚构艺术手法，直接从现实生活中选取影像和音像素材，直接地表现客观事物以及作者对这一事物认识的纪实性电视片。"① 这一定义，强调了电视纪录片影视取材的

---

①单万里．记录电影文献［M］．北京：中国广播电视出版社，2001：392.

真实性，纪录片取材于现实生活，记录了现实生活中的喜怒哀乐、悲欢离合，可以给人们以最直观的感受，帮助其实现对事物的认知。《动物世界》作为一部动物纪录片，其旨在向观众们介绍大自然中的形形色色的动物，使观众们在足不出户的情况下就可以认识和了解地球上的各种生命，认识自然界的生命对于人类的重要性。

当前，伴随着市场经济向纵深发展，市场经济在为我们带来利益的同时，挑战和风险也与日俱增。市场经济浪潮下，西方思潮涌入，资本化、市场化成了文化市场的标签，部分文艺工作者为了追逐经济利益，沾染了市场的"铜臭气"，文化市场"洋垃圾"现象屡见不鲜，"高原缺峰"现象十分突出，在一定程度上反映了文艺社会透视功能的弱化，但同时也反映了我国文艺生态存在的问题。伴随着科技的发展，人们进入了信息时代，网络成为人们获取信息的主要方式，每个人都可以书写和创作，快节奏生活下人们越来越倾向于碎片化的生活方式，这就使得文艺工作者在进行文艺创作时不能沉下心来，浮躁成为文化市场的典型化特征，文艺创新被抛在脑后，文艺作品千篇一律，如各类相亲节目等，互相模仿，互相抄袭，严重拉低了文艺作品的质量，逐渐丧失了文艺对现实观照的功能。习近平指出，"生活中并非到处都是莺歌燕舞、花团锦簇，社会上还有许多不如人意之处、还存在一些丑恶现象。对这些现象不是不要反映，而是要解决好如何反映的问题。"① 文艺工作者要坚持正确的国家观、历史观、文艺观、人民观。这反映了文艺观照现实的功能并不是说文艺工作者可以无底线、无原则地进行创作，而是要坚持正确的价值观，拥有正确的心态，努力引导社会积极向上，在立足社会现实的同时努力创作出有温度的文艺作品。有温度的文艺作品反映了对人民的热爱，要求文艺工作者的所叙所述都是反映人民的现实生活和人民的悲欢离合，只有创作有温度的文艺作品才能为广大人民群众带来温暖，才能触动心灵、感化人心、激励人们前行。习近平总书记对文艺观照现实功能的阐述不同于马克思主义经典作家，他不仅仅强调文艺对社会现实的揭露和批判，而是要求文艺工作者进行有温度的创作，为文艺观照现实的功能披上了一件温情的外衣。

---

① 习近平. 在文艺工作座谈会上的讲话[M].北京：人民出版社，2015：19-20.

4.4.2 审美功能

审美是艺术生活的形象再现，审美功能是文艺的首要功能，文艺是按照美的规律所进行的审美创造活动，是人的本质力量的对象化。文艺的审美功能是指人们在欣赏艺术作品时，会得到视觉的享受、性情的陶冶和灵魂的提升。文艺的这种审美功能往往能使人们的身心得到提升，人们的性格得到发展。文艺作品的审美功能体现在其外观设计、形态等的赏心悦目，符合形式美的规律，也体现在文艺作品及其内在形式结构的合目的性，是外观形态的"合规律性"与内在形式的"合目的性"的统一体。"对于艺术作品的美感能使人在欣赏作品时产生迷恋倾倒的愉悦心情，而且引起强烈的情绪共鸣。"① 如果一部文艺作品经不住审美标准的检验，只是用公式、概念等烦琐无味的形式去表达，缺乏感染力和吸引力，那么称不上是一部好的文艺作品。一部好的文艺作品首先应当满足人民的审美取向，利用好的文艺形式，选择好的文艺题材，展现好的文艺形象。新时代中国特色社会主义文艺理论发展的正确做法是坚守文艺的审美性、保持文艺的独立性，不要让文艺作品沾染"铜臭气"，不要被市场牵着鼻子走。马克思说人在他所创造的物质世界与精神世界中直观自身，这也就是说，人会在"人化了的自然"中发现人的本质，这是一个审美感受、审美愉悦的过程。艺术美感的主要特征是会带来一种赏心悦目的快感，包括感官的愉悦和情感的共鸣，其最高层次是心灵的升华，这是一种情感的反应，是被审美对象激发起来的心理活动过程。从感官刺激开始渐次进入情绪化的状态，这是审美的一个基本过程。从人类审美能力的发展历史进程看来，人类必须超脱动物性生存的功利性，即摆脱艺术品的实用功能，不把文艺作品当成是维持肉体生存所需要的手段，才能由实用的态度转向审美的态度。例如，色彩美是许多文艺作品所具备的一个品质特征，它是指在设计某些艺术品时所进行的色彩配置，从而使设计及其物品的形态对人产生重要的生理与心理的影响。色彩对于艺术品的重要作用体现在人们看到艺术品的色彩时，会产生视觉与心灵上的冲击，例如暖色调的艺术作品会让人觉得激情澎湃，让人感到愉快和兴奋，而冷色调则会让人们感到低沉、冷

---

①刘守华.故事学纲要[M].华中师范大学出版社,1987:141.

静。因此，在艺术品的设计中，色彩的搭配和运用，不仅仅能够巧妙地展现艺术品的特质，还能提高艺术品的审美功能。

文艺具有审美功能告诉我们要"创作无愧于时代的优秀作品"。审美观念具有共性，但是也存在着审美个性。审美观念的差异，使人们对不同的艺术品做出不同的审美判断。但是这个差异是正常的，文艺要想满足每个人的审美观念也是不可能的。文艺作品的设计最初目的也是要满足最广大人民群众的审美需求。改革开放以来，我国文艺作品大量涌现，文艺创作硕果累累，文艺园地百花竞放，出现了文艺创作的春天。但其中存在着许多问题，市场化条件下一些文艺工作者以经济利益为重，盲目追求个人利益，忽视社会利益，追求低俗的生活情趣，创作出许多庸俗、低俗的文艺作品，只注重数量，不注重质量，出现了"高原缺峰"的现象。文艺创作如果不注重质量，只注重数量，盲目迎合市场就会败坏社会风气，使社会的价值观处于危险境地。新时代，习近平明确指出文艺创作要生产无愧于时代的文艺作品，也就是说要努力生产出思想精深、艺术精湛、制作精良的文艺作品，简言之就是好的、高质量的优秀文艺作品。好的、高质量的文艺作品能给人以精神鼓舞，营造良好的社会氛围。经济只能致富，而文艺能致强。新时代的文艺创作要营造一种"看不见、摸不着"的良好文艺氛围，创作出一大批脍炙人口的优秀作品，使每个人都能受到心灵的洗涤。优秀的文艺作品能使人们的灵魂得到升华，能够极大地鼓舞人们积极投身到社会主义现代化建设的浪潮之中，在实现中华民族伟大复兴的征程中凝魂聚力。要创作出无愧于时代的文艺作品，必须要做到坚持"为人民立言"。"为人民立言"就是文艺作品要符合大众口味，创作人民喜闻乐见的大众作品，要遵循艺术创作规律，注重艺术审美价值，还原艺术本质，体现艺术感染力。"文艺不能当市场的奴隶"①，使一切文艺作品都"通过视听感官和阅读神经的快感进而达于心灵、思想深处，并化为受众的精神美感"②。

4.4.3 凝聚功能

习近平十分重视文艺的凝聚功能，他强调中华民族从来都不是一帆风

---

①中共中央文献研究室. 十八大以来重要文献选编（中）[M].北京：中央文献出版社，2016：132.

②仲呈祥. 文艺批评：增强文化自觉和文化自信 [J]. 艺术百家，2013（02）：12.

顺的，在历史上遇到了很多困难，但每一次困难我们都挺过来了，根本原因在于我们拥有强大的中华文化。每到重大关头，文化都能立时代之潮头、感国运之变化、发时代之先声，中华优秀文化给予了我们无穷无尽的精神力量，带领全体中华儿女战胜了一个又一个的困难，取得了一个又一个的胜利。从诗经、汉赋到唐诗、宋词，从元代戏曲到明清小说，无一不彰显了中华文化的博大精深，不仅丰富了中华文化的理论宝库，而且为世界文明提供了丰厚的滋养。当前，我们正处于从"大"到"强"的阶段，遇到了很多问题，更需要发挥社会主义文艺对人民精神力量的强大凝聚作用。社会主义文艺的强大凝聚功能可以把全国人民的心团结在一起，以强大的精神力量啃下改革开放这块难啃的"硬骨头"，共同克服社会主义现代化建设过程中遇到的种种困难，共同为社会主义现代化强国的建设贡献智慧。伟大事业需要伟大精神，社会主义伟大事业需要文艺工作者大胆作为。中华民族要想在世界民族之林立足，必须用先进的文化做引领，建设强大的精神力量。文艺工作者承担着丰富国人精神世界的重任，文艺工作者要以身作则、身体力行，成为时代的先行者，认识自己所担负的重任，通过塑造高质量的文艺精品来建精神家园，立精神支柱，把全国人民的力量凝聚在一起，共同为中华民族伟大复兴的实现贡献力量。

4.4.4 教育功能

文艺的教育功能是指文艺在为人类提供一定生活材料的同时，会帮助人们形成正确的价值观。这种教育功能往往体现为文艺作品对人们思想和道德的教化作用。文艺创作应当是塑造人的灵魂的工程。邓小平曾经指出，"我们的社会主义文艺，要通过有血有肉，生动感染的艺术形象，真实地反映丰富的社会生活，反映人们在各种关系中的本质，表现时代前进的要求和历史发展的趋势，并且努力用社会主义思想教育人民，给他们以积极进取，奋发图强的精神。"① 文艺的教育功能主要是通过借助一些艺术形象来实现的，通过塑造那些有理想、有道德、有高尚情操的形象，使得这些形象在随意的场面和情节中自然而然地流露出来，并不是硬塞给读者，而是让他们潜移默化地接受这一形象设定，从而对他们的人生观、价

---

①邓小平文选（第 2 卷）[M].北京：人民出版社，1994：210.

值观、世界观有一定的影响。

习近平强调一个国家、一个民族不能没有灵魂，"中国精神是社会主义文艺的灵魂"。中国精神是习近平在十二届全国人大一次会议上第一次提出的概念，中国精神是国之灵魂，是提振全国各民族的精气神，是兴国之魂，是强国之魄。当前市场经济条件下，部分人出现价值观迷失、信仰错位的问题，中国精神的提出有效地解决了当前市场化条件下产生的种种问题。将中国精神作为社会主义文艺的灵魂，能有效发挥社会主义文艺的铸魂功能。文艺是铸造灵魂的工程，发挥文艺的铸魂功能就要用社会主义核心价值观凝心聚力，用中国精神铸魂育人。文艺的铸魂功能可以引导社会形成追求真善美的良好氛围。艺术的最高境界就是让人们的心灵接受洗涤，让人们发现自然和社会的美，文艺创作也不再是"为艺术而艺术"，而是通过文艺作品传递真善美，辨别假恶丑，传递积极向上的正能量。习近平强调文艺工作者发挥文艺的铸魂功能，一方面要通过塑造优秀的文艺精品来凝心聚力，发挥文艺作品本身的价值，通过优秀的文艺作品启迪心智、温润心灵，引导人们形成正确的价值观，增强道德判断能力，引导人们向往和追求向上向善的生活；另一方面还要通过创作文艺精品强化自身修养，塑造自身人格，提升自身素质。只有通过这二者相互统一的过程，才能实现育德和养德的统一，才能真正成为人民信服的艺术家。

第 5 章　新时代中国特色社会主义文艺建设现状分析

新时代中国特色社会主义文艺建设取得了辉煌的成就，文艺创作内容日益多元、文艺创作者素质日益提高、文艺消费者精神文化需求逐步满足、文艺传播媒介日渐丰富、文艺体制改革趋于完善、文艺战线作用日趋凸显。在文艺建设取得成就的同时，我们也应该看到其存在的问题，如文艺精品供需不平衡、高素质文艺人才队伍缺失、文化市场要素发育畸形、中外文艺交流成果比例失调等。

5.1 新时代中国特色社会主义文艺建设的成效

新时代中国特色社会主义文艺建设取得了辉煌的成就，主要表现在文艺创作内容日益多元、文艺创作者素质日益提高、文艺消费者精神文化需求逐步满足、文艺传播媒介日渐丰富、文艺体制改革趋于完善、文艺战线作用日趋凸显等方面。文艺建设取得的突出成就验证了中国特色社会主义文艺发展道路是一条行得通的路，是一条能够促进中华文化繁荣兴盛的路。

5.1.1 文艺创作内容日益多元

唯物辩证法认为内容与形式是一对辩证关系，内容决定形式，形式是内容的反映。文艺作品没有内容，空有形式，形式再华丽，也只能是空洞的内容。新时代中国特色社会主义文艺建设在文艺创作内容方面与新时代与时俱进，逐渐丰富多样，主要表现在以下方面。

首先，新时代中国特色社会主义文艺建设重在对传统文化的挖掘，注重中华文化的原创力。传统文化是中华民族宝贵的精神财富，是理解一个真实、全面、立体的中国的重要素材。习近平强调社会主义文艺的发展不仅要着眼于对当代社会的描述，更要着眼于对传统文化的挖掘。社会主义文艺要想走出国门，必须注重中华文化的原创力。全球化时代是一个开放包容的时代，多元文化、多种思潮相互碰撞、相互交织在一起，倘若社会主义文艺不注重对中华文化原创力的挖掘，而是一味"崇洋媚外"，那么中华文化就会在多元文化碰撞中丧失主体地位，沦为西方文化的"附庸"。新时代中国特色社会主义文艺理论不是凭空产生的，而是继承和发展了中华优秀传统文化和社会主义新文化。如中华优秀传统文化中的礼乐文化，以礼为主，以乐为辅，礼乐配合，形成了在传统中国社会中特有的文化现象。礼乐文化中所体现的中国传统的礼治和德治的价值观念，让世界了解到一个礼仪大邦所拥有的魅力。再如儒家所提倡的"和为贵"的待人之道、"仁爱"思想、"中庸"的处世态度等，是新时代中国特色社会主义文艺理论创作的重要内容。人类文明不是封闭的体系，而是具有互学互鉴、共建共享的特点。新时代中国特色社会主义文艺以中华美学精神为原则，将传统文化中的中国元素盘活，以京剧、戏曲、武术、太极、茶文化、饮食文化等为核心，让世界更加了解中华文化，在增进对中华文化的了解中，加强对中国整体的认识，从而增强我国的文化软实力。

其次，新时代中国特色社会主义文艺建设以新时代为主题，以新媒体为手段，展现了一个全面、立体、真实的中国。党的十九大报告指出中国特色社会主义进入新时代，这就意味着中国特色社会主义文艺作品的创作内容和创作主题必须适应国情，与时俱进。纪录片是新时代中国特色社会主义文艺的重要形式，新时代大量优秀的纪录片涌现，丰富了文艺创作的内容。如2016年8月，由中美英合作拍摄的纪录片《我们诞生在中国》在中国上映，在纪录片中主要讲述了我国的一些珍稀野生动物如国宝大熊猫、濒危物种金丝猴、雪山之王雪豹、近危物种藏羚羊等，记录了它们家庭成长及生命轮回的暖心故事，受到热烈欢迎。影片以真实的镜头感，诠释了生命轮回的主题，拉近了与观众之间的距离。影片中的每一种动物都是一个典型而特殊的代表，反映了中国人和中国政府对自然环境的保护，也反映了中国政府对每一个生命的尊重和爱护，在全球引起思想共鸣的同时，通过文艺作品传递中国价值，为世界展现了一个真实而全面的中国。

再如，2019 年 4 月 3 日至 4 日，由国务院新闻办主办的 2019·中国（国际）纪录片论坛在北京举行，来自全球 15 个国家的代表来到中国，共同见证了新中国成立 70 周年以来全球纪录片伙伴项目，围绕多元文明与人类命运共同体建设深入开展对话交流与合作，通过纪录片解码中国发展，解读中国道路，展现人类命运共同体意识。新时代新媒体丰富了社会主义文艺的形态，文艺的实践方式各方面都发生了深刻的变化，通过新媒体越来越多的文艺作品受到国际社会的关注与认可，显现了我国文化软实力的逐步增强。

最后，新时代中国特色社会主义文艺建设展现了一个"五位一体"全面发展的东方大国形象。社会主义文艺作为社会主义意识形态的组成部分，不局限于对社会主义文化的反映，而是对社会存在的全方位的能动反映。当前社会存在包括政治、经济、文化、社会、生态文明"五位一体"的全面发展格局，因而社会主义文艺也塑造了我国政治民主、经济繁荣、文化多样、社会和谐、生态良好的国家形象。新时代尽管我国经济实力和综合国力都得到了很大提升，但国际上由于西方发达国家长期霸占着国际话语权，我国国际话语权与我国经济实力存在不相称的现象，新时代国际话语权的建设需要对我国的国家形象做新概念新形式新表述，而社会主义文艺就承担着此项任务。广大文艺工作者通过描述我国社会各方面的深刻变化，展现一个全面发展的东方大国形象，旨在让国际社会更加全面地了解中国，增进对中国的认识，增强对中国的好感，促进对中国的认同。国家形象的树立是有形和无形共同作用的结果，有形的树立需要依靠文化品牌、文化标识、文化符号的建构，无形的树立是靠价值观、文化理念与意识形态的潜移默化。习近平强调国家形象的树立要"坚持不懈、久久为功"，对那些企图抹黑中国形象的言论，要及时予以驳斥。广大文艺工作者在坚持新时代中国特色社会主义文艺理论的指导下，在话语权建设过程中重视文艺技巧的运用，在对国家形象的塑造过程中坚持从本国国情出发，与当地风俗民情结合，在创作过程中注重切合受众心理，采取当地群众喜闻乐见的方式，融入传播地的生活习惯，获得了丰富的创作经验，创作了大量的文艺精品。

5.1.2 文艺创作者素质逐渐提高

养德和修艺密不可分，养德为修艺提供道德基础、精神支撑，修艺为养德提供专业素养、理论基础。没有离开艺的德，也没有离开德的艺。新时代中国特色社会主义文艺建设要想实现更好发展，关键在"人"，拥有一支优秀的文艺人才队伍文艺才能实现更好发展。关于文艺人才队伍建设，习近平多次强调广大文艺工作者要自觉成为时代的先觉者和先行者，通过创作更多有道德的文艺作品，书写和记录改革开放的伟大实践，反映时代要求，彰显时代价值，鼓舞人民向前。这就为广大文艺工作者提出了更高要求。新时代中国特色社会主义文艺人才队伍在习近平新时代中国特色社会主义思想的指导下不断加强自身建设，文艺创作者的素质逐步提升，主要表现在以下几个方面。一是坚定不移跟党走。文艺是时代前进的号角，文艺宣传是党的前沿阵地。过去，一些文艺工作者在市场中迷失方向、受西方错误思潮影响等现象有所改善，广大文艺工作者通过深入学习习近平新时代中国特色社会主义思想，开展"两学一做"主题教育和"不忘初心、牢记使命"主题教育，从思想上更加坚定了向党组织靠拢的信念，推出了大批讴歌党、讴歌国家、讴歌社会、讴歌人民的精品力作。二是始终将崇德放在至高无上的地位。文艺作为铸魂的工程，要想创作出优秀的文艺作品必须拥有道德高尚的文艺工作者。文艺要塑造人心，首先要塑造文艺工作者自己。如那些德艺双馨的老艺术家们，他们不仅注重文艺作品数量，更加注重文艺作品质量，深得观众好评。三是坚持学习马克思主义理论，始终坚持共产主义信仰。实践证明，马克思主义理论是唯一适合我国国情发展的理论。近年来，马克思主义理论对我国意识形态工作的指导作用更加鲜明，使我国意识形态工作呈现出积极向上的良好态势。这主要得益于有一批坚持马克思主义理论和共产主义信仰的文艺工作者，他们在一起以各种形式开展了对马克思主义理论的深入学习，激发了人们对马克思主义理论的学习热情，在思想上将人民群众紧密团结在党中央周围，使得马克思主义理论更具说服力、感染力，保证我国意识形态工作能有效抵御西方意识形态入侵而不变质，在实践中取得了一定成效，这与文艺创作者自身素质提升密不可分。

5.1.3 文艺消费者精神文化需求逐步满足

一个国家只有物质发展，没有精神发展；或者只有精神发展，没有物质发展，都无法在激烈的国际竞争中立足。只有物质需求和精神需求同时发展，这个国家才是一个完整发展的国家。近年来，文艺工作在实践中取得了一定成效，人民对精神文化需求越来越高，对文艺消费品的需求逐步得到满足。在 20 世纪 70 年代末，邓小平做出了改革开放的伟大决策，倡导我们要大胆吸收借鉴人类（包括资本主义在内）的一切优秀文明成果，使我国逐步走向世界舞台的中央。新时代中国特色社会主义文艺在改革开放政策的引领下，与世界文艺接轨，中外文艺交流成果显著，文艺消费者精神文化需求层次大大提升，不再仅囿于传统的、单一的消费形式，而是与国际文艺接轨，大胆吸收了一切人类文明的优秀成果，在为我国带来社会效益的同时，带来了大量的经济效益。1998 年到 2018 年这 20 年间，我国城乡居民文教消费总量由 3357.64 亿元增长至 31882.97 亿元，增长率高达 849.56%，年均增长幅度为 11.91%。以我国的文创产业为例。2019 年赢商大数据中心公布了年度购物中心关注的前 50 名文创品牌，从细分业态来看，书店占比 26%，文创产品占比 22%，DIY 手工坊占比 18%，跨界复合店占比 18%，画廊占比 4%，画室占比 4%，联合办公空间占比 4%，美术馆占比 2%。① 为何这些品牌能位居榜单？笔者通过分析得知，这与当前"80 后""90 后"消费主力的崛起密切相关，全新的"美好生活"浪潮正在倒逼零售行业开启新一轮的文化产业升级，以适应追求时尚、崇尚新潮的文化消费者新需求。而文创产业整体上融合了文化和艺术特性，通过跨界融合、社群运营以及科技赋能等方式，文创产业不断实现革新升级，与当前的体验式消费趋势深度契合，因而成为广大文艺消费者的"金字招牌"，获得了大量的商品收益。从位居榜单的品牌来看，西西弗书店位居榜首，WeWork、言又几、POP MART 泡泡玛特、中信书店分别位居第二名至第五名。以言又几为例，它有书，但它不只是书店；它有文创产品，但它不是创意市集；它有食品，但它不是食品店；它有画，但它不只是画廊。言又几通过跨界融合、复合经营的方式，融合了多元素创意空间，不断重构消费市场，从而为消费者打造新鲜点和新的消费需求。如 2018 年 12 月在西安迈科中心落地的旗舰店，以大明宫宫殿建筑为设计主题，打造了数个不同风格的 GIFT BOX 房间，消费者可依据喜好自由地游览；自 2018 年 11 月初试营业以来，该店日均客流量超 5000 人，其中有 30% 能形

①搜狐网. 聚焦：年度购物中心关注文创品牌榜 TOP50 出炉，为何是这些品牌？[EB/OL]. https://www.sohu.com/a/300511343_534424.

成消费转化。这就大大突破了传统书店单一的经营方式，通过文化与科技的融合，打造"高颜值"的网红书店，大大满足了文化消费者多样化的文艺消费需求，在使人民高质量、高层次的精神文化需求得到满足的同时，也使我国文化自信得到提升，综合国力得到增强，国际形象得到更好树立。

5.1.4 文艺传播媒介日渐丰富

2014 年习近平在文艺工作座谈会上指出："互联网技术和新媒体改变了文艺形态，催生了一大批新的文艺类型，也带来文艺观念和文艺实践的深刻变化。"① 新时代中国特色社会主义文艺在习近平新时代中国特色社会主义思想的指导下，在传播媒介方面取得了较好成效。

首先，"互联网+文艺"成为时尚。据第 44 次《中国互联网络发展状况统计报告》显示，截至 2019 年 6 月，我国网民规模达已经高达 8.54 亿，较 2018 年底增长 2598 万，互联网普及率达 61.2%，较 2018 年底提升 1.6 个百分点；我国手机网民规模达 8.47 亿，较 2018 年底增长 2984 万，网民使用手机上网的比例达 99.1%，较 2018 年底提升 0.5 个百分点。② 截至目前，我国互联网使用已由最初的初级使用达到了人人使用互联网的阶段，互联网已成为人们必不可少的交流工具。新时代，我国文艺发展与互联网紧密结合，网络技术成为文艺发展的主要手段，网络文艺成为文艺发展的新形态。如西西弗书店，采取互联网、大数据、人工智能等科技手段，更加准确地了解消费者的文化需求，为文创品牌注入了强大能量。再如心居地书店，创新式打造了线上线下二手书交易，且开通广州市内快递到家的服务，大幅提升了图书利用率和消费便捷程度，向打造文化网络服务体系迈进。又如 2020 年网经社宣布启动"春雨行动"计划，启动"抗疫情 护消费电商消费专项调查"，针对疫情开通了全方位服务，文艺工作者通过电商平台如京东、阿里巴巴、腾讯等，可以自愿为新型冠状病毒肺炎疫情贡献力量，大大提升了广大文艺工作者的社会影响力。

其次，"新媒体+文艺"成为新形态。新媒体下文艺传播的传统方式发

---

① 习近平. 在文艺工作座谈会上的讲话 [M]. 北京：人民出版社，2015：12.
② 新华网. 第 44 次《中国互联网络发展状况统计报告》发布：我国网民规模达 8.54 亿 [EB/OL]. http://www.xinhuanet.com/local/2019-08-30/c_ 1210262391.htm.

生深刻变革，文艺传播不再只局限于传统的文艺院校、文艺演艺团等，互联网时代由于网络传播速度快、时效强、覆盖广等特点，使得一些微平台出现，如微博、微信、QQ、快手、抖音以及其他各种网络 App 等，逐渐取代了传统的文艺传播平台，为新时代文艺工作的繁荣发展增添了新动力。微平台下微电影、微话剧、微小说等新兴文艺传播方式产生，为新时代文艺工作的发展带来了新元素，快节奏的生活使得碎片化的信息获取方式深得年轻人的喜爱，每个人都是制片人、歌唱家、网络作家，文艺生产门槛大大降低，在微平台上每个人的才华尽展，个性释放，极大地推动了文艺工作的发展。新媒体时代人们思想活跃，个性得到了极大解放，人民对文艺创作的形式和要求也越来越高，群众对精神文化需求的质量要求越来越高，由于人们需求的多元化、个性化、自由化的特点致使文艺创作朝着自由化、个性化的方向发展，文艺创作逐渐呈现时代性、趣味性和生活性，告别了传统慢热式的传播方式，文艺作品通过新媒体就可以达到"一夜爆红"的效果，极大地改变了人们的文艺观念和文艺实践。针对这些新变化，习近平指出："我们要扩大工作覆盖面，延伸联系手臂，用全新的眼光看待他们，用全新的政策和方法团结、吸引他们，引导他们成为繁荣社会主义文艺的有生力量。"[①]

最后，"科技+文艺"成为新动力。科学技术是第一生产力，新时代文艺在科学技术的支撑下，取得了丰硕成果。大量文艺作品融合了科技元素，为文艺发展带来了极大的驱动力。如 2018 年在故宫展演的传统文艺精品《清明上河图 3.0》，不同于传统静态布展形式，本次《清明上河图3.0》是一场高科技互动艺术展演，采用大型 3D 仿真技术，构筑真人与虚拟交织、人在画中的沉浸式体验，使传统文化在数字时代大放光彩，生动地体现了优秀传统文化一旦与科技融合，必将释放出极大的吸引力。

5.1.5 文艺体制改革趋于完善

实行文艺体制改革是夯实文化自信、构建文化强国的必由之路，是释放文化改革红利的必然要求。新时代中国特色社会主义文艺建设在革除体制机制弊端方面取得了较好成效，主要表现在以下几方面。

---

①中共中央文献研究室. 十八大以来重要文献选编(中)[M].北京：中央文献出版社，2016：126.

第一，深化文艺管理体制。加强对文艺管理体制的改革是实现文艺发展的重要条件。新时代中国特色社会主义文艺建设首先坚持和完善党对文艺工作的绝对政治领导，要求广大文艺工作者站稳政治立场，坚定政治原则，自觉增强看齐意识，一切文艺创作都要向党中央看齐，坚决宣传和维护党的方针政策，维护党的权威，同党中央保持高度一致。习近平强调坚持和加强党对文艺工作的领导，就是为文艺领域的意识形态工作吃了一颗"定心丸"，告诉广大文艺工作者要自觉抵制意识形态领域的渗透，无论何时都要坚决拥护党的绝对领导，无论何时都要同党中央保持高度一致，要用生动形象的语言描述党的政策，给予广大人民群众正确的价值导向，给予人民群众精神支撑的力量。比如杭州，其文艺产业已经有效建立了党委领导、政府负责的统一管理体制，普遍建立了文艺、金融、科技等多部门融合发展的管理体制和运行机制，因而杭州的文艺产业能够最大限度地实现较快发展。

第二，深化了文艺生产体制。习近平多次强调社会主义文艺要坚持为人民创作、为人民立言，人民需要文艺，文艺也需要人民。在习近平新时代中国特色社会主义思想的引领下，新时代中国特色社会主义文艺在生产创作方面取得了巨大成效，涌现了一大批为人民创作的优秀文艺精品，坚持把社会效益放在首位、社会效益和经济效益相统一的文艺生产经营机制。近年来，在各级党委和政府的监管下，文艺生产经营体制机制逐渐趋于完善，在面对市场经济的浪潮和西方思潮入侵的情况下，广大文艺工作者始终不忘初心，牢记为人民立言的使命，自觉抵制金钱的诱惑，始终将社会效益放在首位，实现社会效益和经济效益的良好统一。如由吴京导演的电影《战狼2》、由吴京参演的电影《流浪地球》，深刻展现了广大人民群众的心声，不仅获得了良好的经济效益，更获得了良好的社会效益。再如2018年由林超贤导演的电影《红海行动》，获得了票房和口碑的"双丰收"。有观众评论说《红海行动》展现的不是个人英雄主义，而是团队协作精神，与我国社会主义核心价值观相契合，打通了电影和观众之间的通道，既让观众身临其境，又让英雄回归普通群众，获得了广大人民群众的喜爱。

第三，深化了文艺人才队伍机制。新时代中国特色社会主义文艺深刻改革了文艺人才队伍机制，将优化人才培养和激励人才机制结合，培养了大批优秀的文艺人才。比如，在科教兴国战略的指导下，我国大力鼓励高等艺术院校发展，鼓励高校建立文艺人才培养示范区，社会建立文艺人才试点先行区，革除文艺人才培养与选拔体制机制弊端，允许优秀文艺人才通过公开选拔进入体制内，加大文艺人才选拔透明度，有效提高社会公平。新时代中国特色社会主义文艺要想实现发展，必须为文艺发展创造良好的发展环境，革除文艺发展体制机制弊端，释放文艺体制机制改革红利，这些都是推动新时代中国特色社会主义文艺发展的关键举措。

5.1.6 文艺战线作用日趋凸显

1942 年，毛泽东《在延安文艺座谈会上的讲话》明确指出："在我们为中国人民解放的斗争中，有各种的战线，就中也可以说有文武两个战线，这就是文化战线和军事战线。"[1] 文艺是革命机器的重要组成部分，是战胜敌人必不可少的武器。如今战争与革命的年代已经过去，但是在全球化时代，综合国力的较量这场没有硝烟的战争依然十分激烈，如何在平稳推进社会主义现代化建设的同时使我国在激烈的国际竞争中占据有利地位，增强我国在意识形态领域的话语权是新时代文艺的责任和使命。2019 年，习近平在致中国文联中国作协成立 70 周年的贺信中再次指出："文艺事业是党和人民的重要事业，文艺战线是党和人民的重要战线。"[2] 文艺战线为实现文化强国以及中华民族伟大复兴提供了磅礴的精神力量。新中国成立 70 周年以来，特别是新时代以来，广大文艺工作者致力于为人民服务，积极投身于改革开放的洪流之中，创作了无数脍炙人口的优秀文艺作品，为实现国家富强、民族振兴、人民幸福做出了重大贡献。新时代，广大文艺工作者对文艺战线作用的发挥主要表现在以下几个方面。

第一，广大文艺工作者社会责任感日益增强。新时代广大文艺工作者用行动生动诠释了"灾难无情，大爱无疆"。2020 年新年伊始，新型冠状病毒肺炎疫情袭来，全国各地都投入了支援武汉、支援湖北、支援全国抗疫的"特殊战争"中，在这场没有硝烟的战争中，广大文艺工作者积极捐款捐物，助力抗疫。文艺不仅只是艺术，文艺的真谛更在于生命。文艺是塑造灵魂的工程，广大文艺工作者是人类灵魂的塑造师。新时代，广大文

---

①毛泽东选集（第 3 卷）［M］. 北京：人民出版社，1991：847.
②习近平致中国文联中国作协成立 70 周年的贺信［N］. 人民日报，2019-07-17（02）.

艺工作者践行着以身作则、身体力行的信念，为广大人民群众，特别是广大青年树立了良好的形象，起到了先锋模范的作用。

第二，文艺作品充满了战斗力。战斗力不仅仅是军队特有的精神动力，更是各行各业发展壮大的必然要求。战斗力是新时代文艺工作保持长盛不衰的必胜法宝，缺失战斗力，就是缺失文艺创作的灵魂。新时代广大文艺工作者在抗击疫情面前表现出了坚强的战斗力。2020年，由电影频道、湖北省文联联手打造的《战疫故事》，在电影频道融媒体中心、快手及全网平台同步播出，充分体现了文艺工作者和媒体人的责任和使命。《战疫故事》在首期播出中，全网直播观看量就达到838.12万次，视频总播放量高达3.8亿次，同时各大媒体平台也在不断转发，让更多的人能看到战疫的故事。在视频中一位又一位凡人英雄的故事得到了展现，医生们不辞艰辛、不怕劳累、积极乐观的精神面貌直击人们心灵，感动了无数网友。再如，中国音乐家协会联合中国文艺网，陆续推出了一批全国优秀"战疫"公益歌曲，开设"抗疫路上 为你而歌"专题，讴歌英雄，振奋精神，通过音乐这一艺术形式，为打赢疫情防控阻击战凝聚强大精神力量。

第三，文艺战线的社会作用还集中表现在对西方思潮入侵的抵抗和对社会主义核心价值观的捍卫。全球化时代既为我国带来了机遇，又为我国带来了挑战。社会主义核心价值观是全体社会成员价值观的"最大公约数"，对于社会主义核心价值观的培育和践行，是每一位文艺工作者的责任和使命。中国美术家协会分党组书记徐里说道："中国有中国的审美标准，一旦有了自己的标准，有了自己的话语权和语系，西方文化就不会再一家独大，我们的文化软实力，我们的核心价值观就能够逐渐在世界范围得到传播和彰显。获得他人对我们的认同，对我们价值观的认同是很重要的。当然，这还有很长的路要走，需要通过大家共同的努力。"同时他还指出："希望在探索的过程当中，我们的作品最后能够让我们自己的同胞认为画出了他们内心想要的东西，能够让国外的朋友感受到这就是中国的东西，而且是有世界语境的、大家能够理解的喜欢的，是中国的画家创作的中国的作品。中国人画中国的油画，讲好中国故事，这个非常重要。讲什么故事很重要，中国人要讲中国故事，同时怎么讲好中国故事，这都需要我们去努力。"新时代，广大文艺工作者在国内外把文艺战线的战斗力作用发挥得淋漓尽致，为中国特色社会主义文艺事业的发展做出了重大贡献。

5.2 新时代中国特色社会主义文艺建设面临的问题

新时代中国特色社会主义文艺建设面临的问题主要体现在文艺精品供需不平衡、高素质文艺人才队伍缺失、文化市场要素发育畸形、中外文艺交流成果比例失调等方面。这些问题的出现在很大程度上阻碍了中国特色社会主义文艺建设前进的脚步，解决这些问题成为现阶段中国特色社会主义文艺建设的重要任务。

5.2.1 文艺精品供需不平衡

衡量一个时代的文艺成就在于作品。推动一个时代繁荣发展的根本动力在于创作出无愧于时代、无愧于人民的文艺精品。优秀文艺作品体现了一个时代的创新力、吸引力和感染力。新时代以来，我们迎来了文艺创作的高潮，产生了许多脍炙人口的文艺作品。同时，我们必须清楚地认识到当前文艺领域还存在一些亟待解决的问题，集中表现为文艺精品供给与需求未能达到有效平衡，具体表现在以下几方面。

第一，文艺创作方面存在着文艺精品有数量缺质量，有"高原"缺"高峰"的现象。新时代我国社会主要矛盾发生转化，意味着我国民众文化需求层次提升，对文艺精品的需求越来越高，对文艺作品的内容、生产、画面等各方面的要求越来越高，但实际上文化市场却大量存在着文艺精品供小于求的现象，部分文艺创作者走马观花、两耳不闻窗外事，使得文艺创作脱离群众，文艺作品失去价值。一个没有实践经历的人，其创作的文艺作品也只能是脱离群众的，而脱离群众的文艺作品一定是经不起时间和人民考验的作品，因而不能算得上是一部优秀文艺作品。

第二，文艺生产相互抄袭、千篇一律。文艺精品供需不平衡的重要表现就是文艺作品生产相互模仿、相互抄袭，缺乏创新力。以我国相亲类节目为例。2010年后，一大批相亲类节目相继涌现，如《非诚勿扰》《中国式相亲》《中国新相亲》《我们恋爱吧》《新相亲大会》等，令人眼花缭乱。对这一现象加以分析可得，其与文艺领域机械生产密切相关。社会主义市场经济在为我们带来利益的同时，也为我们带来了巨大挑战。市场经济时代，利益至上、金钱至上、一切向"钱"看等不良风气在社会蔓延开来。部分文艺工作者为了获得高额利润，急功近利，采取短期生产的方式，赚取大的商机，这在一定程度上使得部分文艺工作者满怀浮躁的心态，通过追求高收视率、高票房等来博取观众的眼球，只注重形式，不注重内容，不可避免地使得同类节目有很大的相似性，降低文艺作品的质量。

第三，文艺次品供过于求，冲击了文艺精品供给市场。当前，我国文艺领域存在着文艺"次品"，这些作品主要以低俗为取向、以丑恶为主题，对社会造成了不良影响。如有的电影观众评分极低，这是因为导演和演员过度注重个人形象，忽视了作品本身的价值体现，使得作品失去了吸引力，这些影片往往被观众称为"烂片"。通俗不等于低俗，通俗的本意是在保持作品原有质量的基础上，用人民愿意接受、能够理解的生动语言将其表达出来，而实际上部分文艺工作者受外力的影响，使其在文艺创作和生产中迷失了方向，大大降低了文艺作品的质量，产生文艺"次品"供过于求、文艺精品供小于求的失衡现象。

5.2.2 高素质文艺人才队伍缺失

2014年，习近平在文艺工作座谈会上指出当前我国文艺领域存在的突出问题是浮躁。笔者以为，浮躁的集中表现是文艺创作者素质大幅降低，造成高素质的文艺人才队伍大量缺失。文艺繁荣兴盛，离不开人才支撑。培养高素质的文艺人才，是打造文艺精品的首要前提。当前，我国文艺人才队伍建设在实践中取得了一定成效，但也存在着一些问题。第一，文艺工作者职业道德水平逐步降低。文艺工作者承担着塑造人心的使命，但近年来部分文艺工作者受到市场经济的冲击，被金钱冲昏了头脑，丢失了职业道德，造成高素质文艺人才青黄不接，文艺建设中专业人才缺乏，给社会带来不良的影响。如，有些艺人人前璀璨夺目，人后却干着偷税漏税的不当交易，严重违反了我国法律规定，败坏了文艺工作者的形象；又如，有些作家为了以较短投入获得较大收入，文艺创作内容低俗，凭借低质量的文艺作品获得不当的金钱收益，在经济效益面前，将社会效益抛之脑后，并未真正做到经济效益和社会效益相统一，无视把社会效益放在首位的职业道德要求，给公众带来了不良影响。学艺先学德，没有职业道德的人，其创作的文艺作品也只能是无人问津。文艺作品对人们的影响不止停留在物质层次，更重要的是精神层次。文艺作品质量低俗，影响的不仅是社会财富，更重要的是对人们心灵的毒害。一个国家、一个民族一旦没有了"精气神"，那么这个国家和民族迟早会被激烈的国际竞争淘汰。第二，文艺创作人才流失多。文艺创作需要耐得住寂寞，需要有"板凳要坐十年冷，文章不写一句空"的耐心。但是当前快节奏的生活方式，使得体制内的文艺人才分散于各个单位，承担了较为繁重的工作任务，对于文艺创作这个"业余爱好"，已无更多的时间和精力。同时，由于国家政策的限制，一些文艺工作者很难得到外出交流、奖励或者专项基金的支持，使得很多优秀的文艺人才纷纷退出文艺舞台，不得不"另谋生路"。第三，文艺人才引进难。由于我国教育体制和各方面体制的限制，"逢进必考""统一模式"成为很多文艺人才回乡的"拦路虎"，一些毕业于高等院校、各个艺术院校的优秀学生大部分不愿意回家；相反，一些不受考试限制的岗位就会相对容易受到年轻人的"追捧"，这就使得一些高素质文艺人才流失，造成文艺人才引进难的问题。如果这些问题不能得到很好的解决，那么新时代中国特色社会主义文艺要想获得更好发展，势必会有困难。

5.2.3 文化市场要素发育畸形

新时代中国特色社会主义文艺要想获得更好发展，必须投入市场。市场是商品交换的一般场所。按照文艺产品的商品属性，一个完备的文化市场应当包括文化产品市场、文化服务市场和文化要素市场。当前，我国文化市场在这三方面表现出畸形发展，阻碍了新时代中国特色社会主义文化市场的正确发展。首先是文化产品市场。文化产品市场是以实物为主的交易场所，是有形产品之间的相互交换，特征是交易频繁、次数多、数量大。文化产品市场由于本身特性，造成国家在对文艺产品进行监管时力度和难度较大。当前，我国文化产品市场出现了大量非法交易，如盗版的印刷出版物、电子出版物、音像出版物等，严重降低了我国文艺作品的质量要求。没有质量或者不追求质量的文艺作品，就犹如一个人丢失了灵魂，外表再华丽，也只能是一具没有内容的空壳。其次是文化服务市场。文化服务市场以无形的文化服务为主，这是文化商品的特殊属性。文化服务市场的基本特征是交易次数少，但种类繁多，以个体享受型消费为主。当前，我国文化服务市场存在一些不良现象，如文化演出市场入场门槛低，投入成本较高，但所产出的作品大多以快餐式消费、机械化生产为主，大幅降低了文艺作品的质量。新媒体下，人人都有麦克风，人人都是作曲家，人人都是小说家，有些艺人采取线上演出的方式，如开直播、分享短视频等，博取公众的注意力，靠观众盲目刷礼物从中获得收益，严重扰乱了我国文化市场秩序；再如，文化服务市场中的网络文化市场，由于自身的不可控性、自主性和随机性等特征，使得一些素质相对低下的网络用户在网络上散布谣言、发布不良信息等等，严重违反了我国法律规定，污染了互联网环境，使得广大互联网使用者精神受到伤害，在一定程度上扭曲了个人的世界观、人生观和价值观。最后是文化要素市场。文化要素市场主要包括文化生产市场、文化资本市场、文化人才市场、知识产权市场、文化技术市场、文化信息市场等。良好的文化市场体系是各个文化市场要素平衡发展的结果。当前我国文化要素市场呈现出一些畸形发展，对我国文艺发展造成了一定影响。主要表现在文化生产机械化、文化资本供应不足、文化人才青黄不接、知识产权体系不健全、重要文化技术欠缺、文化信息市场不畅通等，造成我国文化要素市场沿着畸形方向发展。新时代中国特色社会主义文艺是文化市场的重要组成部分，文艺能否健康持续发展，在很大程度上受到文化市场的影响。文化要素市场畸形发展问题如果未能得到及时准确的解决，新时代中国特色社会主义文艺很难实现良好发展。

5.2.4 中外文艺交流成果比例失调

文艺消费作为精神消费是无形的，更是无国界的。一部好的文艺作品，其影响力不能只限于国内领域，更重要的是能否在国际领域享受美誉。中国作为世界上最大的发展中国家，综合国力和国际影响力大大提升，但我国的文化实力与经济实力相比还有很大差距，对外文艺交流成果显著，但却存在文艺成果"引进来"与"走出去"比例失衡的现象。20世纪70年代末，我国实施了对外开放，邓小平强调要大胆吸收借鉴包括资本主义国家在内的人类一切优秀文明成果。多年来，我国文艺发展一直践行着这一理念，但近年来在实践中却呈现出文艺"引进来"与"走出去"比例失衡的现象。第一，文艺"引进来"成果显著，但缺乏本土化。当前，我国文艺发展已经做到了"引进来"，但还未真正做到将文艺成果本土化。众所周知，要做到本土化重要的是具有创新性。创新性是一切文艺发展成功的关键，创新的重要表现是在原有基础上创作出世界上没有的成果。文艺消费不同于一般商品消费，一般商品的需求性可以得到较好预测，文艺消费是无形消费，文化市场是供给主导型市场，文艺工作者只有先将文艺产品投入市场，才能看到经济效益，带有很大的不可预测性，文化市场要想获得较好收益，必须生产出一些带有创新性的作品，才能得到观众的关注。但目前，我国文艺只是停留在"引进来"，并未真正做到创新。第二，文艺"走出去"成果欠缺。文艺得到良好发展关乎文化自信，要想提升我国文化自信，必须使我国更多的文艺交流成果"走"出国门，扩大国际影响力。但是当前，我国文艺作品在国际影响力较小，与发达国家相比，还有很大的差距，文艺品牌效应较低。比如，提起日本我们能快速想到日本的动漫产业，提起美国我们能快速想到美国的影视业，提起英国我们能快速想到英国的创意业，提起德国我们能快速想到德国的出版业等，其文化产品无不吸引着全球消费者的眼球，成为其创造财富和获得利润的重要来源。而提起我国，首先想到的是经济实力和政治实力，对于文化实力还有待进一步提升，"走出去"的文化交流成果还有待进一步提高。"引进来"与"走出去"比例失衡是制约新时代中国特色社会主义文艺健康发展的关键因素。

一方面，传统文艺本身固有的中国传统元素，广大文艺工作者精心挑选的传统文艺精品，在与西方元素融合的过程中，由于价值观、风俗民情、生活方式等方面的差异，常常会引起西方人的不适，甚至会听到一些"刺耳"的评论。另一方面，一些"西方倒"的人，视传统文艺为热闹杂耍，而把西方艺术视为评价标准，致使一些外国人对我国传统文艺产成一些曲解和误解，认为我国传统文艺缺少"高雅"的元素，倾向于世俗化。导致这两种倾向的原因在于我国传统文艺"走"出国门时忽视了文化软实力的主体意识。这种主体意识既包括西方观众的受众心理，也包括中国观众对文艺传播的主体责任。新时代中国特色社会主义文艺理论为我国文艺传播面临的困境提供了出路，有效解决了文化软实力在建构过程中主体意识的建构，为向世界展示一个真实、立体、全面的中国创造了条件。

5.3 新时代中国特色社会主义文艺建设面临问题的原因

新时代中国特色社会主义文艺建设存在的问题，与社会主义核心价值观教育缺位、文艺人才政策囿于条框、市场机制不够完善、文艺制度体系设计滞后等有很大的关系，解决文艺建设存在的问题，也要从这些根本原因方面入手。

5.3.1 社会主义核心价值观教育缺位

一个国家的核心价值观是一个国家精神的集中代表，体现了一个国家整体的精神风貌和精神追求。新时代中国特色社会主义文艺存在文艺精品供给不足与文艺"次品"供给过多的矛盾，根源在于社会主义核心价值观教育的缺位。首先，对青年社会主义核心价值观教育的重视度不够。青年兴国家兴，青年强国家强。青年是一个国家和民族的希望，如果青年核心价值观出现了问题，那么这个国家和民族就会陷入危险境地。当前，随着改革开放进入深化阶段和国内外形势发生重大变革，西方各种思潮涌入我国，消极主义、功利主义、拜金主义等错误思潮对我国青年造成了重大影响，但在此过程中，有些高校并未正确引导青年，严重误导了青年正确的价值观的形成。2019年习近平在思想政治理论课教师座谈会上指出："青少年阶段是人生的'拔节孕穗期'，最需要精心引导和栽培。"[①]广大文艺工作者的生力军是青年群体，国家应加大对青年社会主义核心价值观的引导和树立，只有价值观正确，才能创作出广大人民喜闻乐见的文艺精品。其次，社会主义核心价值观教育对社会效益的引导程度不够。2019年习近平在党的十九届四中全会上指出要"建立健全把社会效益放在首位、社会效益和经济效益相统一的文化创作生产体制机制"。现阶段我国文艺领域出现的一些问题在于广大文艺工作者并未很好处理社会效益和经济效益相统一的关系，致使在市场经济条件下，广大文艺工作者为了追求金钱利益，采取生产周期短、投入少产出高的机械化生产，大大降低了文艺作品的质量。而文化工作相关部门并未较好做到严格把控质量关口，造成大量

---

①习近平：用新时代中国特色社会主义思想铸魂育人　贯彻党的教育方针落实立德树人根本任务 [N]. 人民日报，2019-03-19 (01).

浮躁的文艺"次品"充斥于文化市场。最后在互联网上缺乏对社会主义核心价值观教育的正确引导。互联网是我国意识形态的前沿阵地，伴随着人们生活水平的提高和科学技术的发展，网络逐渐成为人们必不可少的工具。一些文艺工作者为了盲目追求创新，往往故意扭曲人们的审美价值观，以丑为美、趋丑避美等审丑文化在网络盛行，严重扭曲了人们的价值观。但由于互联网的不可控性较强，相关部门管理难度较大，致使互联网领域的社会主义核心价值观教育流于形式、浮于表层，并未真正深入人心。这些方方面面的问题都造成了我国文艺精品面临短缺的困境。

5.3.2 文艺人才政策囿于条框

我国文艺人才队伍缺失的重要原因在于我国文艺人才政策囿于条框。条框限制一方面确实能有效提高我国文艺人才质量，但另一方面也会造成文艺人才无法引进的困难。当前我国教育体制以及其他体制，决定了我国文艺发展在引进人才时出现了一些困难。主要原因变现在以下四个方面。第一，进入体制内门槛较高。我国教育方针决定了要想进入体制内，必须是高学历。一个有资格考入文艺体制的人才至少需要 14 年，而要成长为一个经验丰富、成熟的人才还需要更长的时间。大量实践证明，学历只能代表一个人的受教育程度，但受教育程度的好坏最终还要由社会实践检验。一个人的学历与能力并不能完全呈现正相关，但现行的高门槛就成为很多有能力的人进入体制内的"拦路虎"，"唯学历论"是制约当前我国文艺发展的主要障碍。第二，进入体制内必须经过考试。"逢进必考"是阻碍我国文艺发展的主要障碍。分数只能代表一个人基础知识是否掌握牢固，但并不能代表一个人实际的操作能力。特别是对于文艺而言，文艺需要的是一种开放性和发散性思维，没有具体固定的思维模式，需要的往往是灵感，但"逢进必考""统一模式"就会使文艺人才思维狭窄，被限定在条条框框内，使很多优秀的文艺人才难以引进，致使文艺人才大量流失。第三，人才选拔程序复杂。习近平总书记多次强调要注意文艺人才领导班子的选优配强，特别是在领导工作岗位，一定要放置那些德才兼备、能通文艺工作的人才。但是我国在选择文艺人才过程中，程序纷繁复杂，充分暴露了我国现行文艺人才选拔政策的弊端。第四，人才选拔往往会局限在体制内，对一些民间艺人缺乏专项资金支持和人才鼓励。俗话说"高手在民间"，充分体现了民间人才的重要地位。但我国对民间艺人的专项资支持还不完善，人才优待政策还不健全，使得一些民间艺人得不到充分保护，一些民间"绝技"也逐渐淹没人际。

5.3.3 市场机制不够完善

新时代中国特色社会主义文艺要想发展得更好，要将市场因素引入文艺建设过程中，而不能一味地为了防范风险而杜绝市场因素，应该用市场机制激发文艺建设的真正活力，从而用市场刺激创作出更多更好的作品。但现阶段我国文艺市场要素发育畸形，关键在于新时代中国特色社会主义文艺市场机制不够完善。主要原因体现在三个方面。第一，市场批评机制有待完善。习近平多次强调文艺创作要敢说真话，敢说真话内在地包含着市场要对文艺工作者进行有效批评，只有批评才能促使文艺发展。文艺市场批评机制的建立应主要包括两方面：一方面是对固有文艺创作的批评；另一方面是对日渐繁荣而又问题丛生的文艺市场的批评。例如：市场要对一些未能正确反映社会主义核心价值观、传播负能量的文艺作品进行批评，给予正确示范和引导；对一些问题丛生的部门，要定时开展批评与自我批评，时刻检讨自己，引导其走上正确的轨道。第二，文化市场经营机制有待健全。新时代中国特色社会主义文艺事业的发展，既要遵循文化规律，又要遵循市场规律。文化市场生产经营机制是一个系统而又复杂的工程，必须积极引导。但当前我国文化工作部门对文艺作品题材的选取、主题的确立、文艺创作过程及运行方式等，尚须进一步完善，对文艺作品的有效发行渠道尚须进一步拓展，生产经营机制存在一定短板，致使优秀文艺作品的市场供应短缺，文艺"次品"市场供给大肆横行。第三，市场监管机制有待加强。文艺事业要想在改革的浪潮中走向繁荣，相关监管部门必须严把质量关，监管举措必须坚强有力。现阶段，不论是实体文艺，还是网络文艺，在市场监管方面都存在一定漏洞，对传播负能量、扭曲社会主义核心价值观的文艺作品首先在其投入市场前并未做到严格把控，致使一些文艺"次品"在市场上流通；其次在市场流通后，相关市场监管部门，并未有效收回，并做出相关处罚，致使知法犯法的现象并未得到很好控制。市场监管只有一方面积极引导相关文艺工作人员遵循文艺规律，另一方面对文艺"次品"生产者做出警示或处罚，才能有效弥补市场监管不力的漏洞，使得文艺事业在市场经济浪潮中繁荣发展。

5.3.4 文艺制度体系设计滞后

制度是保障新时代中国特色社会主义文艺良好发展的制胜法宝。习近平在众多场合多次强调不能让制度成为"软约束"和"稻草人"，要有效发挥制度的刚性约束。新时代中国特色社会主义文艺在"引进来"与"走出去"方面存在结构比例失衡的现象，原因在于文艺制度体系设计滞后，制度设计没有真正落到实处。第一，文艺创作激励机制有待完善。批评与奖励相对，文艺事业既要有批评机制，又要有奖励机制。当前我国文艺创作激励机制不健全，基层文化组织对群众文艺创作激励力度较小，专业人才稀缺。这与基层群众受教育程度较低、国家资金缺乏、老年人创新能力不足息息相关。现阶段从事文艺事业的创作人员多为老年人，而老年人尽管经验丰富，但创新能力稍显不足，无法为文艺事业的发展有效输入新鲜血液，造成我国文艺精品供给不足，能够有效"走出去"的文艺作品较少，制约了当前我国文艺事业的发展。第二，文艺创作保护机制有待完善。文艺作品只有得到有效保护，才能实现时代传承。当前我国对文化的保护程度没有赶上西方发达国家，致使很多文化遗产在国际上被抢占、抄袭。如我国民间文学艺术作品发展丰富，民间文学艺术重在保护，但我国目前对这一特殊艺术形式尚未有明确的法律保护，相关作品版权纠纷不断，造成一些属于我国的民间艺术作品不能很好走出国门，只能被迫引入。第三，文艺和旅游融合机制有待完善。文艺事业要想繁荣发展，必须与旅游业融合发展。文化和旅游融合机制一方面能够提升我国文化国际影响力，另一方面又能为我国带来较大的经济效益。但当前我国文化和旅游产业尚未实现深度融合，与我国尚未打造具有中国特色的标志性文化符号、旅游服务质量不高、旅游资源缺乏有效整合等方面息息相关。只有将文化和旅游产业优势互补，在融合过程中实现功能重组和价值创新，才能有效取得"1+1>2"的产业叠加效应，为新时代中国特色社会主义文艺繁荣发展创造良好条件。

第6章 国外文艺建设的发展经验

6.1 美国的文艺发展经验

美国作为一个移民国家，移民的多元性决定了美国民族和社会的多元性，而社会的多元性又造成了美国文化多样性的局面。美国文化中通俗性的元素和多元的内容使得它在世界传播中占有先天的优势，美国的文化与经济一样，在改革中调整，在整合中发展，经历了由强势文化到多元文化局势的转变。同时美国作为世界第一大经济体，其文化大国的地位也是不可撼动的。在二战结束以后，美国转变了经济发展模式，从以制造业为主导到以第三产业为主导的变化过程，即整体产业结构以制造业为主向以服务业为主的高级化过程，由此确立了其文化产业大国的地位。美国文化占据了全球文化输出高地，这是因为第二次世界大战远离美国本土，美国的经济并未受到战争的大幅度破坏，反而增强了其发展的后劲，为美国文化艺术得发展奠定了坚实的经济基础。同时，二战结束后，大批人才避难到美国，为美国文化艺术的发展提供了人才的支持。冷战结束以后，美国将大量的资金和尖端科学技术移植到了文化产业领域，使得从原来的由文化向经济延伸的产业模式变成了现在的由经济向文化的逆向拓展。至此，文化不仅仅成为美国商业的"摇钱树"，更成为美国政治的"传声筒"。美国的文化产业具有庞大的基础，它拥有的全球文化"巨无霸"企业超过了50%，其文化产业巨头公司每年的获益更是占到全球文化产业获益的绝大部分。虽然美国影片的产量还不到全球总产量的10%，但是其市场份额却占据了世界电影市场份额的90%以上。美国高度发展的文化艺术，在美国整个经济发展中占有相当大的比重，在经济增值与容纳人员就业方面创造了令人瞩目的辉煌业绩。对于美国文艺发展战略的研究，对于我国文艺建设有着极大的借鉴作用。

6.1.1 美国文化艺术发展特点、发展优势

第一，文化艺术发展与经济挂钩。在美国，文化产业常常被称作为"娱乐产业"，或者极具法律意味的名称"版权产业"。美国作为发达的资本主义国家，市场是其配置资源的主要手段，政府的经济行为主要是弥补市场的不足。美国虽然没有专门的文化部门，但是却有一个专为全国文化艺术领域提供资金资助的基金会——美国国家艺术基金会（The National Endowment of the Arts），该基金会成立于 1965 年，是联邦政府机构中唯一的专门负责对美国国内重要艺术团体和重要文化艺术项目所需资金进行审核和拨款的政府机构。资助范围包括艺术家个人、艺术团体、学校等，旨在为社会上那些杰出的艺术家、艺术组织、学校等提供资金支持，支持那些创新性的艺术，并给予那些有困难的艺术家受教育的机会，帮助他们进行艺术创新，增进并拓宽人民群众享受艺术的机会与途径。美国总统约翰逊说过，政府虽然不能创造伟大的艺术，但是政府要提供创造伟大艺术的环境，要采取措施营造有助于艺术繁荣的环境。美国国家艺术基金会的资金主要来源有两个，即政府直接拨款与社会资助相结合，政府每年约资助 1 亿美元，民间的资助多来自民营企业家，对于捐资的企业家国家会在税收方面给予一定的优惠。美国国家艺术基金会作为独立的部门，不受任何政府部门的限制，它为艺术机构提供的"种子基金"，产生了巨大的"乘数效应"，这也正是美国政府资助艺术的特色。从实际运作的情况来看，美国国家艺术基金会的带动作用非常明显，基金会每拨款 1 美元所带来的相应的资助、捐款和收入就能达到 7 到 8 美元。从基金会的职能来看，基金会主要有扩大公众参与艺术、为他们提供广泛的专业的艺术活动与创作训练的机会的职能，有为艺术家提供发挥艺术才能平台与机会的职能，有鼓励除联邦政府外的非政府组织、团体、企业和个人为艺术活动提供资助的职能，有协助推广传播各种优秀的文艺作品的职能，同时也兼具着为广大艺术机构输送管理类人才并协助他们经营的职能。美国国家艺术基金会资助的项目虽然时有变动，但总的看来，资助的种类越来越多，"资助的

艺术门类越来越齐全"，"资助的目标越来越明晰"①。大致有表演艺术、视觉艺术、设计艺术、文学、媒体艺术、民俗艺术、博物馆、艺术创新、艺术拓展、艺术教育、艺术行政、国家交流等 12 个门类。美国国家艺术基金会经历了 50 多年的发展历程，对于美国艺术的普及与发展起到了重大的推动作用。1965 年到 2000 年间，美国国家基金会共计资助了全国 50 个州和 6 各行政区的艺术组织和个人，总数超过了 111000 项，在其资助下，联邦内非营利性的剧院增长了近 6 倍，交响乐团增长了 1 倍，文化机构数量增长了 9 倍。美国国家艺术基金会的成立促进和推动了多层次的政府文化艺术组织体系的形成，这是美国政府开始尝试实践一项全国性的文化艺术政策，也是政府首次明确表达了对文化艺术的支持，标志着美国显性文化艺术政策的出现。

除此以外，美国还出台了很多政策支持非营利性文化机构。例如，如果一个非营利性文化机构所从事的活动处于该组织享受免税待遇的范围内，那么该机构所盈利的部分是免税的。同时高额的遗产税也激励了一些富人向非营利性的文化机构捐赠，这是因为如果捐赠慈善事业，是完全免税的。另外，联邦政府为国家级艺术项目建立了"信托基金"，即每年都会将联邦政府征收的烟、酒等消费品税的一部分存入"信托基金"。这一系列的政策，都为联邦文化机构提供了很大的便利。肯尼迪国家艺术中心是一个非营利性的文化艺术机构，在美国的文化界有着十分重要的地位。其主要的资金来源是社会筹集和日常经营活动所得，政府的拨款金用于纪念馆的维修与维护。

第二，文化艺术发展与政治挂钩。2002 年 9 月，美国政府制定了第一份《国家安全战略报告》，报告指出："在打击恐怖主义的斗争中，我们永远不要忘记，我们的终极目标是为我们的民主价值观念和生活方式而战。"因此美国奉行的文化政策的核心则是向世界推行美国的价值观念。

除了经济支撑以外，美国的文化产业有着不可避免的政治因素。按照美国工业体系的划分，文化产业可以分为两种类型，一种是以赚取利润为目的的营利性文化产业，另一种是不以获取经济利益为主要目的的非营利性文化产业。但是这不意味着非营利性文化产业不会盈利，只是其取得的

①凌金铸，刘勇，徐辰. 中国文化体制改革理论与实践［M］. 上海：上海交通大学出版社，2014：303.

利润不能据为己有，而是要投入文化事业的发展。华盛顿总统意识到了艺术对于社会发展的重要性，他认为艺术和科学是国家富强和国民幸福的必要条件。到了布坎南总统时期，开始成立国家艺术委员会，这是美国第一个专门的艺术机构，但是这个机构并未得到国会的认可，因此也并未得到国家财政的支持。直到罗斯福总统时期，美国遭遇了经济大萧条，艺术家们组成"艺术家协会"示威游行，迫使美国政府为其生活提供最基本的物质保障，罗斯福政府采取了公共工程艺术计划（Public Works of Art Project），这一计划对一些美国的艺术家进行金钱上的资助，同时也会设置专门的财政支出用于采购艺术家们的艺术作品。但是这些资助并没有持续太久，在美国国内经济好转的同时，资助也陆续被叫停。美国政府对于文化的重视看似降低，其实不然，为了与纳粹德国争取拉丁美洲国家，美国在国务院设立了文化关系司，开始了文化外交政策。文化关系司通过与私人基金会的合作，使得政府介入文化变得合法化，"文化输出在实现美国对外战略目标过程中的巨大作用显现了出来。"[①]

随着国际竞争的愈演愈烈，美国政府加大了对其他国家的文化输出。美国文化艺术的全球性扩张，在大多数情况下属于非政府部门的文化产业企业为巨额利润所驱动而进行的经营性活动，但是在实际的操作过程中，得到了政府的支持，美国制定相应的文化战略，试图以"美国化"来代替全球化，用美国的文化价值观来"重塑世界"，进而让美国在世界范围内创造和实现更多的文化和经济利益。人们将美国的这种文化行为称为"文化帝国主义"。"文化帝国主义"是将文化话语与政治话语相结合，强调的是美国借助文化来输出其价值观念与意识形态。但是与别的国家有所不同的是，美国并没有设有专门统管文化的政府部门。美国这种开放性的文化战略蕴含了更深层次的意识形态属性，这种去除了政策限制的文化自由市场，为美国的文化产业打开了方便之门，其实质就是要求文化服从于市场，这样，美国的这种看似"无为而治"的文化战略则转化成了一种高度开放的市场策略。而且在事实上，虽然没有专门的机构管理文化，但是美国政府却给予文化产业很大的支持，这种支持不仅体现政府为文化产业的发展提供自由安全的氛围，鼓励非文化部门和外来资本的投入，也体现在

---

①王晓德. 拉丁美洲与美国外交文化的起源 [J]. 拉丁美洲研究，2007（03）：17.

政府会直接为文化产业注资。此外，美国开展"文化外交"，在世界各地设立美国文化中心，遣派联邦政府内的一些有成就的文化人士来担任"文化大使"，"文化大使"的主要职能是负责与国外的文化交流，在交流中宣讲美国的文化。"文化外交"进入美国外交政策的核心最早是因为纳粹德国在拉丁美洲开展的"文化攻势"。有一位美国的外交官将纳粹德国在拉丁美洲的文化外交活动描述为一场精心组织策划、投入大量金钱旨在破坏美国与拉丁美洲文化关系的阴谋。作为对这场阴谋大反击，美国开始采取"睦邻政策"（Good Neighbor Policy），在阿根廷布宜诺斯艾利斯召开的美洲国家组织会议中美国代表团向大会提交了《促进美洲内部文化关系公约》，在这一公约下，美国积极开展与拉丁美洲的文化交流。在第二次世界大战爆发以后，美国联邦政府根据战争形势积极调整对外文化政策，设立了"战争信息办公室"。"战争信息办公室"在为美国联邦政府提供战争资讯的同时，也承担着向国外宣传美国政策、提升美国国家形象的重要职能。1944 年，美国国会通过了《富布赖特法案》，这是美国政府首次颁布对外文化关系的相关政策。以《富布赖特法案》为依据，美国国务卿获得授权与世界上其他国家缔结有关协议，1961 年，《富布赖特法案》更名为《双边教育和文化交流法》，又名为《富布赖特-海斯法》，该法案的通过，为教育、文化与科学领域人员通过相互交流来促进理解、包容提供了法律依据，大大促进了美国与国际上的教育、文化交流。在二战结束后，美国杜鲁门政府成立了一个综合的文化部门——美国国际信息和文化事务办公室。1948 年，美国国会通过了《美国信息与文化交流法案 1948》，这是美国首次在非战争状态下授权政府在全球范围内进行信息文化的交流活动，其实质就是对国外进行意识形态的渗透活动。1953 年，美国又成立了一个统管文化外交的机构——美国信息署（USIA），这是美国对外进行文化交流与文化宣传的专属机构。与此同时，美国中央情报局（CIA）也在文化信息交流领域涉足，美国在中央情报局投入大量的物力和人力，秘密地支持在海外开办宣传美国形象的报刊与机构，目的也是进行意识形态扩张。1978 年，卡特总统将美国信息署和国务院事务局进行了职能的合并，成立了美国国家传播署，从名字上我们就可以看出这个机构的主要职能便是向世界宣传美国，在宣传与交流中取长补短，但是实质上仍旧是输出美国的文化。

美国商务部的一个高级官员在谈到世界上的文化整合时曾经说过："对于美国来说，信息时代对外政策的一个主要目标必须是在世界的信息传播中取得胜利，像英国一度在海上居支配地位那样支配电波……如果世界有趋向共同的电信、安全和质量标准，那么它应该是美国的标准，如果世界正在由电视、广播和音乐联系在一起，节目应该是美国的；如果共同的价值观正在形成，它们应该是符合美国人意愿的价值观。"① 美国的"文化帝国主义"展现了美国的文化霸权，这是美国向世界输出资本主义意识形态的重要工具。美国通过文化输出在世界上其他国家搭建了一张四面扩张、无所不在的关系网络，通过商业力量用自身文化占据对方市场，实现一种文化驱赶，从而实现在经济上攫取金钱市场，在政治上改造大众意识、建立霸权，自上而下地对其他国家实施控制。自 1991 年以来，美国凭借着经济、技术和知识等方面的显著优势，大肆向其他国家进行文化产品的倾销，每年向国外发行的电视节目总量高达 30 万小时，但是在美国本土的电视播放中，国外的节目仅仅占有 1%～2%。从克林顿政府开始，美国政府则逐渐摒弃通过联合国传统的方法，转而去利用新成立的世界贸易组织来实现输出美国的价值观念，试图通过国际性机构，根据自己的形象来设计世界。在 1994 年的乌拉圭回合谈判中，美国政府要求把关贸总协定的范围扩展到服务领域，包括电影、电视、广播类的节目。此后，美国政府又试图在《多边投资协议》中写进文化条款，但是由于联合国的反对，并没有达到此目的。在中国加入世界贸易组织的双边谈判中，美国坚决要求中国开放自身的文化市场，允许外国的文化企业在中国投资设厂，并且要求允许国外的文化企业在中国本土发行影视作品，并且强烈要求中国取消进口配额，接纳美国各类的影视产品自由在中国国内销售与传播。在与欧盟的影视谈判中，美国依旧居高自傲地要求欧盟国家在文化企业方面应当与其他企业一样，实行贸易自由化和公开竞争，并受多边规则的监督。

1967 年，美国国务院资助了一项"国际写作项目"（the University of Iowa's International Writing Program），又称"艾奥瓦大学国际写作项目"，这是世界上首家为文学作家提供合作交流机会的项目。"国际写作项目"的宗旨是把世界各地有才能的文学作家带到艾奥瓦大学，使他们能够在美

---

①David Rothkopf. In Praise of Cultural Imperialism? [J]. Foreign Policy, 1997（107）：39.

国的大学中与美国的学者交流写作经验，为他们深入了解美国的文化提供了机会，并为他们的文学创作提供一些"美国式灵感"。近年来，"国际写作项目"的宗旨开始有所扩大，由原来的把优秀人才带到艾奥瓦大学向双向交流转变，即在将优秀人才带到美国的同时，让美国的作家走向世界，向世界介绍美国作家的优秀文学作品，在分享彼此文学、文化信息的基础上，建立友好的关系。

2009 年 5 月，美国国务卿希拉里·克林顿给大使馆艺术与保护基金会（the Foundation for Art and Preservation in Embassies）的信中写道："随着我国和世界面临的多种挑战，有效的沟通是必要的。超越了书面和口头语言，艺术可以表达人类的精神和创造力，把所有的民众连接到一个更深的层面，在我国驻外使馆的美国艺术的展现加强并丰富了我们国家参与其他国家文化的外交努力。大使馆艺术与保护基金会是一个重要的伙伴，使得这种强有力的交流方式在我们国家的驻外机构中容易获得，这有益于美国和全世界。"[1] 从希拉里·克林顿的信中我们可以看出艺术相较于其他外交手段来说，更容易使人们接受，且更容易得到支持，并且运用文化艺术的方式，虽然可能无法解决政治分歧，却能帮助改善国家之间的关系。1993年，美国爵士乐钢琴家约翰·弗格森建立了"美国之音"（American Voices）这一组织，"美国之音"把许多音乐相关教学与高质量的美国文化项目带到了世界各国，该组织依靠兼职教师把美国的音乐推向了五大洲 110 个国家，通过"美国之音"，一些有着优秀音乐才华的学生可以获得前往美国继续深造的机会。2005 年，美国国务院教育与文化事务局文化项目部与林肯爵士乐团合作发起"韵律之路：美国音乐世界行"，美国国务卿凯伦·休斯将此活动改名为"韵律之路"。"韵律之路"的音乐人士代表新一代的美国音乐大师，同世界其他国家的音乐家和民众进行了近距离的接触。2012 年到 2013 年两年间，"韵律之路"派遣了十多个不同类型的美国乐队到四十多个国家进行巡回演唱会，与当地的知名音乐人进行音乐上的交流与切磋。除此以外，"韵律之路"还进行了一些讲座、展演、讲习班与媒体采访等活动，让世界各地的观众零距离体验美国的音乐，通过音乐进行了跨文化的交流与理解。2009 年，美国国务院教育与文化事务局创建了

---

①转引自刘靖华、东方晓.现代政治与伊斯兰教［M］.北京：社会科学文献出版社，2000：39.

"音乐序曲"（Musical Overtures）这一文化项目，旨在通过文化项目促进美国和已经卷入或正从冲突中恢复的国家间相互理解并加强二者之间的联系。"音乐序曲"的音乐家们有着丰富的受教育经验以及表演经历，为促进这些国家与美国之间的相互理解做出了突出贡献。同年，美国文化项目部与布鲁克林音乐协会合作创建了"舞动美国"（Dance Motion America）项目，通过该项目，美国的一些舞蹈公司前往世界各国进行舞蹈巡演，向世界其他国家展示美国的舞蹈艺术，除了进行舞蹈巡演外，该项目还设有艺术教育活动，如开办硕士学位班、舞蹈讲习班等。到了 2013 年，"舞动美国"派出舞者前往世界 12 个国家和地区进行演出，通过舞者与舞者之间、舞者与民众之间的交流，使得世界其他国家更好地了解了美国舞蹈文化。

第三，完善的法律法规保护文化知识产权。文化知识产权的法律法规的合理性将影响到文化相关产业的健康发展。美国对于知识产权的保护也是非常严格的，对于不合法的文化产业坚决取缔，对于侵犯知识产权的行为严惩不贷。完善的立法和有力的执法，使得美国的文化产业超过了任何一个制造行业，在 2010 年，文化产业已经占到了美国总 GDP 份额的 11.1%。美国对于文化知识产权的保护主要是通过法律来实现的。1783 年，大陆会议成立了一个专门的委员会来考虑通过确保新书的作者和出版者的所有权来珍惜全美国的创造力和有用的手艺最合适的办法，即要求通过版权和专利条款。到了 1790 年，美国就颁布了第一部《版权法》，对于书籍、插图等书面作品给予法律上的保护。《版权法》规定，作品要想获得版权保护，必须具有一定的原创性，这也就是说作品必须由作者独立完成且作品本身具有最小量的创造性。这也就意味着完全由事实、数据或这其他公有领域的资料组合而成的作品不受版权保护。同时，《版权法》赋予了版权所有人对其原创作品的五项专属权：复制权、演绎权、发行权、公开表演权以及公开展示权。当版权人发现有人未经允许就复制、改变、销售、演绎、公开表演或者公开展示时，版权所有人在发现侵权行为之日的 3 年内提起侵权诉讼。《版权法》的首要目的是促进创造性作品的创造和向公众传播，因此，《版权法》不仅仅有益于作者，最终也将有益于公众。《版权法》在 1909 年经过了罗斯福总统的完全修订，产生了 1909 年《版权法》，该版本的《版权法》不再将版权作品分门别类，而是简单表述为版权保护适用于一个作者的所有作品，作品在当时的美国宪法解释中为：基于创造性智力基础上的作品和那些脑力劳动的成果。这个看似不起眼的表述，实则将《版权法》的适用范围扩大至诸多文艺作品领域，同时1909 年《版权法》也延长了版权保护的期限，由原来的 28 年延长至 56年。对于音乐作家来说，1909 年《版权法》还有一个重要的规定，它规定每售出一份包含一首歌的录音制品，这首歌的版权人便可以获得 2 美分的版税，同时规定了这首歌的第一次录制和发行版权人有优先授予权。1978年以前，美国的版权实行的是双轨制模式，这也就是说作品受普通法上的版权保护（州立法保护未发表的作品）与联邦成文法上的版权保护（联邦立法保护已发表的作品）的"双重保护"。因此，当作品发表之时必须标明首次发表时间与所有人的姓名，如果没有版权声明，作品则进入了公共领域，失去了版权的保护效力。1976 年，《版权法》经历了大的修订，由于特殊利益集团的广泛游说活动，1976 年《版权法》用更加规章化的表述代替了详细阐明的一般规则，同时它结束了传统的双轨制模式的版权保护，虽然保留了作品在发表时必须做出版权声明的做法，但是却规定某些情况下版权所有人可以对声明进行补救。同时，也对版权保护期限做出了相应修改，即独著作者或合作作者终生及死亡后 50 年。在 1976 年《版权法》中，还加入了合理适用原则，即允许其他作者在创作新作品时借用受版权保护作品中的一小部分原创性表达，且这样做的前提是不会对版权所有人的利益造成损害，也不会不合理地干涉版权所有人对出售其作品或允许他人适用其作品的权利。合理适用的范围包括批评、评论、教学、新闻报道以及学术研究等领域。1998 年，美国国会通过了版权期限延长法，在1964 年到 1977 年间首次出版的作品，可享有从首次出版之日起的 95 年保护期。此后，《版权法》不断完善以适应科技的发展，保护的范围也不仅仅局限于书面作品的保护，对于声音类的作品也适用。到了 1998 年，版权保护扩展到了数字化方面，美国政府颁布了《数字千年版权法》（the Digital Millennium Copyright Act），规定了规避技术保护措施以非法获取作品应当承担新的法律责任。法律保障的范围不仅在扩大，版权保障的时间也越来越长。随着文化市场的扩大，美国也逐渐出台了《电影法》、电影分级制度等，这些法律与规章制度使得电影行业的健康发展有了法律的支撑。一系列法规的颁布为美国政府打击网络文化市场的盗版行为、规范市场经营秩序提供了系统的法律保障，为相关产业挽回了巨额损失。

在国际版权方面，1891 年，美国通过了第一个对外国人创作作品进行版权保护的法律，这一法律弥补了之前一个世纪美国没有与任何其他国家产生版权关系方面的弊端。该法律要求作者的国籍国家应当给予美国公民享有同其本国公民同样版权保护的权利。随着互联网技术的迅速发展，通过计算机传载的内容频繁遭受盗窃，于是在 1989 年，美国成为《尼泊尔公约》的一分子。加入《尼泊尔公约》的美国，国家版权体系发生了一些微妙的变化，如在之前的《版权法》中，版权通知是强迫执行的，而现在改为了自愿。同时，对于转换性适用也变为非法，美国开始阻止对于美国作品的模仿。关于《尼泊尔公约》，它是世界上第一个重要的关于版权保护的多边条约，《尼泊尔条约》为各缔约国以及成员国的作者提供数量众多的最低法律保护。1992 年，我国也成功加入该公约，成为成员国之一，有效地保护了我国作家的权益。

截至目前，美国的版权保护制度已经成为世界上规定较为详尽、保护范围较为广泛的知识产权制度之一。《国家艺术及人文事业基金法》和《联邦税收法》对于美国的文艺事业也起到了关键的作用。《国家艺术及人文事业基金法》规定，政府每年要向艺术机构、艺术团体或个人投入一定的资金，国家艺术、人文基金会每年向各州及联邦各地区艺术委员会拨款一次，占年总基金额的 20%，其余的资金则直接用于向各个艺术领域内的个人及团体有关项目提供资助，同时还有一部分资金可用于对于优秀艺术作品的资助。《国家艺术及人文事业基金法》使得文化艺术发展每年都会有固定的政府财政投入变得有法可依，保障了文化机构的正常运行。

第四，文化艺术类人才的智力支撑。在全球化浪潮中，结合本国国情，培养人才将是一个国家在国际上站稳脚跟、求得发展的重要举措。美国的人才政策有着明显的双管齐下的特点，即"内部培养+外部引进"。美国联邦政府十分重视文化产业人才的培养与储备。近些年来，美国对于教育的投入占 GDP 总量日益增长，州政府税收有将尽 40%左右会用于支持教育事业的发展，高达 355 亿美元的教育支出使得美国成为世界上教育经费支出最多的国家。在布什总统执政时期，他召集了联邦 50 个州的州长参加全美教育工作会议，制定了《美国 2000 年教育战略》，提出了 21 世纪美国教育工作发展的六个战略目标。除了金钱投入的增长，联邦政府还特别重视高等教育专业的结构，往往会根据不同类型人才市场的需求状况，引导大学调整专业的设置。随着文化娱乐产业的迅速发展，规模不断扩大，对于文化人才的需求也越来越大，美国的各大学开始设置文化管理类课程，开办了文化管理学、艺术管理学等专业，培养了一大批高质量的文化管理人才，为文化娱乐产业的发展输送了大量紧缺的人才。此外，美国有不少专门进行文化产业研究的智库，其研究成果对政府管理、企业决策都提供了有力的支持。与此同时，美国还注意从世界上其他国家网罗优秀的文化专业人才。为了吸引优秀人才到美国，联邦政府不断放宽技术移民的限制。1990 年，布什总统签署了新的《移民法》，重点向技术移民与投资移民倾斜，鼓励各行各业的优秀人才移居美国。从 1990 年开始，美国实施有效期为 6 年的工作签证，允许有特殊专长的人来美工作，称之为 H-1B 签证计划。同时，也鼓励优秀人才永久定居美国，仅仅在 1990 年到 1991 年短短 1 年的时间里，美国就吸引了超 3 万余位的优秀艺术家，增加了美国文化的多元性，甚至成为美国某些文化艺术领域的主要推动力量。

6.1.2 美国纽约的文化艺术发展现状

纽约是国际性经济中心、金融中心、文化中心，其作为全世界创造时尚的中心决定了全球艺术发展的方向。人们常常用"大熔炉""大砂锅"来形容纽约，体现了其多元性和兼容性，这与纽约是个移民城市分不开。纽约市民来自世界各地，新移民占纽约城市人口的 35% 以上，纽约为这些移民提供了广阔的就业市场，同时也有着对文化差异性的包容与机会平等的用人制度。纽约文化多样性并存，高雅艺术与街头艺术在这里都可以随时找到，商业与艺术在这里并存。纽约的艺术影响力在美国所有的城市中居于首位。

纽约是当之无愧的"报刊之都"，之所以享有这一美誉与纽约高度发达的出版业是分不开的，纽约是美国的报刊出版中心，也是世界报刊出版中心之一。世界闻名的《纽约时报》《时代周刊》《华尔街日报》总部均设在纽约，美国前十名的消费类杂志中有 6 家都在纽约。二战后，纽约的艺术制造业得到了空前的发展，这主要得益于正规艺术机构的建立以及国家政策的支持。当时的纽约建立了几个正规艺术机构，有现代艺术博物馆（1929）、惠特尼博物馆（1931）、古根海姆博物馆（1937）等，还有被誉为"五千年艺术史的百科全书"的纽约大都会艺术博物馆。惠特尼博物馆还设置了一个奖项，颁发给那些具有非凡潜力的美国艺术家。"工程振兴局"也为美国艺术制造业的繁荣提供了支持。纽约市政府在艺术发展中也发挥了重要的作用。例如，1982年设立的"百分比艺术计划"（Percent for Art）；还有"艺术材料计划"（Materials for Art），该项目鼓励企业把不需要的材料以及可重复使用的自愿分配给美国的300多个社区艺术机构、艺术学校，为这些艺术学校和艺术机构提供了所需的用品。同时，纽约还成立了"文化机构团体"（The Cultural Institutions Group），该团体共有34个成员组织机构，该组织的主要目的则是在文化机构中培育更多的公私合营运作机制。在电影艺术方面，纽约成立了电影、电视产业的扶持部门——市长电影戏剧与广播办公室，主要是帮助从事影视工作的个人或公司团体发展影视产业。为了促进创意产业的发展，纽约设置了一个专门的公司——纽约市经济发展公司（New York City Economic Development Corporation），该公司设立的宗旨是为那些艺术类的非营利团体在竞争中生存下来，为它们提供资金、技术咨询等方面的服务。

到了20世纪80年代，纽约的文艺繁荣景象达到了新的高峰，纽约成为世界时尚、音乐、艺术、设计的中心。文化商品化趋势日趋明显，艺术家们创作艺作品不再仅仅为了艺术本身，而是为了潜在的巨大经济价值。纽约的文化创新力几乎可以使得所有最新的创意都可以在纽约以最快的速度变成现实，继而转化成为文化生产力。在纽约诞生了诸多十分前卫的思想与艺术。街景、创造力与不同艺术形式的结合，形成了独具特色的涂鸦艺术，在一段时期内，涂鸦艺术竟成为世界艺术画廊的主流艺术形式。嘻哈音乐也起源于纽约，从曾经的街区文化成为世界范围内的著名音乐形式。

6.1.3 美国好莱坞电影成功之道

提到电影，好莱坞大片可谓家喻户晓。好莱坞大片是指那些在制作成本上极其昂贵、制作时间长、在票房上又要求有巨额票房成就的影片。大片包括三个部分：大投资、大制作以及大明星。那么好莱坞电影如此声名大噪并获得巨大成功的原因有哪些值得我们借鉴的呢？

首先，巨额的投资经费。《泰坦尼克号》是美国大片比较成功的代表，在全球的票房超过了 20 亿美元。当然，在前期投入中，《泰坦尼克号》的制作费用也高达 2.5 亿美元。巨额的投资不仅仅是在技术上，还包括高昂的明星片酬。好莱坞大片对于明星的要求是足够"大牌"，因此，这些"大牌"明星的出演费往往都在 1000 万美元以上。有些甚至更多，如施瓦辛格在主演《终结者 III：机器的兴起》中，其片酬竟高达 3000 亿美元；小罗伯特·唐尼出演《复仇者联盟 4：终局之战》时，基本片酬为 2000 万美元。

其次，高科技与创新因素的加入。好莱坞大片对于电影高科技如特技、电脑动画等的要求十分高。好莱坞一直秉承着技术主义的电影生产路线，通过胶片、声音、屏幕等新技术的发明，始终保持着创新性。同时，在电影内容的选择方面也进行积极的创新，例如《花木兰》《角斗士》等都是由国外传统文化故事改编的，将国外的传统文化故事进行美国式改造，使文化产品保持了创新的品质并能适应市场的需求。

最后，惊心动魄却又不缺乏艺术美，做到了震撼力与欣赏美的统一。好莱坞大片中不缺乏以强烈紧张刺激的惊险氛围和视听张力为核心的类型，但是其中又会穿插着浪漫唯美的爱情故事，这让观众为惊险场面感到震撼的同时也得到了心灵安慰。如《珍珠港》，影片的导演迈克尔·贝认为该电影是一部十分严肃的电影，因为它以"珍珠港事件"作为历史背景，从题材上来看是一部战争片，但是其中有一段缠绵的爱情故事，对危险和生命的巨大感触使得这个爱情故事得以升华，影片以小人物的视角引起了人们的情感共鸣，虽然有传统的个人英雄主义色彩，但是也让人见证了战争的残酷，使正义与和平变得更加可贵。《泰坦尼克号》也是一部灾难片与爱情片合二为一的成功典范。卡梅隆导演一改往日灾难片的沉重，融入了对爱情和生命的礼赞，将浪漫的爱情通过内心的纠葛、感情的易变等展现出来，同时又有着"泰坦尼克号"辉煌、沉默、发掘几大时空贯通起来，创造出了令人惊叹的银幕奇观。

6.2 法国的文化艺术发展经验

作为传统的文化大国，文化形象是法国外部形象的基本点，法国充分利用其文化优势保持大国形象，力图成为西方意识形态的领袖。20 世纪 80

年代末 90 年代初，东欧剧变，法国对其他国家的"文化入侵"就其全面性和狂热性而言，是其他西方国家鞭长莫及的。法国对其他国家的意识形态渗透主要通过两个机构，即文化部设立的国际事务局（DAI）和外交部文化科技关系总司（DGRCST），国际事务局的文化渗透作用是辅助性的，起主导作用的当属外交部文化科技关系总司，外交部文化科技关系总司作为法国外交部人数最多、管辖范围最广、同时也是经费最充裕的部门，承担着文化输出、科技合作交流、艺术交流等任务，为了完成职责，文化科技关系总司支配着世界各地 130 个文化处、260 余所正规学校，另外还有 100 多个文化中心与学院。在图书出版方面，法国各类出版社总数达到了 1300 家，规模较大的也超过了 300 家。全国出版协会是法国出版界自己的行业组织，文化部图书阅览司是法国管理图书出版的政府机构。法国著名的出版社集团有马松（Mason）出版社、阿谢特（Hachete）出版集团、瑟伊（Seuil）出版社、拉鲁斯（Larousse）出版社、弗拉马里翁（Flammarion）出版社、博尔达（Bordas）出版社、纳唐（Nathan）出版社和阿歇特（HA-CHETTE）出版集团等。其中阿歇特（HA-CHETTE）出版集团是法国最大的出版集团，它有着自己的创作、印刷、经销和发行系统。在电影制造方面，法国是电影的发源地，同时也是世界上最大的电影制造国之一，是欧洲最大和最重要的电影生产国，被誉为"世界电影之父"。在 2010 年，法国的电影制片公司备案的就有 133 家。影片的发行多通过几家著名的发行公司来实现，如高蒙公司、百代公司、巴拉弗朗兹公司和 UGC 公司等。在表演艺术方面，法国有 1000 多个专业的或半专业的话剧团。著名的国家剧院有巴黎国家歌剧院和巴士底歌剧院。剧院内实行严格的财会管理制度，总会计师由文化部部长和财政部部长共同任命，剧院内也设有财务管理委员会，财务管理委员会负责讨论剧院的财政收支状况和有关财务方面的重要问题，并对剧院理事会负责。法国的艺术馆在世界上也享有较高的声誉，其中著名的有卢浮宫、奥赛博物馆、蓬皮杜艺术中心等。卢浮宫是世界四大博物馆之一，并居于四大博物馆之首，除了馆内的各种艺术作品外，卢浮宫本身就是一件艺术品，它是欧洲古典主义时期的代表作品，宫内大厅是由精美的壁画和精细的浮雕装饰而成的。同时，宫内还有超过 40 万件以上的艺术收藏，不仅有世界三宝的《蒙娜丽莎》、胜利女神石雕、断臂维纳斯雕像，还有着数量惊人的王室珍玩。卢浮宫共有 6 个场馆，分别是埃及艺术馆、东方艺术馆、希腊罗马艺术馆、雕刻馆、绘画馆和装饰艺术馆。奥赛博物馆内展出的主要是 19 至 20 世纪印象派绘画作品，它作为一家国立的博物馆，馆内珍藏了大量的绘画、雕塑、摄影作品等，被誉为"欧洲最美的博物馆"。蓬皮杜艺术中心全名乔治·蓬皮杜国家艺术中心，当地人也称它为"博堡"，主要展品为 20 世纪的现代艺术作品。中心打破了传统的文化艺术场馆的常规设计，突出强调现代科学技术与现代文化艺术之间的密切联系，其设计体现了现代建筑中的"中技术派"理念，该中心成为现代巴黎的象征，因此其本身也是属于 20 世纪的艺术杰作。除了这些大型的艺术馆以外，巴黎还有一些仅收藏艺术大师个人代表作品的专门博物馆，如毕加索博物馆、罗丹博物馆、布代尔博物馆等。

6.2.1 法国的文化艺术政策演变历程

法国政府十分重视对于支持艺术发展的基础设施的建设。法国每年都会投入几十亿的欧元用来修建剧场、博物院、图书馆等。近年来，法国政府又扩建了卢浮宫、巴士底歌剧院。在出版行业，法国文化部图书阅览司是法国管理图书出版的政府机构，文化部通过国家图书中心对图书出版业给予扶持并拨给资金。在电影制造方面，法国政府通过国家电影中心对电影行业给予政策指导、法律监督和财政支持。国家电影中心既是文化部直属机构也是电影行业的协调组织。任何公司在电影的制作、发行、展映方面，都可以得到政府的资助。自 1959 年开始，法国文化部对于文化艺术相关产业的资助金额逐年上升，不仅仅是中央政府，地方各级政府也有自己的文化发展预算，文化艺术相关企业也可以向政府部门提出财政补助申请。此外，政府还鼓励银行等金融机构要加大对于文化艺术相关企业的投资，在信贷机构与文化企业之间建立良好的关系，这样文化艺术相关企业的发展又有了很大的便利。除了资金投入外，政府对于文化艺术产业还实行了税收减免的政策。法国政府设立了"电影门票附加特种税"，在每一张电影门票中多附加了 12% 的税款，这些多征收的税款用于支持本土电影产业的发展。同时规定法国的电视台每年必须播放不低于 40% 的法语电影，对于未达到此标准的电视台，将会对其进行罚款，而征收上来的罚款则用于本土电影的制作。1982 年，法国开始追加对于文化艺术类相关产业的投资，预算由 30 亿法郎直接提高到了 60 亿法郎，增长了整整一倍。

1983 年，法国政府成立了电影及文化产业投资委员会，政府为该委员会拨款 288 万法郎作为保证金，来保证文化艺术类相关产业可以获得银行贷款。在法国其他的普通商品，增值税税率一般会达到 19.6%，但对于那些与文化艺术相关的商品只征收 5.5% 的税率，对于那些为文化艺术类产业提供帮助的企业，凭借证明还可以享受 3% 的税率优惠，这一系列的政策保证了法国本土电影有多方位的资金支持。

在重视基础设施建设的同时，法国政府也制定了严格的管理制度，也就是高度的政府干预。在法国的法律中，规定了政府的文化责任，政府对于所有的艺术文化遗产承担着保护、维护、保存和传播的职能，同时政府也要为创新性的文化艺术产业提供相应的政策、资金等的支持。1946 年，法国政府制定了文化发展五年规划，旨在通过文化的普及活动、文化基础设施建设工程、文化教育的加强、文化工作者权益保护等行动来多方面地促进文化艺术的繁荣兴盛。文化发展五年规划的设定，使得法国政府对法国文化艺术发展状况有了更加深入的了解，由此制定的措施也更加符合时代现状，促进了文化艺术创作的繁荣。到了 1959 年，法国成立了文化事务部，将文化事业统一由一个部门管理。文化事务部设立的宗旨是促进当代所有艺术领域的创作发展，戏剧、音乐是发展的重点，注重推动广泛的文化参与。到了 1961 年，文化事务部增设了戏剧、音乐和文化活动司，专门管理戏剧、音乐等文化活动。1962 年，文化事务部增设了艺术创作处和文物造册列管处，主要用于维护、保护文物。1964 年，文化事务部又增设了古代文物遗址处和国立现代艺术中心，旨在加大对古代文物的保护，并促进现代艺术的发展。1974 年，法国文化事务部改组为法国文化事务和环境部，并通过了《文化宪章》；1975 年，法国文化事务和环境部又更名为国务秘书文化办公室。在法国文化发展第六个五年计划期间，法国政府组建了类似于文化监督机构的经济与文化委员会，这个机构主要是对文化活动进行比较、思考、提出建议。1982 年，法国开始实施"大工程计划"，建成了卢浮宫博物馆和巴士底歌剧院。1995 年，法国政府又一次增加文化投资，其目的是希望可以通过文化的发展来促进经济的发展。进入 21 世纪以后，法国的文化政策侧重于文化的多元性发展。2002 年，法国文化部进一步推行文化多样性保护、文化权利下放和去中心化、鼓励艺术教育的政策，这一系列的政策提高了文化艺术个人、团体、组织的资助责任性，他们获得了更多的资助管理权，从而为文化利益的创造和分享做出了制度上的安排。面对世界经济一体化、文化交流国际化的趋势，法国政府为了保护本国的文化安全，发表了报告《2020年法国文化和传媒——新时代的文化部》，这一报告长达302页，从多个方面为维护国家文化安全做出了部署，包括为适应突飞猛进的数字技术而创建"的数字文化政策"，建立一种协调公共文化机构系统的机制，促进文化艺术产业与"私有领域"的互动，促进建立一种欧洲模式的文化政策，建立一个文化政策行动的创新实验室等举措。

在文化事务方面，法国政府奉行的是"文化例外"原则。这是由于法国意识到了民族文化独立对于一个国家意识形态安全的重要性，因此坚决而果断地反对把文化列入一般性的服务贸易。法国政府颁布了保护本国文化艺术类相关产业发展的政策，如限制对于美国文化产品的进口，对于法国电视台法语节目播放的最低数量要求等。法国在世界各地设立众多的文化协会，为世界各国的法语教学提供优秀教师，同时也为世界各地赴法学习的法语老师提供进修奖学金。截至目前，法国已经与世界上的100多个国家签有文化协定和文化交流计划，在68个国家设立了134个文化中心和文化学院，在向别的国家传播法国文化的同时，也提高了其国家威望和国际地位。

6.2.2 法国巴黎艺术发展经验

从16世纪开始，巴黎逐步地贡献出了古典主义、新古典主义、洛可可、浪漫主义、印象主义；到了20世纪初，巴黎成为世界艺术的中心地带，确立了其"艺术之都"的地位，直到20世纪中叶，美国纽约才逐渐取代其"艺术之都"的美誉。在巴黎的街头，随处可见艺术的细节。在巴黎的画廊橱窗里，可以看到来自世界各地的艺术家的作品，在世界性的比照中彰显本土的艺术资源。据法国网站公布的数据显示，法国文化产业部门有38%分布在巴黎，巴黎的文化产业覆盖面广、涉及的行业也众多。

最著名的是巴黎的建筑艺术。巴黎的凯旋门是欧洲100多座凯旋门中最大的一座，又称"星门"，它是拿破仑为了纪念在奥斯特里茨战役中大胜俄奥联军的丰功伟绩建造的。在凯旋门上，有许多精美的雕刻，这些雕像各具特色，生动形象地展现了巴黎高超的雕刻艺术。巴黎的埃菲尔铁塔是法国工业革命后现代艺术在建筑领域的一个完美呈现，又被法国人称为"贵妇人"，"贵妇人"为世界各地的艺术家、摄影师、诗人、画家等带来了许多创作灵感。

6.2.3 法国的奢侈品行业

奢侈品行业看似与文艺无关，其背后仍旧是文化艺术的积淀。在奢侈品行业，世界奢侈品三大产业集团法国路威酩轩集团、法国巴黎春天集团、瑞士历峰集团，有两家在法国。其中路威酩轩集团（LVMH）作为世界第一大奢侈品集团，是由顶级的时装与皮革制造商路易·威登和一流的酒制品商酩悦·轩尼诗合并而成的大型奢侈品集团，它以精湛的工艺和高超的表现手段让消费者体会到了"生活的艺术"，成为奢侈品界的传奇。路易·威登于1889年生产了坚硬旅行箱，它解决了长途颠簸对于衣物的损坏问题，为更多人免除了旅行的困扰。路易·威登作为一个家族企业，其第三代传人卡斯顿·威登与一些欧洲的艺术家交往密切，经常会邀请一些知名的艺术家参与到设计过程中，在作品中融入了艺术元素，其间融入的古典元素成为经久不衰的经典。1954年，路易·威登诞生一百年庆典，路易·威登聘请了全球最有名的7位前卫设计师来为其设计箱包新款式，最后他们凭借着卓越的设计能力设计出了各具特色的以字母交叉为标志的新款箱包，塑造了路易·威登的经典形象。1997年，在永不停息寻求新的艺术概念的驱动下，马克·雅戈布加入了路易·威登，出任集团设计总监，其开创的时装系列为路易·威登注入了全新的活力。马克·雅戈布提出"从零开始"的极简哲学，结合路易·威登原本的古典形象，推出了颠覆传统的"涂鸦包"系列，将传统字母组合图案印压在糖果漆皮皮具上，"配以简约的服装系列，令路易·威登的形象趋向时尚活泼，获得了全球时尚界的一致喝彩"[1]。在2003年，路易·威登的一个全新设计，又再一次使得这个传奇在世界范围内风靡，路易·威登的设计师与日本新艺术家村上隆联袂打造了清新可爱的大头娃娃与色彩艳丽的花花图案，一改路易·威登"老气"的感觉，以"幼稚"的诱惑力造就了一股独特的艺术风潮。勇于创新也使得路易·威登也能够稳坐奢侈品龙头企业宝座多年。

---

①张薇.华丽家族：时尚名门的经典创意与品牌传奇[M].哈尔滨：哈尔滨出版社，2009：72.

说到艺术与奢侈品联系最紧密的非爱马仕集团莫属。爱马仕集团位于法国巴黎，早在20世纪初期，爱马仕就凭借着高级的制作工艺成为法国式奢华消费品的典型代表，完美地演绎了艺术与奢侈品的联姻。爱马仕最初作为一个专门生产马具的小工作坊，规模不是很大，但是所有的产品都非常精致，当时在巴黎的街头最漂亮的马车上，都可以看到爱马仕的装扮。进入20世纪以后，爱马仕转换了生产路数，开始遍地开花，丝巾、手袋、珠宝等都成为畅销品。在这众多的品类中，丝巾可谓是爱马仕真正的艺术品。爱马仕的丝巾用高级的真丝制造，在柔滑的丝面上，印上华丽贵气的图案，再由熟练的工匠为其做人工卷边，它的原则就是用手工缝制。手工缝制的卷边配上精美绝伦的图案，使得每一个丝巾都拥有了高级的艺术气息，尤其是在每款丝巾背后都赋予了名字以及故事背景，具有收藏的价值，让人们在追求时尚的同时，也沉醉于高雅的艺术享受之中。爱马仕的90cm丝巾是所有方巾中最为人称道的，每条丝巾的重量仅有75克，每条丝巾上的图案均由知名艺术家设计，讲述一个独特的故事。每条丝巾必须经过以下工序：主题概念及图案定稿、图案刻画、颜色分析及造网、颜色组合、印刷着色、润饰加工、手工收边、品质检查与包装。一条丝巾上最多可有40种配色，"必须保证绝对精确，才能呈现完美无瑕、层次分明的效果。"①

6.3 英国的文化艺术发展经验

在英国，与文化艺术相关的产业被称为"创意产业"，即强调创意在文化艺术相关产业中的运用，从一战迄今为止，英国形成了独具特色的创意产业体系。一直以来，英国的创意产业在增加人民对于国家的认同感、强化民族向心力和凝聚力等方面发挥着重要的作用。同时，创意产业也是英国的国民经济重要支柱产业之一。英国是一个重视艺术文化的国家，观看艺术表演是英国旅游的传统热点，其艺术表演的主要门类有戏剧、音乐、舞蹈等。同时，在英国，欣赏绘画、雕塑、工艺美术等也是旅客们到访的主要内容。

---

①朱桦，黄宇. 经典与时尚——当代国际奢侈品产业探析［M］. 上海：上海人民出版社，2013：241.

英国的创意产业管理体制总共分为两种。一种是横向管理体制，横向管理体制是管理创意产业各类别的政府部门。文化、新闻和体育部作为英国最主要的文化产业管理机构，其部署机构设有五个部内局：文化遗产和旅游局，广播和新闻局，艺术、体育和彩票局，图书馆、博物馆和美术馆局，资源和服务局；两个部外署：皇宫管理署，皇家公园管理署；两个直属处：信息咨询处和政策研究处。根据这五个部内局、两个部外署和两个直属处的名字便可以判断出其所负责的具体事务。另一种是纵向管理体制。纵向管理体制是指分级管理体制，全国管理文化艺术的机构主要分成三级：第一级是中央，在中央设置文化、新闻和体育部，其主要只能是负责制定高级别的文化政策以及划拨经费；第二级是非政府的公共文化机构，即各类文化艺术委员会和地方政府，文化艺术委员会有"准政府"的性质，地方政府负责执行中央政府的文化政策指令以及具体的文化经费划拨；第三个级别是地方艺术董事会与基层地方政府，负责对于地方政府经费的具体适用。地方艺术董事会与基层地方政府直接面对的是分散于世界各地城乡的各类艺术组织以及从业人员，接受他们的经费资助申请并根据这些人员的实际情况而划拨具体的适用经费。地方艺术董事会与基层地方政府主要包括 10 个地方艺术理事会、苏格兰艺术委员会、威尔士艺术委员会以及北爱尔兰艺术委员会。

6.3.1 英国的文化艺术政策演变

与英国政治体制相契合，英国的创意产业也秉持着保持距离、适当分权、"专、宽"兼备的基本原则。保持距离即"一臂之距"的文化管理原则。"一臂之距"是指政府和产业之间要有一定的距离，这个距离不能过近也不能过远，"一臂"的距离是最佳选择。这一原则源于 1945 年英国艺术委员会成立之时，最初是为了防止党派政治干预艺术，后被沿用至今。"适当分权"是指政府行政主管部门只负责管文化，办文化的事则不属于政府部门。根据法律规定，英国没有中央政府直接管辖和经办的文化艺术团体和文化事业机构。把权力下放到文化艺术个人、团体、组织，所有的大型事业单位都是独立运营，这一方面保证了政府文化行政部门的精干与高效，另一方面也有利于文化艺术事业的繁荣发展。"专、宽"兼备的"专"是指所有的文化事务均由一个专门独立的政府文化主管部门管理；

"宽"是指只要涉及文化的事务都可以交由政府文化主管部门进行管理。

同时随着政治体制的改变，创意产业的管理体制也发生了变化。英国在全球文化产业方面是最有自身特点并在政府管理和政策方面自成体系的一个国家。在第一次世界大战之前，在英国社会，完整的文化体制尚未建立，政府机关对于文化事业几乎处于"不管不问"状态，既没有制定相应的政策法规，也未设立专门的管理机构。到了20世纪初期，一些文化艺术类的产业为了维护自身的利益，自发组织了一些协会，如图书出版协会、电影协会、音乐协会等。一战以后，英国政府为了鼓舞本国公民重建经济、恢复发展的信心，开始对文化艺术类产业建立起了"半官方"性质的艺术委员会，艺术委员会的主要职能是为那些文化艺术产业类的企业提供咨询建议，并不对它们进行管理。直到第二次世界大战以后，英国政府才逐渐认识到了文化艺术类产业对于社会经济发展的重大促进作用，开始制定一些相应的文化政策，将一战后形成的音乐艺术促进会改为大不列颠艺术委员会，大不列颠艺术委员会成为全国性的文化政策执行机构，它代表政府向全国的艺术个人、组织、团体等提供资助。到了20世纪50年代，英国政府建立了专门的文化管理机构，并通过一些文化代理机构实行间接管理。到了20世纪80年代末90年代初，英国的文化管理体制呈现出了两个明显的特点。

第一个特点是实现"大文化"概念。改革政府的文化管理的机构，合并它们之间的管理职能，成立了国家文化遗产部，对相关产业进行统一管理，扩大政府对于文化管理的范围，文化大臣升为内阁的核心成员，由此加强了政府对于文化事务的干预力度。1994年，英国政府创立彩票，并规定将彩票总收入的28%都用于文化艺术类相关产业的发展，在此基础上，形成了基金保障、借贷保证与彩票支持的多重资金扶持政策，这在一方面减轻了政府的财政压力，另一方面也为文化艺术类产业提供了充足的资金来源。同时，国家彩票资金也用来资助大型的国家文化艺术活动，例如2012年伦敦奥运会的筹备与组织等都有国家彩票资金的支持。1997年，英国政府将国家文化遗产部更名为文化、新闻和体育部，这是对于文化部门管理职能的更加明确的提法，也体现了政府政策的完善和与时俱进。文化、新闻和体育部是英国最大的艺术拨款机构，也是促进文化创新的重要机构。

第二个特点就是实行振兴民族文化的政策。通过完善文化管理的法律法规，以及对文学艺术的支持力度，促进民族文化的振兴。在 2002 年，"英国成立了创意出口小组、表演艺术国际发展组、设计伙伴计划、文化遗产与旅游小组，接替创意产业出口推广咨询小组的工作"①。2008 年，英国文化、新闻和体育部提出了"创意大不列颠战略"，此战略提倡对儿童进行创意教育，对商业和个人予以投资，培育和保护知识产权，支持创意集群效应，旨在推动大不列颠成为世界创意中心。除此之外，政府对创意产业提供了教育扶持政策，将教育培训纳入了创意产业的发展规划之中，旨在为创意产业输送大量优秀的人才。英国的设计与学校联系计划、创作伙伴计划都是教育与创意产业相关的培育项目，英国电影委员会每年会拿出 100 万英镑用于对创意产业有关的教育和培训工作。国家对文化艺术相关产业的支持还体现在针对文化艺术管理的系列法律的颁布，如 1985 年的《电影法案》，1990 年的《计算机滥用法》，1993 年的《广播法案》《英国艺术基金组织的戏剧政策》，2003 年的《通信法案》等。

综合英国创意产业的政策发展过程来看，可以看出英国政府对于创意产业的重视程度是与日俱增的，英国政府意识到了一个重要理念，那就是政府对于文化艺术的需要是远远超过文化艺术对于政府的需要的。英国政府强调文化艺术产品应当面向大众，满足大众的审美要求；同时要为广大人民群众参与文化艺术活动创造机会；为那些优秀的文化艺术产品提供经费、政策等特定的帮扶；保证文化艺术成为教育服务体系的重要组成部分；要充分尊重文化艺术产业发展的规律，充分发挥其对于社会进步的重要推动力量，也使得文化艺术成为发挥民族凝聚力、增强国家认同感的重要保障。

6.3.2 英国伦敦文化艺术发展状况

伦敦是全球三大广告中心之一，其目标是成为欧洲乃至全球的广告基地。到了 2010 年，英国的广告公司数量接近 1.5 万家，占英国企业总数的 0.7%。为了支持伦敦当地创意产业的发展，伦敦成立了伦敦文化产业发展推介中心，这是一个伦敦创意产业与文化产业的专业性支持机构，为有需

①胡泽君．公共管理与职能改革：广东省高级公务员管理研究论文集［M］．北京：中央编译出版社，2008：23.

要的个人、团体、组织提供最佳和全方位的基本服务。在伦敦文化产业发展推介中心，有许多专业的人士负责提供专业化的服务，如产业咨询、市场支持、企业战略规划、开展员工培训、相关信息的出版和传播、鼓励生产、营销等活动，最重要的是文化产业发展推介中心可以为这些个人、团体、组织提供一定的资金支持，为他们在一定程度上解决了资金短缺的问题。除此之外，伦敦文化产业发展推介中心还设置了创意产业资源中心，创意产业资源中心的主要职能是广泛地收集各类出版物、期刊、数据库等发布的关于创意产业的相关信息，其主要收集内容涉及商业服务、政府政策、教育与培训等多个方面，通过文化产业发展推介中心的种种努力，伦敦的文化创意产业成为有效降低失业率、提高经济增长率的重要手段策略。

伦敦大英博物馆是世界上收藏各国文物最丰富的博物馆，也是世界上历史最悠久、规模最宏伟的综合性博物馆，历史上各个时期的艺术作品在这里都得到了集中良好的保存，截至目前，大英博物馆的馆藏总数超过了600万件。大英博物馆与纽约的大都会博物馆、巴黎的卢浮宫为世界三大博物馆。在大英博物馆里，有希腊罗马艺术馆、西方艺术博物馆、东方艺术馆、埃及艺术馆等，在埃及艺术馆里陈列着古埃及的7万多件文物，其中有狮身人面像、木乃伊等雕刻艺术品；东方艺术馆里主要陈列的是中国的文物，从商代的青铜器到唐宋的瓷器，以及我国各个时期的书画等文学艺术品，体现了我国传统文化的精华部分。

6.3.3 英国的出版行业

英国是西方出版业起源最早、发展最为成熟的国家之一，对于英国来说，出版业已经不仅仅是一种商业的行为，其对英国的教育制度、社会文化和政治生活等都具有非常重大的影响。英国的出版业大致开始于15世纪中后期，英国商人卡克斯顿将印刷术带到了英格兰。1477年，卡克斯顿就出版了第一本英文书籍《哲学家名录》，在之后的日子里，卡克斯顿得到了英国王室的支持，开始大量印刷和出版各类英文书籍，因此，卡克斯顿被称为英国的"出版印刷之父"。到了16世纪初期，英国的出版业已初具规模，在全国范围内大致出现了30多家出版社。在1547年，英国王室就已经建立了正式的出版审核制度，这一制度的制定与问世，大大规范了英国出版行业，为英国出版行业的健康发展发挥了重要作用。但是到了 1570 年，女王伊丽莎白一世将枢密院的司法委员会改组成为皇家出版法庭，即"星法院"，并规定印刷商只有得到皇室的批准下才可以从事出版行业。这一规定，限制了英国的出版自由，也使得英国出版行业的商业活动受到了严重的压迫。到了 17 世纪中期，英国的资产阶级革命的成功，才使得具有浓厚的专制主义色彩的印刷许可制度废止。这一制度的废止，使得大量的图书印刷商伺机而起，迅速发展，但是也带来了一些负面的影响，如一些商贩开始非法翻印图书，这一行为严重侵犯了知识产权。1710 年 4 月 10 日，这是英国出版界的大日子，在这一天，"英国安妮女王签署了《版权法》（即'安妮法令'），这是英国第一部涉及印刷出版领域的法律"①。同时"安妮法令"也成为世界上第一部具有现代意义的版权法，"安妮法令"中的多条法律条文，保护了作者的知识产权权益，保护了利益主体的利益不受侵犯。"安妮法令"规定了版权注册制度，所有的图书出版都必须要到官方的机构进行注册，同时严厉打击那些翻印图书的侵权者，对于这些违法的行为将进行罚款、拘捕、销毁图书等，这些法令基本上确立了现代版权法的基本模式。在人类出版史上，"安妮法令"第一次从法律角度确认了作者对于其作品的印刷、出版的支配权，奠定了现代版权法的原则和基础。到了 19 世纪末 20 世纪初期，英国图书出版业达到了空前的繁荣，但是也有一些扰乱市场的行为频繁出现，为了消除图书出版行业无序竞争的现象，英国书商协会与英国出版商协会签订了"净价图书协议"，即出版商有权给所出版的图书制定价格，出版商可以决定是否以净价形式销售，销售商则必须按照净价销售，其得到回报的方式是从出版商那里获得一定的折扣，销售商如果不以净价形式进行销售，那出版商将会终止双方"净价图书协议"的制定。这一协议有效地解决了图书市场无序竞争的格局，维护了图书市场的健康发展，并且成为世界各地出版界效仿的对象，很多国家都在参考与践行这一制度。到了 1988 年，英国通过了《版权、设计及专利法案》，该法案延长了"安妮法令"中对于作者作品版权的保护期，同时也明确了版权所有者的排他性权利，即版权所有者可以复制作品、公开发行复制品、向公众出售或者出借作品等。在《版权、设计

---

① 王晴川，陆地. 媒介法规教程［M］. 上海：上海交通大学出版社，2013：127.

及专利法案》中也增添了对于"表演权"的版权责任和权利。经过此次修改，英国的版权法可谓相当完善与周密了。

在完善的法律法规的支撑与保护下，英国的出版业得到了飞速发展，除此之外，英国政府对图书行业实行免征增值税政策。到了2002年，英国的出版社达到了2345家，销售总额高达32.8亿英镑，对全国的经济贡献率达到了1%。2005年，英国的出版社总量超过了2500多家；同年，英国出版的图书数量超越了美国新出版的图书数量，成为全球第一大图书出版国。英国的出版业不仅在国内发展，对海外扩张的步伐也越来越快。英国经过数年的海外"图书扩张"，成为世界上最大的书籍出口国，世界第二大版权贸易国。版权贸易为英国带来的经济利益已经远远超过了书籍带来的效益。英国对于版权的重视体现在几乎所有的出版社都会设立版权部门，都是为了使每本书籍的利益最大化。随着经济全球化的加速，英国出版业向世界扩张提供了市场需求和驱动力。"英国的出版业注重商业模式的创新和人才的培养，使得英国出版业的国际地位不断提升"①。培生集团（Pearson）是世界第一大出版集团，它的总部设在英国伦敦，在2011年，位列世界图书出版行业第一名。培生集团成立于1844年，目前公司的主要营业额超过一半以上来自美国，世界闻名的《金融时报》也属于培生集团。《金融时报》自2007年以来，就开始转变了收费方式，它调整了数字业务模式，转而采取分类收费的方式，也就是说读者可以免费阅读部分文章，另一部分文章则需要采取付费的方式。随着数字时代的到来，《金融时报》为了维持其业界地位，也逐渐将纸质版业务精简，增加数字版的投入力度。牛津大学出版社（Oxford University Press）隶属于英国牛津大学，创立于1478年，至今已经有500多年的历史，已经成为世界上最大的大学出版社，它平均每年会用40多种文字在全世界各地出版超过6000个种类的图书。牛津大学出版社在全球50多个国家都设有办事处，出版发行英语教科书。由于牛津大学是世界知名学府，因此其学术影响力在世界上是首屈一指的，牛津大学出版社则肩负起了印刷学术书籍的使命，成为学术界的中流砥柱。牛津大学出版社与其他出版社最大的不同点在于它可以享受免税的政策。在1957年时，英国议会为了扶持教育与学术出版给予牛津大

---

① 姚林青. 版权与文化产业发展研究 [M]. 北京：经济科学出版社，2012：185.

学出版社免税的优惠政策，这一政策延续至今，因此牛津大学除了享受着图书零增值税待遇外，还免交营业税和所得税，牛津大学出版社的资金可以得到最大限度的利用，大大促进了牛津大学出版社的发展。

英国是欧洲艺术和文物交易中心，同时也是世界第二大艺术和文物交易市场。在艺术和文物交易方面，英国文化协会扮演着重要的角色。伦敦是英国的文化创意产业中心，被誉为世界"创意之都"。伦敦城市文化有着多元性的特征，这与大量移民移居这里有着密切关系，大量的移民使伦敦形成了多种族的人口结构，来自全世界各地的人们将本国的观念、时尚、流行趋势带到了伦敦，多种艺术文化在这里汇集，成为伦敦文化创意产业发展的重要优势。伦敦十分注重对黑人和亚洲文化遗产的收集与保护，成立了黑人和亚洲文化遗产委员会，向黑人与亚洲文化组织提供一些资金和业务上的支持，支持其进行一些经常性的文化活动。

6.4 日本的文艺发展经验

在日本，文化产业常常被称作"内容产业"，即与文化相关的生产都可以称作文化产业，强调了文化产品中的文化内容属性。到了 2001 年，日本的"内容产业"就已经成为仅次于制造业的日本经济的第二大支柱性产业，占到国民生产总值的近 20%，虽然自 1996 年开始，日本的"内容产业"就呈现出了下降趋势，但是"相对于日本整体经济的滑坡，日本文化产业仍然呈现良好的发展态势"①。

6.4.1 日本文艺政策的演变

从 1945 年投降开始，日本就走向了文化国家的发展道路。因此，日本政府废除了军国主义制度下创立的一些会严厉限制文化艺术创造的法律法规，如《治安维持法》《出版法》和《电影法》等。日本在二战后以较短的时间休整国内经济，并在短时间内成为世界文化创意产业强国，这与日本采取的政策是分不开的。在日本，文艺的发展是在政府的控制下进行的，我们称之为"政府主导型"的发展模式，但是这不意味着政府在文化

---

①张胜冰，徐向显，马树华. 世界文化产业概要［M］. 昆明：云南大学出版社，2006：117.

艺术方面是包管包办的，它对文化艺术活动的支持是间接的，对其具体内容的生产创造是不加干涉的"内容不干预原则"。日本在二战后的几十年里创造了经济奇迹，迅速跻身世界最发达的国家行列，但是20世纪中后期以来，日本经济大幅缩水，日本政府开始转变发展思路，由制造业大国开始向文化大国迈进，由经济大国开始转向文化输出大国，日本政府制定了一系列的法律法规来支持日本的文化艺术相关内容的发展。在1950年，日本政府颁布了《文化财产保护法》，根据这一法律，政府与学术界组织实施了多次全国范围内的"文化财产调查"，经过调查形成了《文化财产调查报告书》，在报告书中，对于日本全国各地的有形、无形的文化财产等都进行了分类、整合、编册，为日本文化遗产的认定保护等奠定了坚实的基础。对于无形财产的保护，日本形成了独具特色的制度——"人间国宝"，这是日本文部科学省向那些对于传承传统文化和艺术具有特殊贡献的人颁发的荣誉称号。这一荣誉称号的获得，使得那些身怀"绝技"的文化艺术创作人有了实现自身价值的动力，同时也有了很大的保护艺术价值的决心和责任意识。1968年，日本政府将文化局和文化财产保护委员会合并成立了日本文化厅，日本文化厅是对日本的文化艺术事业进行专门管理的机构，其主要职责有：掌管振兴艺术的创作活动、保护文化艺术遗产、保护著作权等知识产权、促进国际文化交流和管理日常的宗教行政事务等。日本文化厅自成立以来，对于日本的文化艺术产业有了很大的促进作用。1984年，日本艺能演出团体协会公开建议制定《演艺文化基本法》。到了1985年，时任日本首相中曾根提出"建立文化发达国家"的战略构想，努力使日本成为亚洲的文化艺术发展的高地，乃至成为世界的文化艺术基地。在1990年，日本政府成立了"文化政策推进会议"，该机构作为文化厅下属的咨询机构，主要由一些专家学者和艺术权威作家组成。1992年，由跨党派的国会议员组成的音乐议员联盟，将促进有关艺术文化振兴的基本立法列为该联盟未来关注的议题之一，并致力于推动该法的出台。1995年，"文化政策推进会议"提出了《新的文化立国目标——当前振兴文化的重点对策》的报告，该报告围绕振兴日本文化，提出必须解决6大中心课题，并根据具体课题的不同特点，制定了具体的实施方案。1996年，日本文化厅制定了《文化立国21世纪方案》，明确提出要从经济大国转变为文化输出大国，将动漫等文化艺术类的产业确立为国民经济的重要支柱性产业。在 1996 年，日本有一个重要的举措那就是实施"文化街区建设计划"，在一些地域建立基地，奖励并支援各地开展文化街区的建设，以适应由"地方的时代"向"地域的时代"的转变。在促进"文化街区建设计划"过程中，环境政策、观光政策、产业政策以及其他的一些相关政策都尽力与文化政策相配套实施。1997 年 10 月，日本兴建的全新的国立剧场完工，与此同时开始扩建国立博物馆与美术馆，这一系列的国家工程成为日本向世界各地传播日本文化的基地。1998 年，日本"文化政策推进会议"在全面论证与咨询的基础上提出了《文化振兴基本设想——为了实现文化立国》的报告，在报告中指出了文化立国的必要性，文化对于满足人们多方面的生活需求、塑造儿童与青少年的美好道德、促进经济发展、振兴媒体艺术、加深国际合作交流等方面具有重要的作用，要实现文化立国的目标，则必须要做到搞活艺术活动、继承发扬传统文化、振兴地域文化与生活文化、培育继承文化的人才、在文化上做出国际贡献并传播文化、加强基础设施以利于文化的对外传播等，这些具体方案具有很强的可操作性，使得文化立国成为日本 21 世纪里的立国与强国之本。2001 年，日本政府通过了《振兴文化艺术基本法》，该法适用于一切文化和艺术的领域，在《文化艺术振兴基本法》中确立了振兴文化艺术的基本理念，明确了在文化艺术发展中日本中央政府与地方政府的相关职能与责任，分 3 章 35 条论述了振兴文化艺术有关的基本政策，从而为包括公共文化服务在内的文化活动提供了法律依据。2002 年，根据该法日本又制定了具体的执行方针，即《有关振兴文化艺术的基本方针》，在该方针中又将发展文化艺术的意义以软实力的形式纳入了国家的政策之中，确定了未来五年日本文化艺术发展的基本方向，日本文化艺术发展不但明确了发展方向，还有了法律法规的重要保障。这也是日本法律法规的一个重要特点，那就是在制定了法律之后，随后就会出台相配套的措施，保证法律法规的可操作性与可实施性。政府提供法律，学术和研究机构负责提供市场预测、发展前景的信息支持，企业负责谋求内容产业的发展，由此形成了"产学官"相结合的发展模式。在这一时期，整个日本社会及政府对文化领域和公共文化服务认识方面已经达到了高度统一。2010 年，日本确立了"文化产业大国战略"。到了 2010 年以后，日本政府开始实行"酷日本"（Cool Japan）文化产业大国战略，该战略的主要宗旨是向全世界各地更好地介绍日本的漫画、电影、图书、传统艺术等相关的文化艺术类的产品。为了促进"酷日本"战略的实施，2013 年日本政府成立了"酷日本"机构，该机构主要负责为那些文化艺术类企业向国外输出文化艺术类产品制订计划，并在资金等方面为这些企业提供支持，保障该计划的顺利实施，因此该机构是一个以文化艺术类的产品为核心的、具有完整产业链的商业运作公司。"酷日本"在传播手段日益多样化的今天，其形象被广泛传播，也得到了很多国家和人民的理解与接纳。在"酷日本"战略下，日本被打造成了一个集现代与古典、精致与大众、时尚与潮流为一体的文化艺术国度。在"酷日本"战略下，日本对外文化输出日益增长，2005 年到 2011 年间，日本的内容产业向国外投放市场规模的增长速度竟超过了 13%，到了 2013 年，日本向海外国家投放输送的文化艺术类内容产品总额约为 138 亿日元。

6.4.2 日本文艺发展的特点

"拿来主义"是日本文化艺术的主要特点之一，这是因为日本对于外来文化的态度一直是奉行实用主义的原则，他们认为外来文化的主要价值在于其实用性，他们并不是将外来文化视为异端，而是承认其优越性，并努力进行"本土化"。大化革新以后，日本天皇开始吸收隋唐文化。在江户前期，日本的士林对于中国的文化是十分崇拜的，因此，他们在进行文艺创作时，会经常对中国进行模仿，他们学习汉语，是为了进一步地开展文化吸收与输入。因此，江户时代的日本，许多对中国古典诗赋的学习大家辈出，如斋藤拙堂、贺庭钟、泷泽马亭，他们对于中国的诗歌、戏曲、小说等的学习与借鉴，都达到了一个空前的水平。但是后来，日本政府便停派了"遣唐使"，中日交流中断。但是在明治维新之前，日本是一个典型的东方国家，其文化的基础是封建宗法等级制度和儒教伦理，其价值体系的核心是崇尚家族、集体等群体价值的群体至上主义。到了明治时期，日本的文化受到了西方文化的冲击，日本通过天皇制度建构了国家的军国主义模式，在这一时期，设立了很多法律法规，严重影响了当时日本文化的进步。纵观日本的主流文化艺术，基本上都是在吸收外来文化的基础上形成的。到了近代，日本开始学习西方的文明，从德国学习宪政、从英国学习资本主义、从美国学习教育制度，博采众长，形成了明治体制。

日本的文艺在很大程度上反映了日本文化的某些特质，虽然其受到了外来文化的影响，但是日本的文艺仍保留了其自身的特点。日本人极其崇尚大自然，许多艺术家在大自然中获得了很多的启发，因此在日本的文艺作品中，随处都可以看到大自然的影子。日本文化艺术呈现出的此种特征也被称为"照叶林文化"。20 世纪 40 年代到 50 年代，日本的植物学家尾佐助提出了"照叶林文化"这一概念，他是在日本人的自然观与民族性格相结合的基础上提出来的。"照叶林文化"概念的形成时间并不长，但是由于这一概念与日本传统的神道文化有很大的关联性，因此这一概念一经提出就被日本的民众所普遍接受。"照叶林"是一种生活在温带的植被，也就是常说的温带落叶阔叶林，在"照叶林"这样的生态环境下，孕育了日本的文化形态。在农耕社会时期，人与自然相互依存、和谐共处，衍生出了相关的农耕文化，"照叶林文化"强调将自然置于人类的位置之上，强调了人类对大自然的敬畏，人与自然要和谐共处，这一文化特征在宫崎骏的动漫作品中多有体现。长篇动漫电影《风之谷》中不但包含着史诗般的宏大的篇章，跨越生死的追寻之旅，对人类和自然的深层次哲学思考，更融入了宫崎骏对环境保护的深入思考。1988 年上映的《龙猫》也反映了宫崎骏对大自然最真切的感情。《龙猫》是一部带有魔幻现实主义风格的动漫影片，在作品中，宫崎骏将自然景物切入主角的意识流之中，让广大观众们能够得到深层次的感情共鸣。

6.4.3 日本的动漫产业

现代人的成长历程中，都与日本的动漫有着或多或少的联系。在艺术世界里，动漫作为电影艺术的一个重要分节，或许很少人留意它的存在，但是，它蕴含的艺术特性却不能忽略。动漫简单地说是动画与漫画的一个缩略称谓。日本动漫经过多年的发展，已经成为日本宣扬其民族文化，提高国际影响力，增强价值观、认同感的工具。

日本的动漫萌芽于明治维新时期，在这一时期动漫由欧美传入日本，受到日本民众的青睐，并一时形成了追捧之风，引起了日本本土作家对于欧美动漫作品的竞相模仿，这些动漫作品极具欧美意味。直到 20 世纪 20 年代，日本本土的一些作品开始登上历史舞台，这是日本动漫走向独立创作发展阶段的开始。在随后的 20 年里，日本动漫作品的本土特色框架得以完善，本土动漫风格逐渐得到丰富。到了 20 世纪 40 年代前后，日本动漫的发展又具有了新的时代特色，由于受到战争的影响，动漫的主题多偏向于法西斯主义的性质，此时的动漫成为日本军国主义的"文化武器"。战后的日本专心发展经济，国内的动漫事业遭遇了低迷。直到20世纪60年代以后，日本的动漫事业才开始有所回转，特别是1963年上映的《铁臂阿童木》，受到了国内外观众的一致好评。此后，日本的动漫事业开始蒸蒸日上并取得飞速发展。这一状况持续到了20世纪70年代，日本的经济得到了大幅度的提升，人们的物质生活得到了极大的满足，开始对文化生活有所追求，此时的动漫成为人们在闲暇时刻消遣的重要内容。伴随着技术的逐步改进，日本的动漫产量与日俱增，作品风格丰富多彩。20世纪90年代以来，动漫逐渐成为日本对外输出意识形态的载体，与此同时，日本动漫的题材、内容、细节处理、技术方面也都有了很大的进步，使得日本动漫的受众范围进一步扩大。动漫作品中所蕴含的价值观、伦理道德、行为价值等也影响了许多人，其中所蕴含的民族文化也逐渐扩散至全世界，日本的国际影响力也有了很大的增长。

　　日本动漫的主要叙事内容大致有以下几种。首先是对于未来世界的想象。主要是出于作者对于未来的世界想象的描写，以未来世界作为叙事背景的动漫，差不多都属于"软科幻"范畴。"软科幻"一般是指完全出于臆想的对于未来科技的描写，与现代科技的现实和逻辑存在着极大的知识上的断层，作者只是在挥洒其天马行空的想象时将某些科学名词用作道具而已。日本动漫关于未来世界的描写在某种意义上具有一种史诗类文体的审美品格，这是许多艺术家与动漫家努力合作的结果。例如手冢治虫创作的《铁臂阿童木》，在这部动漫里，用机器人展示了未来世界的文明形态，他的创意为日本动漫艺术开创了一条广阔的道路。其次是对过去的回忆。过去的历史总是给人留下很大的回想空间，艺术家们为了追忆过去美好的时光，试图弥补既定的历史现实，因此他们往往会借此抒发情怀，由此动漫也成为一种"史诗"类的文体。此种类型的动漫会注重对于细节的描写，以此来增加历史的质感，满足读者在这个重新拟构的曾经发生过却已逝去了的世界进行精神游历的愿望。如《浪客剑心》，在该部作品里，作者对主人公"剑心"有着深深的感情寄托，他将"剑心"的主要活动与日本19世纪国内的倒幕维新运动与现代化的立国进程紧密地联系在了一起，揭示了战争中的人性。再次是对于现实的描写。但是这类的作品虽然是以现实生活为主要题材，但是其作品所表现出的"现实的人""现实的事"与真正现实中的人、事是有一定的差距的，例如《蜡笔小新》《樱桃小丸子》《灌篮高手》等。最后是多元时空的混合交融。这是当前日本动漫中最常见的一种类型，在这些动漫作品里，世界情况展开的各种实践都与我们现实的实践有着很大的差异，日本动漫家们经常会假定在这样的空间里，人类过去、现在、未来的各种经验与想象被糅合在一起，然后当成是真实存在的状况加以表现。这种混合想象的世界，在日本的动漫界一直占有重要的地位。著名的动漫作者宫崎骏，就属于此类动漫作品的佼佼者，他创作的《龙猫》《千与千寻》《悬崖上的金鱼姬》等都是获奖无数的动漫作品。

　　"日本的动漫利用具有鲜明日本文化符号特征的艺术形象任务加入国际化的元素，使其成为无国籍化的动画人物。"[①]动漫以这样的表现方式使得全世界的观众更容易接受其形象，便于文化的输入与传播。在日本外交史上，动漫一度成为日本提升国家软实力的利器。为了扩大日本动漫在国外的影响力，日本外务省利用"政府开发援助"中的 24 亿日元"文化无偿援助"资金，这部分资金用来从动漫制作商手中购买动漫的版权，然后无偿为那些无力承担巨额版权费的国家提供动漫播放的版权，这样就使得日本的动漫文化悄无声息地进入许多国家，为输出日本的意识形态、文化价值观和审美方面都产生了巨大的推动作用。除了直接给予动漫企业资金补贴之外，日本在其他方面也给予动漫产业资金上的支持，首先，对动漫企业减免了税收，使得动漫企业能够尽快地实现资金的回笼，进入良性的资金循环和良好的产业运转。其次，为动漫企业提供长期低息的贷款，帮助许多动漫企业解决了资金短缺等困难。2006 年，时任日本外务大臣的麻生太郎发表了"文化外交的新构想"，在"外交文化新构想"中他提到了要以动漫"文化武器"开展外交战略。麻生太郎在一次演讲中称赞日本动漫作家所做的事情，抓住了世界上许多国家年轻人的心，这是他们搞外务的永远做不到的事情。为了更便捷地将日本动漫形象输出至全世界，日本还开展了任命特殊形象大使、设立"国家漫画奖"、举办"国际角色扮演峰会"等活动。自 2000 年起，日本外务省、经济产业省和日本观光厅联

---

①胡惠林．国家文化安全研究导论［M］．上海：上海人民出版社，2013：404．

合举办了大型日本流行文化展览会——日本大会展，该会展是世界上最大的日本流行文化盛事之一。2007 年，日本外务省将铁臂阿童木任命为"海外安全大使"；2008 年，日本外务省将哆啦 A 梦任命为"动漫文化大使"，将 Hello Kitty 任命为"旅游亲善大使"。这些动漫形象承担着向海外推广日本文化，从而提升日本的文化软实力与国际地位的重要使命。2007 年，日本外务省举办了第一届"国际漫画奖"，收录来自世界各地的漫画作品，并为这些优秀的漫画作品颁发奖杯。日本通过动漫进行的文化外交，构建了积极正面的国家形象，也为日本进行外交营造了和平友好的国际氛围。

6.5 印度的文艺发展经验

印度文化作为世界最古老的文明之一，历史悠久、博大精深。它起源于公元前 2500 年左右的印度河流域，至今已有 4500 多年的历史。印度文化属于东方文化体系，也是一个多宗教、多人种、多民族的多元文化的统一体。

印度的新闻出版业十分发达，年总发行量居世界第二位。这与印度严厉的版权法是分不开的，印度版权法经过了 1995 年的修订之后，成为世界上最严厉的版权法之一。在印度版权法中第一次对于版权人和用户之间的权利做了清晰的阐述，同时对那些盗版的违法者给予十分严厉的处罚，对于著作权等知识产权的保护可谓是达到了一个空前的高度。

6.5.1 印度的文艺政策

在印度，娱乐税是其文化艺术类产业发展的最大障碍之一，这是因为在印度娱乐税相当高，一般会达到 50% 左右。根据印度的法律规定，对于有外国艺术家参加的商业性活动，必须预扣 30.6% 作为娱乐税，这一规定严重影响了国际艺术家在印度进行艺术表演的积极性。2004 年，印度商界成立了"印度庆典经营协会"，该协会作为商工协会旗下的一个专业协会，专门负责协调商业性文艺演出活动。该协会的成立，有效地改善了先前印度文艺演出自发无序的状态，开启了印度经营协会制度化与规范化的进程。

6.5.2 印度文艺的特点

印度的文化艺术有一个重要的特征，那就是宗教性。印度作为一个宗教性质的国家，在这个国度，几乎人人都有信奉的宗教，多种宗教在印度的长期共存和印度人民对宗教的虔诚信仰，形成了印度文化浓郁的宗教特性。印度宗教对于印度社会政治、经济、文化都产生了极其深刻的影响。对印度的文学、音乐、舞蹈、艺术等进行研究发现，它们都与宗教有着极其密切的联系。

"梵我合一"是印度文化艺术的又一重要特征。"梵"指的是外在宇宙的终极原因，而"我"则指的是人的内在灵魂，实现"梵我合一"就是使人的内在与宇宙外在达到统一，实现精神的自由、解放与快乐，"梵我合一"也成为一切精神活动和文化艺术创作所追求的最高目标。印度鼓励艺术家们在进行艺术创作时要在艺术领域里进行"梵"的探索，因为他们认为艺术是理想和感情的汇合点，将"梵"的理论渗透到艺术创作中去，凭借艺术亲历"梵我合一"。"梵我合一"的特征在印度的诗歌中也有着明显的展现，在"梵我合一"的价值观指导下的印度诗歌，神谕天启是其基本的阐释方法。同时"拟人喻义"作为神谕天启的特殊形式，也是"梵我合一"的世界观的产物。人与自然的"通情"是"梵我合一"所要追求的另一个效果。"印度古代的艺术家们善于从广阔的大自然中选择富有意味的曲线，勾勒出自己的精神形象。印度美术史上，人物雕塑或绘画所塑造的女人形象，那妩媚的二屈美、三屈美，带给观赏者以极大的视觉冲击力。"①

戏剧是一种综合的艺术，包括语言、化妆、表演、音乐和舞蹈等。婆罗多的《舞论》是印度第一部文艺理论著作，其中论述了舞台艺术与语言艺术，自《舞论》后，梵语戏剧学就作为一门独立的学科存在了。印度现存最早的戏剧是佛教诗人马鸣的著作《舍利弗》，描写了舍利弗尊佛陀为师，内容与佛教有关，并且该著作具有古典梵语戏剧的大部分艺术特征，戏文韵散杂糅，剧中有戏剧性的丑角，地位高的人都说的是梵语，而那些地位低的人说的则都是俗语。泰戈尔作为印度最著名的诗人、作家与艺术

---

① 郁龙余等. 印度文化论 [M]. 重庆：重庆出版社，2008：48.

家，他在文坛上颇有建树，为世界文坛做出了突出的贡献，观其作品，有着浓厚的宗教主义色彩。泰戈尔是泛神论者，即他认为神不仅仅存在于自然界，同时在人类社会生活中也是时刻存在的，他是"人的宗教"的发现者，在人类社会中，人是认识神的途径，也就是说只有通过人才可以认识到神。这一思想体现在了他的文学作品中，他认为每个人都具有双重的性质，一重是每个人都拥有的共同的内在本质，这是神的体现；另一重则是自我，这是个人区别于他人的最根本体现，但是自我使得人的普遍本质被掩盖，就会产生利己主义。因此，要努力达到这两重属性的统一，那么社会就能达到团结的局面。泰戈尔创作的抒情诗集《吉檀迦利》，在世界上赢得了广泛赞赏，荣获诺贝尔文学奖。泰戈尔以非凡的艺术才能创作出来的诗歌等文学作品，复兴了印度文化，同时也大大增强了印度人的民族自信心和自豪感。

6.5.3 宝莱坞影片

印度的电影产业是印度文化艺术类产业中最发达的行业。据报道，印度每年产出电影的总量比美国好莱坞要高出 3 倍之多，宝莱坞影片占印度电影总产量的 55%，其主要拍摄的印地语影片代表了印度电影的主流。印度的宝莱坞位于印度孟买，最开始被译为"孟莱坞"，到了 20 世纪 80 年代中期，孟买（Bombay）与（Hollywood）组合而成形成了"Bollywood"，这一词作为孟买电影业的专有名词被保存了下来。由此可见，印度的宝莱坞旨在与美国的好莱坞一较高下。宝莱坞电影追求绚丽的视觉效果并且糅合了多种风格，达到了欢快、热烈、壮观的听觉与视觉效果，受到了大量海外观众的追捧。在宝莱坞电影发展的初期，主要还是以面向本国的观众为主，但是到了 20 世纪末，宝莱坞影片开始逐渐将市场转向海外，英国成为宝莱坞影片出口的最大市场。但是不仅如此，宝莱坞影片在中东、东南亚以及非洲都赢得了强烈的反响，1998 年，在全球公开上映的 40 部影片中，虽然有 39 部都是来自好莱坞，但是剩下的那 1 部却来自宝莱坞，这说明宝莱坞电影也取得了一些成就。1999 年，印度政府工作报告指出，印度出口的电影作品总收入高达 40 亿卢比；到 2000 年，这一数字就增长了 30 亿卢比，达到 70 亿卢比。2007 年，以电影《永不说再见》为标志，宝莱坞影片在国际市场上闯出了一片天地。

第7章　新时代中国特色社会主义
文艺建设的路径选择

为推动中国特色社会主义文艺的繁荣发展、激发全民族的文化创新活力，要坚持社会主义文艺发展理念，坚持以人民为中心，处理好三对基本关系，广大文艺工作者要牢固树立创作文艺精品的思想意识，努力创造出无愧于时代的伟大作品，在完善新时代中国特色社会主义文艺的制度建设的同时，建构新时代中国特色社会主义文艺的话语体系。

7.1 坚持以人民为中心的创作导向，处理好三对基本关系

党的十八大以来，坚持"以人民为中心"成为习近平治国理政新理念新思想新战略的标识性概念，成为广大文艺工作者不能忘记的初心所在。坚持"以人民为中心"的创作导向决定了广大文艺工作者对人民地位的理解、对人民关系的认识，以及服务人民的态度、立场、方法和手段。

7.1.1 处理好弘扬主旋律与提倡文艺多元化的关系

随着经济的大发展大繁荣，文艺也迎来了春天。因为随着人们对于物质生活的需求得到极大满足以后，开始了更高层次的精神生活追求，人们求知、求乐、求美的愿望更加强烈，对于文艺作品的需求总量越来越大、种类越来越多、质量要求越来越高，并且受地域、学历、性格、爱好、年龄等的影响，人们对于文艺的需求也是多元的，为了满足人们多样化的需求，文艺也朝着多元化的方向发展。处理好弘扬主旋律与提倡多元化之间的关系是文艺健康发展的重要举措。

首先，要坚持社会主义核心价值观的引导。文艺是培育价值观的沃

土，因此文艺作品必须坚持正确的价值观倾向，这样才能有助于人们形成健康向上的价值观，才能弘扬社会正气，促进社会的有序发展。社会主义核心价值观是先进科学的价值取向，是社会主义文艺的鲜明旗帜，那些弘扬社会主义核心价值观的、讴歌人民的、结合历史文化和贴近生活的文艺作品，带给大家的不仅仅是视觉和听觉的冲击，还包括催人奋进的力量，能够引起人们心灵上的共鸣，成为人民喜爱的成功作品。广大文艺工作者应当将社会主义核心价值观铭记于心，在文艺作品的创作中时刻践行并融入社会主义核心价值观，让社会主义核心价值观融入每一次的创作之中，并且要热情讴歌一切能够彰显社会主义核心价值观的生活现象，用艺术化的手段将正能量与真善美传递给广大人民群众，使得文艺成为弘扬社会主义核心价值观的重要阵地。"以文艺形式弘扬社会主义核心价值观是种多赢"①，一方面可以丰富文艺的创作方式，有利于文艺工作的繁荣与发展；另一方面，用文艺的方式来表现社会主义核心价值观，可以让社会主义核心价值观以更加亲民的方式走入人民生活，贴近人民实际，让社会主义核心价值观更加通俗易懂、更接地气、更有亲和力。如此一来，社会主义核心价值观会在人们心中逐渐生根发芽，更加牢固。

其次，要坚持中国共产党对文艺工作的领导。党政军民学，东西南北中，党是领导一切的。中国共产党的领导是我国社会主义发展的根本特征，社会主义文艺作为社会主义事业的重要组成部分，要想获得更好发展，必须坚持中国共产党的领导。新时代，习近平针对新形势对我国文艺的发展做出了一系列重要论述，为文艺实现更好发展提供了借鉴。社会主义文艺作为社会主义精神文明的重要组成部分，加强和改进党对文艺工作的领导有助于自身的更好发展。社会主义文艺坚持党的领导不是没有根据的，而是历史和实践检验的结果。革命战争年代，毛泽东就十分重视党对文艺工作的领导，把文艺战线当作革命取得胜利的重要战线，突出强调文艺的战斗作用。在中国共产党的领导下，文艺界创作出一大批以革命战争为素材的文艺作品，极大地鼓舞了革命战士的战斗热情。改革开放以来，在党的领导下，文艺界涌现了一大批反映改革开放新面貌的文艺精品，这些作品歌颂祖国的春天，歌唱新时代，鼓舞各行各业的人在不同的岗位为

---

①桑胜高. 多以文艺形式弘扬社会主义核心价值观［N］. 西江日报，2019-12-30.

社会主义建设事业做出贡献，引领改革开放取得巨大成就。新时代社会主义文艺要实现更好更快发展，必须坚持党的领导。社会主义文艺作为社会主义意识形态的重要组成部分，唯有坚持中国共产党的领导才能有效抵制西方国家对我国意识形态领域的渗透，才能使新时代中国特色社会主义文艺朝着正确的方向前行而不偏离。在新时代中国特色社会主义文艺建设过程中加强和改进党对文艺的领导，也是强化党的领导的过程，唯有意识形态领域稳定，党的政权才能保持稳定。加强和改进党对文艺工作的领导，是社会主义文艺事业繁荣发展的根本保证。面对纷繁复杂的文艺建设难题，以习近平同志为核心的党中央，结合中国特色社会主义文艺建设的实际，不断改善与加强党对文艺建设的领导工作，将文艺工作的各项措施具体化，针对不同的文艺问题提出了针对性的举措，具有较强的可操作性。第一，将全心全意为人民服务的根本宗旨贯彻到文艺建设的方方面面。坚持"以人民为中心"的创作导向，坚持发展人民的文艺，站稳人民立场，真正做到人民性和党性二者的有机统一。第二，提出文艺建设不仅仅要依靠人民群众，发挥人民群众的首创性，还要尊重文艺建设的规律，也就是改善党的领导，提升党领导文艺工作的科学性。第三，将文艺工作上升到建设社会主义文化强国的高度，制定文艺发展的方针政策，为文艺发展营造良好的政策氛围。第四，坚强和改进文艺理论和文艺评论工作。党对文艺的领导不是抽象的，而是具体的，具体到文艺发展的每一个环节之中，体现在文艺工作的方方面面，加强和改进党的文艺理论和文艺批评工作，体现了党的精准施策。第五，党始终强调坚持以马克思主义文艺观来指导我国的文艺建设，并将中国特色社会主义文艺实践上升为中国化的马克思主义文艺观来进一步指导我国的文艺实践。

再次，要尊重和遵循文艺规律。规律是客观的，不以人的意志为转移。文艺规律是文艺发展过程中的客观规律，不以我们的意志为转移。加强和改进党的领导，就要遵循文艺规律，不能人为地改变规律。但文艺规律不同于自然规律，自然规律是没有人参与的规律，文艺规律是有人参与的规律，其中包含着历史性。文艺规律是客观的，并不是说我们在文艺规律面前是无能为力的，我们要充分认识文艺规律，把握文艺规律作用的条件，顺应和利用文艺规律。文艺规律本质上是客观的，但多多少少受到文艺之外因素的影响。早期文艺规律主要受到政治因素的影响，但新时代，伴随着科技的发展，文艺创作的方式、方法、手段等发生了很大改变，信息技术给文艺规律带来了很大影响。我们要充分认识到文艺规律有两方面内容：一是文艺本身的发展规律。如音乐、歌剧、诗歌、舞蹈、书法等艺术形式中的一些基本元素，在文艺创作中是无法改变的。广大文艺工作者要仔细辨别每一种艺术内部的规定性和基本特征。二是文艺之外的审美规律性。这是由人民群众决定的，文艺审美规律与人民群众的审美取向相一致。每一个时代有每一个时代的审美取向，伴随着科技的发展，文艺创作过程融入了很多科技元素，科技的加入也会影响审美取向，比如音效、动画的设计等。党在坚持和加强对文艺工作的领导时要准确把握文艺规律。

最后，要生产人们喜闻乐见的文艺作品。文艺作品的创作与生产不仅仅是一个理论的问题，更是一个实践问题。在新的历史条件下，创作与生产出人们喜闻乐见的文化产品需要各方的共同努力，优秀的文艺作品应当是能弘扬主旋律、凝聚正能量、反映人们的多种文化需求的。第一，要将人民生活实践当作创作的来源，不断进行生活和艺术的积累，以时代发展变化为蓝本，创作出与人民群众生活实际高度一致的文艺作品，使得文艺作品在人民群众这杆秤的衡量中获得价值实现。第二，要努力发挥各地的资源优势，我国地大物博，文化资源极其丰富，为文艺创作提供了广袤而深厚的文化土壤。努力挖掘优秀文化资源，保护与传承文化瑰宝，创作和生产出富有鲜明的特色、具有浓郁时代气息的文艺作品。第三，要不断地进行文艺创新。探索艺术形式、艺术观念、艺术风格、艺术手段、艺术题材等多方面的创新，不断增强文艺作品的感染力、吸引力与影响力。

7.1.2 处理好文化市场中经济效益与社会效益的关系

文艺不能由市场决定，"文艺不能当市场的奴隶，不要沾满了铜臭气"[1]，文艺作品作为特殊的商品，具有经济价值和社会价值双重属性。正确处理文化市场中文艺作品的经济效益与社会效益二者之间的关系，要坚持把社会效益放在首位，不能为了追求收视率、点击率、票房收入就被市场牵着鼻子走，盲目迎合市场口味，创作庸俗、低质量的文艺作品，降低文艺作品质量，污染人们的精神生活，要努力实现经济效益与社会效益的

---

[1]中共中央文献研究室.十八大以来重要文献选编（中）[M].北京：中央文献出版社，2016：132.

双效统一，促进文化市场的健康发展。要实现两大属性的双效统一，应做到以下三个方面。

首先，牢固树立把社会效益放在首位、实现经济效益与社会效益相统一的发展观。在社会主义市场经济条件下，社会主义文艺的繁荣与发展，也体现了文艺对经济的贡献逐渐增长。文艺作品追求经济效益这是市场经济的规律，也是文艺生产企业自身维持下去的动力，也是增强经济实力的必然要求，失去了经济效益，文艺生产单位就会破产，这对经济的发展无疑是重大损失。但是文艺的生产如果仅仅是盲目地追求经济利益，这必然会导致文艺背离社会发展的方向，最终也会失去文艺本身的价值和意义，将两个效益的统一作为文艺发展成效的重要标准，才能更好地使文化作品发挥其功能，提高其为民生服务的能力以及对市场经济的贡献力。

其次，要牢固树立把社会效益放在首位、实现经济效益与社会效益相统一的服务观。针对文化市场中各种纷繁复杂的现象，要始终牢记习近平总书记提出的文艺是为人民服务的，社会主义文艺从本质上讲就是人民的文艺，因此在任何时候都应当将人民的利益放在首位，不能让文艺为"人民币服务"，不能充当市场的奴隶，占满了铜臭气。

最后，牢固树立把社会效益放在首位、实现经济效益与社会效益相统一的本质观。社会主义文艺的一个重要功能就是具有意识形态功能，是党和国家宣传意识形态的重要文化阵地。一方面，遵循文化市场的发展规律，运用市场机制来传播优秀文艺内容；另一方面，也要牢牢掌握文艺的意识形态属性，不能让产业属性削弱了意识形态属性，当经济效益与社会效益发生冲突时，经济效益要服从于社会效益。实现经济效益与社会效益的良性互动，互相促进，共同发展。

7.1.3 处理好文化继承中守本固源和与时俱进的关系

文化的传承与现代、守本与创新是文化发展的永恒主题。对传统文化进行选择性继承和创造性转化，也就是传统文化的"现代化"问题，在中国特色社会主义文艺发展过程中，处理好守本固源和与时俱进的关系也是极其重要的。

首先，要继承中华优秀传统文化，保护文化传承。"博大精深的中华优秀传统文化是我们在世界文化激荡中站稳脚跟的根基。"① 中华优秀传统文化是一个深广的概念和范畴，其中不仅包含了文艺语境与精神基因方面的内容，还包含了情感认同以及经验认同的合理内核。中华文明在 5000多年的历史发展中，孕育出了一大批的优秀传统文化资源，这些优秀的文化资源包括伦理价值、理想信念、道德规范等，体现了中华民族特有的价值体系，成为维系中华民族团结奋进的强大精神力量，形成了中华民族的独特标识。从内容来看，中华优秀传统文化融合了儒家、道家、法家、墨家等多种思想谱系，流传下来了四书、五经等一大批优秀传统典籍，涌现出了先秦儒学、两汉经学、魏晋玄学、隋唐佛学、宋明理学等哲学、美学思潮。从地域来看，东西之间、南北之间存在着明显的文化差异，形成了"南柔北刚"的截然不同的创作风格。从民族来看，我国有 56 个民族，各个民族在审美追求方面也具有完全不同的特点。例如，以能歌善舞著称的傣族，他们有着丰富的民间文艺作品，他们创作的傣戏，又称傣剧，已经被列入国家非物质文化遗产名录。傣戏在傣族民间歌舞的基础上，借助扇子、手帕等道具，同时借鉴其他剧种和傣拳的武打动作，创造了独具特色的傣戏专属动作，生动地表现了不同人物的性格。再如蒙古族的史诗，在蒙古族口承文化中史诗具有典型意义，同时蒙古族也成为世界上史诗作品最多的民族之一，其中最长的和最著名的是各有几万行的《江格尔》和《格斯尔》，演唱史诗成为蒙古族祭祀和娱乐必不可少的项目。数不胜数的少数民族文化在中华文化史上熠熠生辉。从文化所蕴含的精神来看，有"言必行、行必果"的诚信精神、"天下兴亡，匹夫有责"的爱国精神、"己所不欲，勿施于人"的人生态度、"达则兼济天下，穷则独善其身"的济世情怀，传承传统文化中所蕴含的优秀精神是十分重要的。

其次，要继承我国红色革命文化。经典的红色文艺作品作为红色文化的生动载体，是我们时代精神的表现，体现了深厚的英雄主义，同时也是对我国优秀传统文化的传承，是中华民族的宝贵精神财富。当前，中国特色社会主义建设取得重大进展，我们大踏步进入了新时代，在这个新时代里，我们需要在经典的红色文艺作品中汲取营养，发挥文化凝神聚气、培根铸魂的作用，弘扬红色文化，坚定文化自信。第一，我们要努力提炼红

---

① 习近平. 习近平谈治国理政（第一卷）[M]. 北京：外文出版社，2018：164.

色文化的时代内涵。红色文化中孕育着中国共产党对马克思主义的坚定信仰，孕育着对夺取中国特色社会主义伟大胜利，实现中华民族伟大复兴的信念，在红色文化中提炼这些对新时代社会主义建设有益的精神内核，指引我们推进"四个伟大"，激励我们不忘初心，不断地把为共产主义理想奋斗的伟大实践推动向前。第二，要创作出新时代的红色文艺作品。红色文艺作品是传播红色文化的重要载体，要充分挖掘红色文化资源，加大红色现实题材创作力度，并将红色文化资源用现代的审美方式表现出来，实现红色经典的再创作与再传播。近年来的一些红色电影的热播也是红色文化取得成功的实证。例如，电影《智取威虎山》，复排歌剧《白毛女》等。这些优秀的红色文艺作品，不仅反映了国人的审美水平，体现了中华文化精神，更加传播了当代中国的价值理念。第三，红色文艺作品一定要接地气且符合实际。近年来，抗日影片与电视剧数量激增，其中有许多优秀的作品，但是也不乏一些为博取观众眼球的抗日"神剧"。红色文艺作品的创作在迎合观众口味的基础上，也一定要尊重历史史实，切忌过度解读与歪曲解读。

最后，要强调文艺的创新和创新的文艺。创新是文艺的生命。创新是使文艺作品保持旺盛生命力的持久动力，"要把创新精神贯穿文艺创作生产全过程，增强文艺原创能力。"① 这是新时代中国特色社会主义文艺创作的根本途径。唯有创新才能立时代之潮头、发时代之先声，才能创作更多高"峰"作品，弥补创作之空白，实现文艺事业的繁荣兴盛。弘扬创新精神，就要正确处理好对传统文化的继承问题。对于传统文化中的糟粕部分，我们要予以剔除；对于传统文化中的精华部分，我们要予以保留。对于传统文化中不合时宜的部分，广大文艺工作者要结合时代，对其重新做出阐释，重建优秀传统文化的价值体系，对传统文化实现创造性转化和创新性发展，让优秀传统文化同世界其他文化一道为人类做出更大贡献。弘扬创新精神，要求广大文艺工作者创新利用新媒体，构建"互联网+中华文化"新模式。在微时代，创新利用微平台，丰富艺术创作新形式，推动中国特色社会主义文艺走出国门，让世界感受新时代中国特色社会主义文艺的新魅力。

---

①中共中央文献研究室. 十八大以来重要文献选编（中）[M].北京：中央文献出版社，2016：125.

中华优秀传统文化资源要有与时俱进的创新精神，才能符合现代人的审美，并能焕发出全新的能量。传统节日是传统文化传承的重要方式，人们往往通过各种习俗或艺术手段来纪念与度过传统节日。以春节为例，近些年来，上海打造了一系列以新年为主题的文化嘉年节活动，上海文联整合各艺术门类资源，精心打造了一系列春节主题活动，诸如"春联百福展""年画藏品展""民间工艺精品展"等，通过市民文化节平台鼓励市民结合新春主题，并结合地方特色与时代特色进行春联的创作。除此之外，还有众多曲艺、杂技、歌舞等艺术家轮番登场，为广大上海市民送去了文艺年夜饭。这些主题活动基本上包括了各大艺术门类中与年俗有关的创作和表演样式，引领"艺术+生活""民俗+时尚""互联网+春节""传统+创新"的新方式，让传统文化再一次以全新的方式走进市民家中，走进现代生活与城市发展当中，融入现代生产生活之中，丰富市民的春节生活，也让大家过一个春"艺"盎然的文化年。由此可见，传统文化的创新不仅仅是手段的创新，还是一种内容与形式相结合的深度创新，是观念与手段相结合的创新，将各项科技运用到文艺创作的各个环节，增强文艺的创造力和创新力。

7.2 培养立足社会主义文艺发展的人才队伍

习近平总书记指出："能不能搞出优秀作品，最根本的决定于是否能为人民抒写、为人民抒情、为人民抒怀。"文艺工作者要想有成就，就必须自觉与人民同呼吸、共命运、心连心，对人民，要爱得真挚、爱得彻底、爱得持久。广大文艺工作者要努力创作出更多传播当代中国价值观念、体现中华文化精神、反映中国人审美追求，思想性、艺术性、观赏性有机统一的优秀作品。

7.2.1 发挥新文艺群体繁荣新时代中国特色社会主义文艺的有生力量

新时代中国特色社会主义文艺要想实现更好发展，关键在"人"，拥有一支优秀的文艺人才队伍，文艺才能实现更好发展。广大文艺工作者承担着改造国民思想的重任，文艺工作者的重要地位无人能取代，这就为文艺工作者提出了更高要求。习近平总书记在文艺工作座谈会上的讲话中指出："互联网技术和新媒体改变了文艺形态，催生了一大批新的文艺类型，也带来文艺观念和文艺实践的深刻变化。"① 这是习近平总书记对新时代的文艺做出的判断，新的文艺类型正是伴随着新文艺群体而产生的。相对于传统的文艺工作者，新文艺群体创作时间和空间都非常自由，不受编制所限，也不依赖于政府财政，他们活跃在社会主义市场经济条件下，为广大群众提供了广袤的娱乐空间。

　　新时代新文艺群体大致分为四种类型：第一，新文艺组织，是指那些在民政部门或工商部门合法注册的、非营利性的文化工作室和文化社团等。第二，新文艺群体，主要包括独立制片人、独立演员（非签约演员）、网络作家、非遗传承人、独立唱片人等艺术家在内的凭借着志同道合的兴趣汇聚起来的文艺群体，这些文艺群体在独立自由的创作氛围中，逐渐形成了一种开放、自由、洒脱的文艺创作态势，显示出了别致的创作样式与活力。第三，新文艺聚落，"新文艺聚落是指具有集聚性、交融性、园区性、产业性的从事文化艺术创作生产及文化艺术活动的实体空间组织。"② 新文艺聚落相较于传统的文艺组织，具有了更多新时代的特点，其组织规模更大，汇聚资本的能力更强，与其他产业的联系也更加紧密。我们常见的一些新业态，如"文艺+旅游""文艺+互联网""文艺+体育"等。这些新业态的出现不断优化文艺服务内容，为广大群众提供了更为优质的视觉、听觉、触觉等方面的美的享受。第四，新文艺个体工作者，新文艺个体工作者的成分与新文艺群体的成分是相似的，唯一的区别在于新文艺个体工作者并未汇聚一起，他们以个体形式出现，他们往往是在当地有较大影响力的文艺创作成果颇丰的个人，他们虽然不是系统严密的"组织"，但是在活动时他们也不是分头行动、单打独斗的。这是因为他们一方面保持了自身创作的独立性，另一方面也会将自己的作品传播到社会中去，与社会对接。

　　新文艺群体一经产生，便呈现出不可阻挡之势，延伸至社会生活的方方面面，成为繁荣社会主义文艺建设的有生力量。新文艺群体在社会主义文艺建设中表现出了以下特点。第一，他们将自己的服务目标聚焦于人民

---

①习近平．在文艺工作座谈会上的讲话[M].北京：人民出版社，2015：12.
②郑晓幸，李明泉．用全新的眼光看待新文艺群体 [N]．光明日报，2018-05-19.

群众对于美好的生活需求的满足上。这是因为新文艺群体大部分是人民群众，他们来源于人民群众，他们最了解人民群众最需要什么样的文艺，所以他们创作出的文艺作品都是最广大人民群众所需要的。他们以特有的灵活性以及自主性激发出了无穷的创造力，他们以服务人民为创作宗旨，以迎合社会需求为动力，以优质的艺术供给为根本，以市场的需求为创作导向，真正做到了从人民中来、到人民中去。现在手工艺术品工作室异常火爆，许多人在闲暇之余会聚集在这些工作室，尝试制作一些纯手工艺术品，在这一过程中，既是一个艺术品的制作过程，也是艺术审美的一个提升过程。第二，新文艺群体虽然不再依赖于政府财政，但是他们的资金来源却非常广泛。逐步形成了"文化+资本"的运行模式，这一崭新的运行模式，在资金来源上更加灵活，为艺术的创作和发展提供了充裕的资金来源。第三，在艺术生产和服务方面，新文艺群体的创作方式、传播方式、活动载体等方面都有了全新的改变，他们投入大量的资金、人力等文艺生产要素，借助高科技和市场资本，整合跨地区、跨行业、跨类型、跨层次的文化艺术资源，彻底改变了传统的单一的文艺形态，为受众提供喜闻乐见、雅俗共赏的内容产品。

7.2.2 发挥人民群众推动新时代中国特色社会主义文艺的鲜活力量

马克思主义认为，人民群众是社会物质财富的创造者，同时也是精神财富的创造者。人民群众作为历史的创造者，是推动社会主义文化大发展大繁荣最深厚的力量源泉。牢固树立群众观，开展群众性文化活动，引导群众在文化建设中自我表现、自我教育、自我服务，发挥人民群众的创造力量，推动新时代中国特色社会主义文艺的发展。发挥人民群众推动新时代中国特色社会主义文艺的鲜活力量，是由社会主义文艺的基本性质决定的。社会主义文艺从根本上说是人民的文艺，是为人民服务的文艺。同时，发挥人民群众推动新时代中国特色社会主义文艺的鲜活力量，也是由文艺建设的基本规律决定的。一切根源于群众、一切为了群众这是社会主义文艺发展的根本特征之一，党长期的实践和历史的经验告诉我们，要坚持发展依靠人民、发展为了人民，这样的发展才是可持续的，才能取得更大的成就。充分发挥人民群众对于文艺创作的力量要做到以下三点。

首先，发挥人民群众的首创性。尊重人民群众的首创精神，是回顾我国改革开放四十多年的历程得出的经验。党的十八大报告指出，"中国特色社会主义是亿万人民自己的事业。要发挥人民主人翁精神"①。人民群众的生产实践活动涉及社会生活的方方面面，无论一个文艺创作者知识多么渊博、见识多么广泛、经历多么丰富，相对于广大人民群众来说也都是有限的，广大人民群众中蕴藏着巨大的智慧和创造力，要善于总结广大人民群众文艺创作的经验，最大限度地调动和发挥人民群众对于文艺创作的主动性、积极性和创造性，高度凝聚民智民力。从人民伟大实践中汲取文艺创作的智慧和力量。激发群众文艺原创活力，要坚持艺术性、思想性、群众性、公益性四者的有机统一，在充分尊重人民群众意愿的基础上，努力创作出贴近群众的文艺作品，从而提高群众文艺作品的感染力以及吸引力，推出更多易推广、易普及的群众文艺作品。中国特色社会主义文艺建设必须依靠千千万万的人民群众，必须充分调动广大人民群众的积极性。调动广大人民群众的积极性就会让群众真切感受到自己在国家中的主人翁地位，会感受到自己的付出不会白费，进而会意识到自己的主体责任，强烈的责任意识会给予群众无限的激情，会让他们乐于为国家和社会主义事业做贡献，激发他们无限的创造激情。物质力量是有限度的，而精神力量是无限的，取之不尽、用之不竭。一个富有饱满激情的人，拥有积极乐观的心态，会大幅度提高工作效率，会为国家、社会和人民不断做出贡献，这种人正是社会主义事业需要的人才。一个毫无"精气神"的人，怀有消极悲观的心态，干什么都会毫无状态，不仅对自己不利，甚至会影响和感染身边的人，只能带来不利后果。因此，调动人民群众的积极性，会给予群众精神力量，促使群众发挥最大智慧和最大能量。只有这样，我们才能战胜和解决文艺创作中遇到的困难和问题，推动中国特色社会主义文艺事业不断向前发展。

其次，尊重人民群众的文艺创作成果。人民群众的文艺创作成果在得到极大的尊重以后，才能更进一步激发人民的创作积极性。相关职能部门要组织优秀群众作品展，为优秀的文艺作品颁奖，并且可以依托相关艺术基金项目进行支持，为一些创作者提供资金的支持。大力支持一些反映社会主义核心价值观、反映时代风貌和人民群众日常生活的优秀文艺作品，

①中共中央文献研究室．十八大以来重要文献选编(上)［M］.北京：中央文献出版社，2014：11.

带动广大群众投身文艺创作。

最后，为人民群众发挥文艺创作力量提供广阔的平台支持。2017年文化部制定的《"十三五"时期繁荣群众文艺发展规划》明确指出，要搭建群众文艺交流展示平台，为普通群众发挥文艺创作力量提供机会。这就需要各级政府发挥其文化职能，组织开展相关文艺活动，搭建百姓文化活动大舞台。例如，开展群众优秀作品展以及省市各级各类的文艺汇演等活动，积极鼓励开展区域性群众文艺交流活动，运用新媒体等高科技传播手段，依托国家数字文化网、文化共享工程等平台，将一些优秀的在区域内影响力强并且能够突出地域特色的艺术成果在全国展出，将一些特色网络群众文艺资源纳入公共数字文化工程资源库里面，从而实现全国范围内的优秀群众文艺作品的有效交流与传播。

7.2.3 发挥"德艺双馨"的艺术工作者建设新时代中国特色社会主义文艺的坚定力量

坚持和加强党对文艺工作的领导，就要紧紧依靠广大文艺工作者。"领导"和"依靠"密不可分，广大文艺工作者是中国共产党坚定的群众基础，丢失这个广大的群体，中国共产党就会丢失群众力量。2014年习近平在文艺工作座谈会上提到繁荣发展社会主义文艺必须有大批德艺双馨的文艺名家，"德艺双馨"主要包括四层含义。

首先，文艺工作者重在"艺"。艺是文艺工作者的安身立命之本。一个合格的文艺工作者必定是一个具有深厚的专业素养和业务水平的人。习近平强调文艺要热爱人民，文艺热爱人民要求文艺工作者要进行有感情的文艺创作，要对人民有感情，要对人民爱得深沉、爱得真挚，只有真正地热爱人民才能体会人间疾苦和人间冷暖，才能创作出有温度的文艺作品。文艺是给人以思想启迪、审美享受、性情陶冶的工作，文艺工作者专业素质的高低决定着文艺作品质量的高低。市场经济条件下快节奏的生活方式使得一些文艺工作者十分浮躁，一些人觉得花费很长时间反复打磨出来的文艺作品不能及时实现市场价值，太不实用、不划算。用经济标准去衡量一个文艺作品的质量。如果这样的风气在文艺领域长期蔓延开来，势必会降低文艺作品的质量。低质量的文艺作品不仅是对文艺本质的一种亵渎，更是对社会审美的破坏。真正的文艺工作者是全心全意投入文艺创作过程中的人，是能耐得住"冷板凳"的人，是拥有"十年磨一剑"的气魄的人。文艺创作不只是时间的积累，更是人们的全情投入。好的灵感往往转瞬即逝，全情投入的文艺工作者会及时把这种灵感体现在作品上，一点一滴日积月累地就会形成文艺精品。习近平强调，"文艺工作者要自觉坚守艺术理想，不断提高学养、涵养、修养，加强思想积累、知识储备、文艺修养、艺术训练，努力做到'笼天地于形内，挫万物于笔端'。"① 人民真正热爱的文艺工作者是能创作出文艺精品的文艺工作者，而不是快节奏"产出"式的文艺工作者。广大文艺工作者要加强专业素质训练，提高专业水平，努力创作出制作精湛、艺术精良的优秀文艺作品。

其次，文艺工作者重在"德"。道德精神是我们的传统美德，传统的德性精神一直流传至今。文艺作为铸魂的工程，要想创作出优秀的文艺作品必须拥有道德高尚的文艺工作者。习近平总书记引用了王国维在《人间词话》中的治学思想，他希望文艺工作者要有"望尽天涯路"的追求，耐得住"昨夜西风凋碧树"的清冷和"独上高楼"的寂寞，即便是"衣带渐宽"也"终不悔"，即便是"人憔悴"，也心甘情愿，通过"众里寻他千百度"，才能产生"蓦然回首，那人却在灯火阑珊处"的领悟。文艺要塑造人心，首先要塑造文艺工作者自己。文艺工作者要加强德性修养必须要研读传统经典文艺作品，学习古人高尚的道德品质，同时要深入人民群众，在同人民群众接触的过程中体验人间的真善美和假恶丑，感悟社会风气，为文艺创作积累素材，要有"铁肩担道义"的社会责任感。社会主义市场经济条件下，一些文艺工作者被金钱冲昏了头脑，唯利是图、唯钱是举，为了获利生产出一些庸俗、低俗的文艺作品，这是文艺工作者道德沦丧和职业失守的表现。广大文艺工作者要自觉抵制这种不良行为，不忘初心、牢记使命，始终坚持以人民为中心的创作导向，形成正确的义利观，处理好经济利益和社会效益之间的关系，认真严肃对待文艺作品的生产和创作，生产的每一部文艺作品都要考虑到社会效果，讲品位、重艺德。具有高尚道德精神的文艺工作者一定是热爱人民的文艺工作者，有道德的文艺作品其所叙所述一定是为了人民。邓小平曾经说过，"思想战线上的战士，都应当是人类灵魂工程师。""作为灵魂工程师，应当高举马克思主义

---

① 中共中央文献研究室. 十八大以来重要文献选编(中)[M].北京：中央文献出版社，2016：126.

的、社会主义的旗帜，用自己的文章、作品、教学、讲演、表演，教育和引导人民正确地对待历史，认识现实，坚信社会主义和党的领导，鼓舞人民奋发努力，积极向上，真正做到有理想、有道德、有文化、守纪律，为伟大壮丽的社会主义现代化建设事业而英勇奋斗。"①

再次，文艺人才队伍一定是由德艺双馨的文艺工作者组成的。养德和修艺是分不开的，养德为修艺提供道德基础、精神支撑，修艺为养德提供专业素养、理论基础。没有离开艺的德，也没有离开德的艺，养德和修艺是辩证统一的关系。优秀的文艺工作者一定是德艺兼备的艺术工作者。德艺兼备要求广大文艺工作者把尚德修艺当作自己的必修课程，把为人、做事统一起来，自觉增强思想水平、业务水平和道德水平，努力追求真学、实学，真正做到德艺双馨。培养德艺双馨的文艺人才队伍，不仅要求文艺创作者德才兼备，更要求文化市场专家、广大文艺理论家等尚德修艺，凝心聚力，共同为文艺工作出谋划策。文艺工作者素质的高低关乎文艺作品质量的高低。加强和改进党对文艺工作的领导要紧紧依靠广大文艺工作者，党制定的文艺政策、方针和决议等都需要通过广大文艺工作者来贯彻执行。党要从建成社会主义文艺强国的高度，自觉增强文化自信，把文艺工作纳入党的重要议事日程。各级党委要配好文艺单位领导班子，培养大批德艺双馨的文艺工作者，把那些德才兼备、任劳任怨的文艺工作者放在文艺工作的领导岗位，和他们打成一片，对他们多一些关心和问候。德艺双馨要求文艺工作者道德素质和专业素质都要过硬。党要把握文艺工作的正确发展方向，要用科学的文艺理论武装广大文艺工作者的头脑，使他们紧跟党的步伐。思想领导是党对文艺工作最基本的领导，加强思想领导就是要坚持用马克思主义先进理论武装头脑。马克思主义是我们的信念，马克思主义文艺观是广大文艺工作者精神上的"钙"，没有马克思主义文艺观，广大文艺工作者就会"缺钙"，就会得"软骨病"，因此要用马克思主义文艺观给广大文艺工作者补足精神上的"钙"。

最后，建设德艺双馨的文艺人才队伍，离不开文艺工作者的培养和选拔问题。2018 年，习近平在全国宣传思想工作会议上指出，文艺工作者为了做好宣传思想工作，"必须自觉承担起举旗帜、聚民心、育新人、兴文

---

①邓小平文选（第 3 卷）［M］．北京：人民出版社，1993：40.

艺、展形象的使命任务"[①]；2019 年，习近平在致中国文联中国作协成立 70 周年的贺信中再次强调了文艺工作者的使命任务。文艺工作一定要坚持各级党委的领导，领导班子成员是文艺工作的"火车头"，领导班子成员素质好，文艺人才队伍才能建设好。要想培养和选拔优秀的文艺工作者必须选好配强领导班子成员。选好配强领导班子，需要把那些德才兼备，能够同广大文艺工作者紧密联系在一起的人选到工作岗位上，这不仅是对文艺工作领导者工作能力的要求，更是文艺工作领导者基本的素养。只有真正同广大文艺工作者打成一片，文艺工作领导者才能真正发挥"火车头"的作用，才能推进社会主义文艺向更好更快方向发展。解决好领导班子成员的选拔问题，就能解决好文艺工作者的培养、选拔问题。过去对文艺工作者的选拔只局限于专业院校和专业机构，教学方式和教学内容存在与现实严重脱节的现象，一些科班出身的人能力却严重不足，而且高门槛也使得一些民间艺人无法被选入文艺人才队伍，造成了大批人才资源浪费的现象。伴随着社会的发展，我国文艺人才队伍的选拔机制也逐渐成熟，选拔方式也逐渐趋于合理，唯才是举，使得一些民间老艺术家和青年艺术家都被纳入文艺人才队伍当中，极大地补充了人才队伍的新鲜血液。配好优秀的文艺工作领导班子有助于为文艺管理营造良好的环境。文艺工作领导班子成员素养的高低关乎文艺工作质量的高低，领导班子成员的性格关乎文艺环境是否生动活泼。加强对社会主义文艺的管理一定要选好、配好文艺工作领导班子。优秀的领导班子一定是德才兼备、始终坚持以人民为中心的。选好配好领导班子一定要深入实践调查，听取群众和其他班子成员的意见，不能一味采取上级举荐的方式，要在实践的选拔与考察中选出那些德才兼备、以大局为重、紧密联系人民的人，这样的人要把他们提拔到领导岗位上来。一个好的领导必定会营造良好的文艺创作氛围。良好的文艺氛围一定是敢于坚持个性、敢于说真话、敢于表露心声的氛围，优秀的领导对下级犯错会采取宽容的态度，当然这种宽容不是无限制、无原则的宽容，而是有一个良好的容错机制，不因下级的一点小错误就揪着不放，错失人才。良好的文艺创作氛围会赋予人一种舒服的工作状态，激发人们的工作激情，从而激发其创作潜能。良好的文艺氛围一定是轻松愉快的氛

---

①习近平在全国宣传思想工作会议上强调：举旗帜聚民心育新人兴文艺展形象 更好完成新形势下宣传思想工作使命任务 [N]. 人民日报：2018-08-23（01）.

围，给人一种美的享受。领导班子成员的性格关乎文艺创作的氛围，因此，在加强对文艺工作管理的同时一定要选好、配优领导班子，充分尊重文艺工作者的创造性和积极性，营造一种学术民主和艺术民主的良好文艺氛围。

7.3 完善新时代中国特色社会主义文艺的制度建设

文化制度是国家制度和治理体系的重要组成部分，是新时代文化繁荣兴盛的基础工程。完善新时代中国特色社会主义文艺的制度建设，要从推进国家文化治理体系和治理能力现代化、维护文艺建设的正确方向、文艺领域法治建设和市场体系建设相协调、实现文化制度改革系统性、整体性、协同性相统一等方面入手。

7.3.1 推进国家文化治理体系和治理能力现代化

党的十九届四中全会审议通过的《中共中央关于坚持和完善中国特色社会主义制度、推进国家治理体系和治理能力现代化若干重大问题的决定》（以下简称《决定》）指出："坚持和完善中国特色社会主义制度、推进国家治理体系和治理能力现代化，是全党的一项重大战略任务。"[①] 国家文化治理体系作为国家治理体系的一个重要组成部分，也要逐渐推动其现代化的进程。在过去相当长的一段时间里，我国的文艺创作无论是选题还是经费和传播都会受到相关文化行政部门的制约。也就是说，我国传统的治理方式为文化管理，相关文化部门运用行政手段确保文化政策的实施，对文化资源以及文化领域的公共事务进行管理。这样的管理模式存在着效率低下、服务效能不高等弊端，文艺创作者的很多时间都消耗在"打报告、找领导、跑项目"等内容上。文化行政部门不仅仅充当裁判员还扮演着运动员的角色，文化投入分散，资金管理与使用效率都存在着问题，管理模式与运行模式也阻碍了文艺的发展，在这样的模式下，文艺创作者的积极性遭到很大打击。为了消除原有的文化资金投入机制的弊端，推动我国艺术治理方式的"管""办"分离，提高资金使用效率，调动文艺创

①中共中央关于坚持和完善中国特色社会主义制度、推进国家治理体系和治理能力现代化若干重大问题的决定 [M]. 北京：人民出版社，2019：42.

作者的创作积极性，我国成立了专门的艺术基金——国家艺术基金。在该基金成立以后，凡是符合条件的个人、单位均可以申请资金的资助，成为艺术快速发展进步的"孵化器"和"发动机"。2017 年，中宣部、文化部、财政部、人社部等七部门联合印发《关于深入推进公共文化机构法人治理结构改革的实施方案》，深化公益性文化事业单位的改革，其中明确指出："推动公共文化机构建立以理事会为主要形式的法人治理结构，吸纳有关方面代表、专业人士、各界群众参与管理，落实法人自主权，进一步提升管理水平和服务效能。"① 在一些公共文化机构设立法人治理结构，这一重大举措极大地满足了群众对于公共文化资源的需求，改变了群众被动接受的局面，也提高了相关服务部门的服务效能。新时代我国已经完成了从文化管理向文化治理的转变，文化治理的方式也日益多元，例如数字化管理模式、公民自组织治理模式、网络化治理模式等。推动文化治理体制向现代化迈进，在制度建设方面我们还应当促进单一管理向多元共治转变。首先，要促进相关政府部门职能的转变，发挥社会组织、社会群体的作用。其次，要加快法律法规建设，促进文艺行业健康发展。最后，要建立政府绩效评估标准，将文艺发展水平纳入考核范围，并且要保证各项文化政策落到实处。创新文化制度，使得文化管理焕发出多元的创新活力。

7.3.2 维护文艺建设的正确方向

新时代中国特色社会主义文艺制度建设的核心是维护文艺建设的正确方向，保证我国的文艺始终是人民的文艺，是社会主义的文艺。要维护文艺建设的正确方向，要坚持以下两个方面。

首先，坚持社会主义方向，坚持社会主义先进文化制度。党的十九届四中全会《决定》指出："坚持和完善繁荣发展社会主义先进文化的制度，巩固全体人民团结奋斗的共同思想基础。发展社会主义先进文化、广泛凝聚人民精神力量，是国家治理体系和治理能力现代化的深厚支撑。"② 从这段话中我们可以看出，社会主义先进文化的建设在国家治理体系和治理能

①中宣部文化部等 7 部门联合印发《关于深入推进公共文化机构法人治理结构改革的实施方案》［EB/OL］.［2017-09-09］. http：//www.gov.cn/xinwen/2017-09/09/content_ 5223816. htm.
②中共中央关于坚持和完善中国特色社会主义制度、推进国家治理体系和治理能力现代化若干重大问题的决定［M］. 北京：人民出版社，2019：22.

力现代化过程中举足轻重的地位。文化制度的建设只有始终坚持中国特色社会主义方向，才能有利于坚定文化自信，形成强大凝聚力和向心力，更加充分地凸显我国社会主义制度的优越性，展现全国各族人民在思想上精神上紧紧团结在一起的显著优势。

其次，坚持以社会主义核心价值观引领文化制度建设。社会主义核心价值观是社会主义文化最深层次的内核，决定着我国文化建设的方向。党的十九届四中全会《决定》指出："把社会主义核心价值观要求融入法治建设和社会治理，体现到国民教育、精神文明创建、文化产品创作生产全过程。"① 社会主义核心价值观深深地植根于中华文化沃土，熔铸于我们党领导人民建设中国特色社会主义的伟大实践中，凝结着全体中华儿女的价值追求，体现出了鲜明的时代性与广泛的包容性。这些鲜明特色集于一体决定了我们在进行文化制度建设时，社会主义核心价值观的引领作用必须牢牢掌握，只有这样才能保证文化制度建设方向的正确。"要注意把社会主义核心价值观日常化、具体化、形象化、生活化，使每个人都能感知它、领悟它"②，将社会主义核心价值观植入日常的文艺实践活动之中。

7.3.3 文艺领域法治建设和市场体系建设相协调

党的十八届四中全会指出："法律是治国之重器，良法是善治之前提。"③ 文艺领域法治建设与市场制度相协调，是推动文化制度改革的重点所在。新时代以来，我国的文化市场取得了极大的成就，文化市场运转良好，但是，从整体来看，文艺领域法治建设仍然存在缺口，缺少一些指导性与可操作性的法律法规来指引文化市场的进一步发展。在很多情况下，文化市场中相关问题的处理常常无法可依，只能依靠政府的临时干预，缺少了一定的自主性与及时性。实现法治建设与市场体系建设的协调发展，需要做到以下三个方面。

首先，建立健全现代文化市场体系。建立健全现代文化市场体系是为

---

①中共中央关于坚持和完善中国特色社会主义制度、推进国家治理体系和治理能力现代化若干重大问题的决定［M］. 北京：人民出版社，2019：23.

②中共中央文献研究室. 习近平关于社会主义文化建设论述摘编［M］. 北京：中央文献出版社，2017：118.

③中共中央文献研究室. 十八大以来重要文献选编(中)［M］.北京：中央文献出版社，2016：160.

文艺建设营造良好氛围与环境的关键一招。一方面要充分发挥政府公共文化服务的职能，政府要制定指导性意见来引导、推动和支持文化行业加强自律，转型升级。另一方面，加强执法的监督，规范市场秩序，有力打击和震慑违法经营行为，提高文化市场管理的法治化水平，维护正常市场秩序，加快建设统一开放、竞争有序、诚信守法、监管有力的现代文化市场。

其次，要完善现代文化市场结构。第一，要完善文化市场主体建设，要降低文化市场准入门槛，让更多的文化企业加入市场竞争中来，打破国有企业的垄断。第二，要完善文化要素市场，积极拓宽文化企业的融资渠道，为文化企业提供多方面的资金支持，同时还要为文化企业输送一批专业的人才，确保文艺作品的高质量生产。第三，要拓展文艺作品的流通渠道，不断找寻新的平台，促进文艺作品的市场转化率，使得文化市场得到良性发展。

最后，加强法治建设。加快建立以内容监管为核心，以信用监管为主要手段的文化市场事中、事后监管体系，提高队伍执法能力建设，在文化市场执法监管的法规体系、管理体制、执法队伍、整合执法权等方面探索出了一套行之有效的做法。中共中央办公厅、国务院办公厅印发了《关于进一步深化文化市场综合执法改革的意见》，文化和旅游部办公厅推动制定了《文化市场综合执法管理条例（征求意见稿）》，这一系列的条例都有助于提高文化市场综合执法工作法治化水平。同时，文化和旅游部还探索建立了文化市场管理基础数据库，完善市场主体信用信息记录这一文化市场信用监管体系，建立文化市场综合执法权力清单制度和行政裁量权基准制度，建设了全国文化市场技术监管与服务平台，为全面加强文化内容管理，有力打击违法经营行为，进一步完善文化市场综合执法工作机制提供了依据，确保了文化市场平稳有序运行。建立全国文化市场技术监管与服务平台整体构架，为提高文化市场管理信息化、规范化水平，以信息化手段推进文化市场管理法治化、规范化和服务公开透明化起到了重大效果。

7.3.4 实现文化制度改革系统性、整体性、协同性相统一

习近平总书记强调，要坚定不移走改革开放的强国之路，更加注重改

革的系统性、整体性、协同性。增强系统性、整体性、协同性，是全面深化改革的整体要求，也是推进落实党的各项制度改革的根本遵循。在文艺工作领域，努力实现文化制度改革系统性、整体性、协同性相统一，是文艺工作顺利开展的制度原则。

文化制度改革要实现系统性、整体性、协同性相统一，首先，要做到重谋划统筹，既要做到抓好文艺工作领域的专项改革，同时又要将专项改革对接到我国整体改革的步伐中。全面深化改革是一项复杂系统的工程，文化制度的改革需要与其他改革互为充分必要条件，才能够有效推进。文艺领域的制度改革不能局限于文艺工作内部来进行，需要在改革的整体布局中找准定位，针对整体改革进程的实际情况，准确把握中央推进改革的基本要求和总体思路，将文化制度改革与其对接好，实现步调一致、政策配套、制度衔接。

其次，要做到重目标统筹。文化制度改革的目标是解决文艺工作发展中存在的各项问题，不是一个虚无缥缈的口号，因此文化制度的改革既要做到求新求变，又要做到务求实效。要将务求实效作为文化制度改革的重要原则，始终坚持实事求是，坚持先难后易，有条不紊地推进文化制度的各方面改革。

再次，要重实施统筹。不仅要做到整体推进，还要重点突破。任务有轻重缓急，矛盾也有主次之分，文化制度改革中也存在轻重缓急的不同状况，所以要找到主要矛盾，突破重点难题，把那些与整体改革的中心任务对接联系紧、关系大，群众反映强烈、关注度较高的问题作为重点来抓，实现重点突破带动整体推进。

复次，要重方法统筹。既要做到积极探索，又要遵循文艺发展的规律。改革不是主观臆想，也不是异想天开，而是要切实解决问题。解决问题的前提就是认识问题，找出事物发展的规律，文艺工作关系到意识形态领域，抓住其发展规律才能更好地为社会主义建设服务。因此，要以稳妥审慎的科学态度、辩证施策的思想方法推进文化制度改革，做到既符合文艺工作规律，又能发挥文化制度改革对于社会其他各项改革的协调推进。

最后，要重力量统筹。文化制度改革既要做到分工协作，又要做到上下联动。从责任分工上看，文化制度改革的负责与带头单位主要是政府部门，但是要努力发挥上下联动的效力，形成上级部门与下级部门的联合，广泛凝聚改革的共识，发挥各方面的积极性，共同形成强大的合力，确保文化制度改革措施有序推进、收到实效。

7.4 建构新时代中国特色社会主义文艺的话语体系

国际话语是指国与国在国际交往中围绕国家利益、就本国事务和国际事务发表意见的权利。国际话语体系的建设不仅靠硬实力建设，还要靠软实力建设。话语权是连接他国形象与本国形象的重要纽带，作为话语权建设重要手段的中国特色社会主义文艺，其发展成效关乎我国国家形象在世界的树立。

7.4.1 坚持新时代中国特色社会主义文艺的"民族性"标准

文化的民族性是文化身份构成的主要标识，是新时代中国特色社会主义文艺的"根"与"魂"，只有坚守"民族性"的标准，才能在全球化浪潮中，保持中国特色社会主义文艺永不褪色，在世界文艺百花园中站稳脚跟。坚持新时代中国特色社会主义文艺的"民族性"标准，要做到以下几个方面。

首先，加深对文化的"民族性"与"世界性"的历史发展历程的了解。在《共产党宣言中》，马克思指出："资产阶级，由于开拓了世界市场，使一切国家的生产和消费都成为世界性的了。""过去那种地方的和民族的自给自足和闭关自守状态，被各民族的各方面的互相往来和各方面的互相依赖所代替了。物质的生产是如此，精神的生产也是如此。各民族的精神产品成了公共的财产。民族的片面性和局限性日益成为不可能，于是由许多种民族的和地方的文学形成了一种世界的文学。"① 在马克思的语境中，这种"世界文学"就是"世界文化"，即文化的世界性。其实早在马克思、恩格斯之前就有学者提出了类似观点，歌德认为世界文化的时代已经到来，任何国家和民族都不能阻挡这一趋势，但是在融入世界文学的大潮中时，文化的民族性也不能抛弃，优秀的文学必须既是世界的，又是民族的。同时，歌德也认为世界上各民族的文学应当进行交流，不能与世隔

---

①马克思，恩格斯．共产党宣言［M］．北京：人民出版社，2018：31.

绝。因此，在从歌德时期便看到了世界文学趋势的到来，马克思将这一观点深化，深入世界文化产生的经济事实中去，找到了世界文化发展的根源。在马克思、恩格斯看来，世界文学的趋势是伴随着经济扩张而来的。

其次，把握好文化的"民族性"与"世界性"二者之间的辩证关系。文化的发展历程表明，文化发展的世界性是势不可挡的历史趋势，符合历史发展的规律。文化的民族性与文化的世界性是个性与共性、特殊性与普遍性的关系。二者互为矛盾的正反面，彼此关联，相互依存。文化的民族性揭示的是文化发展的共性问题，而文化的世界性则揭示的是文化的个性方面。但是归根到底，文化的民族性是矛盾的主要方面，而文化的世界性则为矛盾的次要方面。也就是说民族性是本，只要坚持文化的民族性标准，文化的世界性才有意义，正确处理二者之间关系的态度应当是坚持文化的民族性标准。积极汇入世界文化总体发展的进程中去，在文化的世界性浪潮中，保持开放与包容的心态，积极吸取别的民族的优秀文化，为本民族的文化提供有益的滋养，坚决抵制不良影响，克服与超越自身的局限性与片面性，最终才能真正成为赢家，不被历史所抛弃。

最后，坚持文化自信。文化自信是一个国家、民族建构自我文化身份的内在规定，能够为该国、该民族提供基于其价值、信仰与民族认同之上的自我辨识。习近平总书记在中国文联十大、中国作协九大开幕式上的讲话中指出："没有文化自信，不可能写出有骨气、有个性、有神采的作品。"① 接着，他还指出："坚定文化自信，是事关国运兴衰、事关文化安全、事关民族精神独立性的大问题。"② 习近平总书记站在国家的高度指出了在文艺发展领域坚定文化自信的重大意义，这为我们发展文化的民族性提供了方法论的指引，这告诉我们在发展民族的文化时，则必须坚定文化自信、彰显民族精神与民族气质，但是我们也反对盲目的文化自信。我国的文化自信来源于对自我文化的认同，是本民族深层次的信心，文化自信作为一个国家、民族对待自身文化的态度，是该国、该民族文化区别于他国、他民族文化的本质特征。因此，必须坚定文化自信，在面对外来文化时，绝不能有一丝一毫的含糊；在借鉴吸收外来文化时，绝不能以损害文化的民族性为代价，恪守自我文化身份，承认自我文化的合适性与正当

----

① 习近平在中国文联十大、中国作协九大开幕式上的讲话 [N]. 人民日报, 2016-12-01 (02).
② 习近平在中国文联十大、中国作协九大开幕式上的讲话 [N]. 人民日报, 2016-12-01 (02).

性。

7.4.2 提炼立足中国文艺经验的标识性话语

新时代中国特色社会主义文艺不是凭空产生的，而是继承了中华优秀传统文化和社会主义新文化。如中华优秀传统文化中的礼乐文化，以礼为主，以乐为辅，礼乐配合，形成了在中国环境中特有的文化现象。礼乐文化不仅铸就了灿烂的中华文化，而且丰富了人类文明的精神宝库。礼乐文化中所体现的中国传统的礼治和德治的价值观念，让世界了解到一个礼仪大邦所拥有的魅力。在历史的长河中礼乐文化并没有褪去价值。针对新时代社会主义文艺的发展，习近平强调要弘扬中华美学精神，充分体现了新时代文艺理论对传统文化中美学价值的挖掘。儒家所提倡的"和为贵"的待人之道、"仁爱"思想、"中庸"的处世态度等，具有超越时空的价值。此外，改革开放以来，一系列歌颂祖国的文艺作品纷纷涌现，在中国的大地上讲述着中国人的故事，展现着中国梦的价值追求。《霸王别姬》是中国传统京剧的灿烂传奇，西楚霸王与虞姬悲情的爱情故事永远定格在中国文学的字里行间，也定格在中国戏曲的舞台上。由谭盾改编的新版《霸王别姬》将交响乐队与钢琴、京剧青衣相结合，形成中国戏曲与西方音乐的融合，在保留传统京剧元素的基础上，将中国传统京剧融入西方交响乐的思维重新演绎经典国粹。谭盾表示他希望能用交响乐与钢琴把中国的经典国粹传播出去，将钢琴、交响乐、京剧、琵琶等元素融合，形成中国独有的文艺元素。希望用西方的文艺形式讲述中国故事，让世界对中国刮目相看。当前是一个开放包容、多种文明相互交织的时代，广大文艺工作者在新时代中国特色社会主义文艺理论的坚强指导下，充分挖掘传统文化中的重礼仪、尚民本等价值观念，在保留中国传统文化基本元素的基础上，以西方文化为媒介，与中国本土文化结合，塑造一个又一个的"中国形象"，向世界讲述一个又一个的"中国故事"，让中华文化走出国门，传播当代中国人的价值观念。

中国梦包含着中国人民的价值体认和价值追求，提炼具有中国文化经验的标示性话语也必须和中国梦结合。中国梦的实现要靠有力的道德支撑。新时代，习近平要求广大文艺工作者不仅要创作有道德的文艺作品，而且要求广大文艺工作者自身要加强道德修养，提高道德水准。一个没有道德的文艺工作者是不可能创作出有道德的文艺作品的，一个没有道德的文艺工作者是不可能把人民放在至高无上的地位的。道德的力量是无穷无尽的，道德精神不仅是中国人的精神要求，而且是全世界人民的价值标准。道德精神不仅用于解决人与人之间的矛盾冲突，而且用于解决国与国之间的矛盾对抗。一个没有道德的国家，其国家利益是建立在损害他国利益之上的；一个没有道德的国家，是一个违背诚信的国家，是一个自私自利的国家。道德精神无论是在过去、现在，还是在将来，对于处理国际关系问题都具有重要的现实价值。道德精神既具有民族性，又具有世界性。新时代广大文艺工作者通过创作无愧于时代的文艺精品，将中国文化的基本元素与世界文化的基本元素结合，通过一首诗、一首歌、一部电影、一部话剧、一个展览、一个故事等向世界传递中国的价值观念。广大文艺工作者应始终坚持社会主义核心价值观的引导，坚持弘扬社会主旋律，追求真善美，传播正能量，把中国梦作为基本元素贯穿在文艺作品中，积极地把中国传统的价值观念向世界传播，让世界用简洁的方式更加清晰明了地了解中国，了解中国人的生活方式、传统习俗、风俗人情、价值观念等，展现中华文化的独特魅力，增强中华文化的凝聚力和感召力。新时代广大文艺工作者用感人的文字、动人的笔触温暖了人心，感动了中国，也感动了世界。广大文艺工作者以中国梦为生动载体，在传播中国的价值理念方面发挥着不可磨灭的重要作用。

新时代，我国日益走近世界舞台的中央，世界对我国的关注度越来越高，我国对世界的影响力也越来越大。新时代广大文艺工作者在中国共产党的坚强领导下，把中国的价值理念，如和平、发展、合作、共赢等，融入文艺创作的全过程，利用中国形式全新展开，做了新概念新表述新阐释。要想使中国的价值理念真正传播出去，就要求广大文艺工作者以中国梦为载体，不仅要讲"好"的中国故事，而且要讲"好"中国故事。中国梦是习近平在参观《复兴之路》展览时提出的，《复兴之路》大型主题展览"回顾了中华民族的昨天，展示了中华民族的今天，宣示了中华民族的明天"①，让我们深刻地意识到中华民族的昨天是历经沧桑、苦难深重，中华民族的今天是花团锦簇、成就斐然，中华民族的明天必是欣欣向荣、一

①习近平.习近平谈治国理政（第一卷）［M］.北京：外文出版社，2018：35.

片光明。《复兴之路》展览向全世界宣示了中华民族是珍爱和平的民族，历史上的我们深刻体会到了战争带给我们的沉重灾难，所以我们深知和平生活的来之不易。我国一直坚定不移地走和平发展道路，20 世纪我们提出和平共处五项原则，为国家间解决争端提供了国际准则。新时代，我们提出"一带一路"倡议、构建人类命运共同体、设立亚洲基础设施投资银行、举办 G20 杭州峰会、金砖国家厦门峰会等，努力承担国际责任，为全球发展提供中国智慧和中国方案，向全世界表明我们坚定不移走和平发展道路的决心。我们始终把全人类的和平发展当作我们追求的目标，中国坚持的和平发展道路凝聚了世界各国人民的价值观，体现了全人类共同的价值追求。当代中国的价值理念通过《复兴之路》展览得以向世界传播，充分展现了新时代中国特色社会主义文艺发展的强大感召力和影响力。

7.4.3 构建基于民族审美之上的现代审美范式

"一个国家、一个民族的审美倾向、审美追求，反映了这一国家、民族的价值选择、社会理想、人伦道德。"[1] 因此，审美范式的建构不仅对于艺术家有着重要意义，同时也对一个国家和民族价值体系的建构发挥着重要作用。它体现的是一个民族、一个国家的社会文化选择，决定了一个人的审美倾向。在五千多年的历史进程中，中华民族形成了极为重要且影响也极为深远的审美范式，在现代化进程加快的今天，仍旧焕发出了强大的生命力。在中国走向强起来的新时代，我们亟须构建极具中国特色的审美范式，以全新的视野进入国际审美体系，为我们走向中华民族伟大复兴提供坚强的精神支撑。构建基于民族审美之上的现代审美范式，要做到以下三点。

首先，继承中国传统审美中的优秀成分。中国优秀传统审美作为人类审美活动的重要内容，经历了几千年的洗礼，仍旧展现出顽强的生命力并且具有很强的现实针对性。我国传统审美凝结了中华民族的伦理道德、社会理想、人生观、价值观。它们不仅是中华民族的审美追求，影响了人们的艺术选择，同时也对世界的审美做出了突出的贡献。尤其在唐朝时期，在欧洲范围内掀起了一阵"中国风"，这阵风首先是从器物等实物方面兴

---

① 杜学文. 构建具有民族特色的现代审美体系是新时代的必然召唤［N］. 文艺报，2017-11-08.

起的。唐朝的瓷器、丝绸等通过丝绸之路被运往欧洲各国，畅销欧洲。欧洲人对器物的喜爱，逐渐延伸到了对中国绘画、戏剧、音乐等的喜爱，甚至在审美上发生了一些微妙的变化。中国的艺术传入以后，欧洲开始崇尚自然表现世俗生活的艺术风格。这一风格的微妙转变，体现了当时中国的审美范式对欧洲造成了一定程度的冲击。同时，中国传统的审美范式与世界审美范式也存在一定的趋同性，例如许多现代派的作品强调理念，这与中国传统审美范式中的言志之风有着异曲同工之妙；又如意象派的诗歌与中国诗歌的短小精干也有着相似之处。这些都表明了中国传统的审美范式对世界的审美范式产生了一定的影响，并且中国传统的审美范式并不排斥现代性，在现代化进程加快的今天，仍然能够从传统审美中汲取丰富的营养。

其次，继承现代化进程中的优秀审美范式。中国现代化的进程与西方国家的现代化进程有所不同，表现出了其特殊性。中国现代化的进程是被动的，而与此形成鲜明对比的是西方国家的现代化进程，西方国家的现代化进程是自生的。因此，在现代化的过程中，中西的审美范式有着很大的差别。在现代化的过程中，中国共产党带领全国人民开展了民族解放和国家独立的革命，在这一过程中，我们强调民族道义，强调英雄主义与集体主义；在艺术创作中我们强调艺术对于民众思想解放以及思想引领的重要作用，突出艺术创造的社会责任，形成了具有时代烙印的审美范式。如今，虽然新时代中国特色社会主义文艺建设取得了巨大成就，但是我们仍要继承在革命、建设和改革开放时期形成的审美范式，弘扬中华民族顽强奋进、自强不息的精神品格，在此基础上积极融入时代因素，使我们的审美范式适应新时代发展的要求。

最后，要在学习借鉴融合外来有益成分的基础上进行创新。中华民族历来都拥有开放包容的品格。近代以来，西方国家在对我国进行侵略的过程中，对我国经济社会造成了极大的破坏，但是也不可否认，在此过程中，西方一些现代艺术的传入对我国的审美范式产生了一定的影响。新时代以来，译介外来创作思潮与审美理论的作品在我国又掀起了一阵热潮，这一系列作品在一定程度上拓展了我国艺术的表现形式，冲击了我们既有的审美范式，使得我们的审美有了更大的可能性，也提供了更多的借鉴。结合新时代的要求，借鉴、融合、扬弃外来文化中的相关元素，是实现中华文化与中国审美的创造性转化和创新性发展的要求，同时也是中国审美对人类文明的责任。

结　论

　　党的十九大报告做出了中国特色社会主义进入新时代的重大政治判断，拉开了中华民族伟大复兴进入新时代的大幕，实现"两个一百年"奋斗目标、实现中华民族伟大复兴的中国梦，文艺的作用不可替代，文艺工作者大有作为。新时代以来，以习近平同志为核心的党中央高度重视优秀文艺作品对社会正能量的引导作用，在许多重要场合多次提及文艺工作者一定要摒弃浮躁，推出精品力作，一定要把新时代中国特色社会主义文艺建设放到坚定"四个自信"的高度去认识，在实践工作中有所为和有所不为。新时代中国特色社会主义文艺建设，有力地回答了新时代为什么发展文艺，发展什么样的文艺，怎样发展文艺等重大问题，也告诉了广大文艺工作者应该为谁创作、创作什么和如何创作的文艺的根本问题。同时，还从世界文化的高度，强调继承中华优秀传统文化的重要价值。无论是传统文化底蕴的深厚，还是为人民创作的文艺传统的源远流长，中国特色社会主义文艺都有着得天独厚的资源优势，应该在继承中华优秀传统文化的基础上开拓创新，创作出属于我们这个时代的优秀作品。时代呼唤作家、艺术工作者扎根人民，扎根生活，继承中华优秀传统文化，弘扬中华美学精神，以社会主义核心价值观引导自己的创作，创作出无愧于这个伟大时代的艺术精品，重塑我们时代的精神品格和艺术境界。同时，全面掌握新时代中国特色社会主义文艺建设的实践成效，提升文艺工作者信心，及时总结新时代中国特色社会主义文艺在实践中面临的问题，并对存在的问题进行原因剖析，是新时代中国特色社会主义文艺行稳致远的关键举措。

参考文献

一、经典著作和重要文献

［1］马克思恩格斯选集（1-4 卷）［M］．北京：人民出版社，2012.

［2］马克思恩格斯文集（1-10 卷）［M］．北京：人民出版社，2009.

［3］列宁专题文集（1-5 卷）［M］．北京：人民出版社，2010.

［4］列宁选集（1-4 卷）［M］．北京：人民出版社，1995.

［5］毛泽东选集（1-4 卷）［M］．北京：人民出版社，1991.

［6］毛泽东文集（1-2 卷）［M］．北京：人民出版社，1993.

［7］毛泽东文集（3-4 卷）［M］．北京：人民出版社，1996.

［8］毛泽东文集（6-8 卷）［M］．北京：人民出版社，1999.

［9］邓小平文选（1-2 卷）［M］．北京：人民出版社，1994.

［10］邓小平文选（第 3 卷）［M］．北京：人民出版社，1993.

［11］江泽民文选（1-3 卷）［M］．北京：人民出版社，2006.

［12］胡锦涛文选（1-3 卷）［M］．北京：人民出版社，2016.

［13］习近平．习近平谈治国理政（第一卷）［M］．北京：外文出版社，2018.

［14］习近平．习近平谈治国理政（第二卷）［M］．北京：外文出版社，2017.

［15］中共中央文献研究室．十二大以来重要文献选编（上中下）［M］．北京：中央文献出版社，2011.

［16］中共中央文献研究室．十三大以来重要文献选编（上中下）［M］．北京：中央文献出版社，2011.

［17］中共中央文献研究室．十四大以来重要文献选编（上中下）［M］．北京：中央文献出版社，2011.

[18] 中共中央文献研究室. 十五大以来重要文献选编（上中下）[M]. 北京：中央文献出版社，2011.

[19] 中共中央文献研究室. 十六大以来重要文献选编（上中下）[M]. 北京：中央文献出版社，2011.

[20] 中共中央文献研究室. 十七大以来重要文献选编（上）[M]. 北京：中央文献出版社，2009.

[21] 中共中央文献研究室. 十七大以来重要文献选编（中）[M]. 北京：中央文献出版社，2011.

[22] 中共中央文献研究室. 十七大以来重要文献选编（下）[M]. 北京：中央文献出版社，2013.

[23] 中共中央文献研究室. 十八大以来重要文献选编（上）[M]. 北京：中央文献出版社，2014.

[24] 中共中央文献研究室. 十八大以来重要文献选编（中）[M]. 北京：中央文献出版社，2016.

[25] 中共中央党史和文献研究院. 十八大以来重要文献选编（下）[M]. 北京：中央文献出版社，2018.

[26] 习近平. 决胜全面建成小康社会 夺取新时代中国特色社会主义伟大胜利——在中国共产党第十九次全国代表大会上的报告 [M]. 北京：人民出版社，2017.

[27] 党的十九大报告辅导读本 [M]. 北京. 人民出版社，2017.

[28] 习近平总书记系列重要讲话读本 [M]. 北京：人民出版社，2016.

[29] 习近平. 之江新语 [M]. 杭州：浙江人民出版社，2007.

[30] 《中共中央关于坚持和完善中国特色社会主义制度、推进国家治理体系和治理能力现代化若干重大问题的决定》辅导读本 [M]. 北京：人民出版社，2019.

[31] 中共中央关于坚持和完善中国特色社会主义制度、推进国家治理体系和治理能力现代化若干重大问题的决定 [M]. 北京：人民出版社，2019.

[32] 中共中央文献研究室. 习近平关于协调推进"四个全面"战略布局论述摘编 [M]. 北京：中央文献出版社，2015.

[33] 中共中央文献研究室. 习近平关于社会主义社会建设论述摘编 [M].

北京：中央文献出版社，2017.

［34］中共中央党校采访实录编辑室.习近平的七年知青岁月［M］.北京：中共中央党校出版社，2017.

［35］中共中央宣传部.习近平总书记系列重要讲话读本［M］.北京：学习出版社，2016.

［36］中共中央宣传部.习近平总书记在文艺工作座谈会上的重要讲话学习读本［M］.北京：学习出版社，2015.

［37］中共中央宣传部.习近平新时代中国特色社会主义思想三十讲［M］.北京：学习出版社，2018.

［38］深化文艺体制改革推动社会主义文艺大发展大繁荣十讲［M］.北京：中共中央党校出版社，2011.

［39］中共中央关于繁荣发展社会主义文艺的意见［M］北京：人民出版社，2015.

［40］人民日报评论部.习近平用典［M］.北京：人民日报出版社，2015.

［41］中共中央文献研究室.习近平关于社会主义文化建设论述摘编［M］.北京：中央文献出版社，2017.

［42］习近平中国梦重要论述学习问答编写组.习近平中国梦重要论述学习问答［M］.北京：党建读物出版社，2014.

［43］学习小组.平天下：中国古典政治智慧［M］.北京：人民出版社，2016.

二、相关研究著作

［1］张江.实现新时代中国特色社会主义文艺的历史使命［M］.北京：中国社会科学出版社，2019.

［2］熊元义.中国特色社会主义文艺理论研究［M］.北京：人民出版社，2010.

［3］刘成.当代马克思主义文艺理论中国化的最新成果——学习习近平文艺思想的体会［M］.北京：作家出版社，2018.

［4］何国瑞.社会主义文艺学［M］.武汉：武汉大学出版社，2001.

［5］沈壮海.吸引力影响力文艺软实力中国特色社会主义文艺建设［M］.武汉：武汉大学出版社，2014.

［6］梁漱溟.中国文化要义［M］.上海：上海人民出版社，2011.

[7] 张岱年. 中国文化精神 [M]. 北京：北京大学出版社，2015.

[8] 陈晋. 毛泽东与文艺传统 [M]. 北京：东方出版社，2014.

[9] 罗嗣亮. 现代中国文艺的价值转向：毛泽东文艺思想与实践新探 [M]. 北京：社会科学文献出版社，2015.

[10] 邱明正，蒯大申. 邓小平文艺思想论稿 [M]. 上海：上海文艺出版社，2004.

[11] 程正民. 列宁文艺思想与当代 [M]. 北京：北京师范大学出版社，1997.

[12] 朱立元. 马克思主义文艺理论中国化研究 [M]. 北京：经济科学出版社，2007.

[13] 畅广元. 马克思主义文艺理论（第 2 版）[M]. 北京：高等教育出版社，2006.

[14] 葛朗. 当代文艺语境下的马克思主义文艺观新阐释 [M]. 上海：上海书店出版社，2011.

[15] 胡子克. 马克思主义理论教育概论 [M]. 北京：人民出版社，2005.

[16] 任仲文. 深入学习习近平同志关于实现中华民族伟大复兴的中国梦重要论述 [M]. 北京：人民日报出版社，2014.

[17] 杨光斌. 习近平的国家治理现代化思想：中国文明基体论的延续 [M]. 北京：中国社会科学出版社，2015.

[18] 尚延龄. 马列文艺思想论稿 [M]. 兰州：甘肃文艺出版社，2002.

[19] 樊篱. 马克思主义文艺思想发展初论 [M]. 长沙：湖南出版社，1987.

[20] 张居华. 毛泽东文艺思想系统论 [M]. 成都：四川大学出版社，1992.

[21] 季水河. 回顾与前瞻——论新中国马克思主义文艺理论研究及其未来走向 [M]. 北京：中国社会科学出版社，2009.

[22] 全国毛泽东文艺思想研究会. 毛泽东文艺思想研究（1-3 册）[M]. 长沙：湖南人民出版社，1983.

[23] 马广荣. 回望与思考——纪念延安文艺座谈会召开 70 周年论文集 [M]. 北京：人民出版社，2014.

[24] 黄曼君. 毛泽东文艺思想与中国文艺实践 [M]. 武汉：华中师范大学出版社，2002.

[25] 刘忠. 在《延安文艺座谈会上的讲话》研究 [M]. 北京：人民文学

出版社，2009.

[26] 马龙潜. 论邓小平的文艺思想 ［M］. 北京：北京出版社，1994.

[27] 韩永进. 邓小平文艺思想论集 ［M］. 北京：文化艺术出版社，2005.

[28] 张绵里. 新时期文艺政策与党的三代领导核心的文艺思想 ［M］. 北京：中央民族大学出版社，2006.

[29] 徐放鸣. 中国形象的艺术呈现研究 ［M］. 南京：江苏人民出版社，2014.

[30] 庞红梅. 论文学与电影 ［M］. 北京：人民日报出版社，2016.

[31] 张江等. 马克思主义文艺研究 ［M］. 北京：中国社会科学出版社，2016.

[32] 童庆斌. 20 世纪中国马克思主义文艺理论研究 ［M］. 北京：北京大学出版社，2012.

[33] 卢燕娟. 人民文艺再研究 ［M］. 北京：文化艺术出版社，2015.

[34] 徐莲，周汉萍. 艺海观潮——2015—2016 年度评论集 ［M］. 北京：文化艺术出版社，2016.

[35] 张江. 建设新时代社会主义文化强国 ［M］. 北京：中国社会科学出版社，2019.

[36] 陈胜云. 中国特色社会主义文化实践论 ［M］. 上海：上海三联书店.2009.

[37] 全国干部培训教材编审指导委员会组织编写. 社会主义文化强国建设 ［M］. 北京：人民出版社，2015.

[38] 全国干部培训教材编审指导委员会组织编写. 推动社会主义文化繁荣兴盛 ［M］. 北京：人民出版社，2019.

[39] 冯颜利. 中国特色社会主义文化制度研究 ［M］. 北京：经济科学出版社，1970.

[40] 王光秀. 中国特色社会主义文化建设研究 ［M］. 北京：人民日报出版社，2017.

[41] 颜晓峰. 坚持中国特色社会主义文化 ［M］. 重庆：重庆出版社，2019.

[42] 高宁. 中国特色社会主义文化生产方式研究 ［M］. 广州：暨南大学出版社，2016.

[43] 瞿秋白. 瞿秋白文集（第四卷）［M］. 北京：人民文学出版社，1986.

[44] 胡惠林. 文化政策学［M］. 太原：书海出版社，2006.

[45] 仲呈祥. 中国电视剧历史教程［M］. 北京：中国传媒大学出版社，2010.

[46] 郁龙余. 印度文化论［M］. 重庆：重庆出版社，2008.

[47] 张胜冰，徐向显，马树华. 世界文化产业概要［M］. 昆明：云南大学出版社，2006.

[48] 朱桦，黄宇. 经典与时尚——当代国际奢侈品产业探析［M］. 上海：上海人民出版社，2013.

[49] 张薇. 华丽家族：时尚名门的经典创意与品牌传奇［M］. 哈尔滨：哈尔滨出版社，2009.

[50] 凌金铸，刘勇，徐辰. 中国文化体制改革理论与实践［M］. 上海：上海交通大学出版社，2014.

[51] 王晴川，陆地. 媒介法规教程［M］. 上海：上海交通大学出版社，2013.

[52] 姚林青. 版权与文化产业发展研究［M］. 北京：经济科学出版社，2012.

[53] 张胜冰，徐向显，马树华. 世界文化产业概要［M］. 昆明：云南大学出版社，2006.

[54] 胡惠林. 国家文化安全研究导论［M］. 上海：上海人民出版社，2013.

[55] 文化部计划财务司. 中国文化文物统计年鉴1998［M］. 北京：北京图书出版社，1998.

[56] 蔡武. 改革发展繁荣：改革开放30年中国文化发展报告［M］. 北京：文化艺术出版社，2008.

[57] 文化部计划财务司. 中国文化文物统计年鉴1999［M］. 北京：北京图书馆出版社，1998.

[58] 胡惠林. 变革与创新中国文化产业新突破［M］. 昆明：云南大学出版社，2009.

[59] 雷宗荣. 重庆市沙坪巧区优秀群众文学作品选［M］. 重庆：西南师范大学出版社，1994.

[60] 王运熙. 中国文论选（现代卷下）[M]. 南京：江苏文艺出版社，1999.

[61] 贺麟. 文化与人生 [M]. 北京：商务印书馆，2015.

[62] 顾海良，沈壮海. 文化强国之路 [M]. 长沙：湖南教育出版社，2014.

[63] 黄一兵. 中国特色社会主义制度 [M]. 广州：广东教育出版社，2014.

[64] 石芳，韩震. 多元文化背景下的核心价值观教育 [M]. 北京：人民出版社，2014.

[65] 高地. 中国共产党社会主义核心价值观教育研究 [M]. 北京：人民出版社，2014.

[66] 范英等. 文化强国论 [M]. 广州：广东高等教育出版社，2013.

[67] 洪晓楠. 社会主义文化强国建设研究 [M]. 广州：广东高等教育出版社，2013.

[68] 周和平等. 文化强国战略 [M]. 北京：学习出版社，2013.

[69] 冯颜利. 中国特色社会主义文化制度研究 [M]. 北京：经济科学出版社，2013.

[70] 肖贵清. 中国特色社会主义制度基本问题研究 [M]. 北京：人民出版社，2013.

[71] 李德顺. 价值论——一种主体性的研究 [M]. 北京：中国人民大学出版社，2013.

[72] 金元浦. 中国文化概论 [M]. 北京：中国人民大学出版社，2012.

[73] 郭建宁. 中国文化强国战略 [M]. 北京：高等教育出版社，2012.

三、期刊论文

[1] 李凯，郑莉. 习近平新时代关于文艺重要论述的历史地位和价值 [J]. 四川师范大学学报（社会科学版），2019（01）.

[2] 万希平. 增强文化自觉提高文化自信建设文艺强国 [J]. 求知，2011（11）.

[3] 王丹. 马克思主义文艺观的价值意蕴与时代使命 [J]. 长春师范大学学报，2019（01）.

[4] 代迅. 马克思主义文艺理论中国化的内在逻辑 [J]. 文学评论，1997

（04）.

[5] 周晓风. 新中国文艺政策的形成及其演变［J］. 重庆师范大学学报（哲学社会科学版），2007（02）.

[6] 张三元，孙虹玉. 论习近平文艺思想的人民性［J］. 湖北经济学院学报，2018（01）.

[7] 谢宝利. 习近平文艺思想的哲学底蕴［J］. 青海社会科学，2019（03）.

[8] 王洪斌. 习近平新时代中国特色社会主义文艺思想的哲学维度［J］. 中共南昌市委党校学报，2019（03）.

[9] 程民生. 清明上河图及其世界影响的奇迹［J］. 河南大学学报（社会科学版），2016（01）.

[10] 吴爱邦. 当代马克思主义文艺理论的新发展［J］. 湖湘论坛，2015（05）.

[11] 李朝润. 文化建设的导向航标——学习习近平总书记关于文艺工作座谈会上的讲话［J］. 艺术百家，2015（02）.

[12] 范周. 文艺繁荣，文化产业如何作为？［J］. 四川戏剧，2015（09）.

[13] 张筱强. 文艺社会价值的重审与重建［J］. 中国党政干部论坛，1997（01）.

[14] 蒋述卓，李石. 论习近平文艺思想对中国马克思主义文艺理论的创新与发展［J］. 暨南学报（哲学社会科学版），2018（02）.

[15] 胡艺华. 论习近平文艺思想的逻辑体系［J］. 理论月刊，2018（02）.

[16] 罗新河. 社会主义文艺繁荣需要怎样的文艺批评［J］. 人民论坛·学术前沿，2017（09）.

[17] 郑中. 论习近平文艺思想［J］. 理论学刊，2018（03）.

[18] 乔丹丹，王让新. 不同历史时期党的文艺工作指导思想比较［J］. 人民论坛，2015（12）.

[19] 李翔海. 中华民族伟大复兴需要中华文艺发展繁荣［J］. 求是，2013（24）.

[20] 杨娇. 中国文艺的方向从"革命武器"到"前进号角"［J］. 求索，2016（03）.

[21] 周晓红. 毛泽东文艺思想与习近平文艺思想的比较研究［J］. 传承，

2015（06）.

［22］刘珍，庞虎. 相隔 72 年的两次文艺座谈会之比较［J］. 湖南省社会
主义学院学报，2015（01）.

［23］童庆炳. 中国特色社会主义文艺思想的时代性——兼谈中国当代文艺
家的历史责任［J］. 北京师范大学学报，2015（02）.

［24］黄展人. 社会主义文艺与共产主义理想［J］. 学术研究，1983（01）.

［25］李力，黄南山. 社会主义文艺与社会主义精神文明建设［J］. 社会科
学，1983（11）.

［26］骆郁廷. 文化软实力：基于中国实践的话语创新［J］. 中国社会科
学，2013（01）.

［27］童庆炳. "审美意识形态论"作为文艺学的第一原理［J］. 文学前
沿，1990（01）.

［28］仲呈祥. 文艺批评：增强文化自觉和文化自信［J］. 艺术百家，2013
（02）.

［29］连颖. 社会主义文艺是为人民的文艺——党的文艺思想历史逻辑初探
［J］. 毛泽东邓小平理论研究，2015（09）.

［30］董学文. 如何发挥文艺的价值引领作用［J］. 求是，2014（20）.

［31］张允熠. 社会主义核心价值观的中华文艺要素［J］. 马克思主义研
究，2015（06）.

［32］欧阳雪梅. 十八大以来社会主义文化强国建设的理论与实践［J］. 毛
泽东邓小平理论研究，2015（09）.

［33］张江. 中国精神是社会主义文艺的灵魂［J］. 求是，2014（01）.

［34］王达阳. 文艺为社会主义服务，为人民服务——解读邓小平《在全
国文学艺术工作者第四次代表大会上的祝词［J］. 毛泽东思想研究，
2012（02）.

［35］苏蔓，欧阳飞翔. 毛泽东与马克思主义文学理论中国化［J］. 毛泽东
思想研究，2013（02）.

［36］唐丕跃. 习近平对马克思主义文艺理论的新贡献［J］. 毛泽东研究，
2015（04）.

［37］董学文. 马克思主义文艺理论中国化新表述［J］. 前线，2014（12）.

［38］石世明. 中国共产党三代领导人的文艺思想简论［J］. 探索，2003

（01）.

[39] 黄曼君. 论毛泽东文艺思想的现代性特征 [J]. 西北大学（哲学社会科学版），2001（01）.

[40] 赵凯. 马克思主义文艺学中人学理念的当代意义 [J]. 文艺研究，2009（06）.

[41] 包忠文. 关于马克思恩格斯文艺思想的体系问题 [J]. 南京大学学报，1983（03）.

[42] 崔柯. 革命与文艺———列宁对马克思主义文艺理论的发展 [J]. 文艺理论与批评，2015（01）.

[43] 董学文. 论《在延安文艺座谈会上的讲话》的现实意义——纪念《讲话》发表 70 周年 [J]. 思想理论教育导刊，2012（05）.

[44] 赵凯. 论马克思主义文艺理论中国化的进程和理论成果 [J]. 安徽大学学报（哲学社会科学版），2011（05）.

[45] 王永友. 论邓小平文艺思想的理论体系与科学逻辑 [J]. 思想理论教育导刊，2015（03）.

[46] 王元骧. 实践的思想与马克思主义文艺理论研究的变革 [J]. 江苏社会科学，2002（01）.

[47] 刘润为. 迎接中国化马克思主义文艺理论的春天 [J]. 文艺理论与批评，2015（01）.

[48] 杨晓平. 论毛泽东的人民文艺观 [J]. 毛泽东思想研究，2007（11）.

[49] 金永兵. 为中华文艺复兴铸魂 [J]. 社会科学战线，2015（02）.

[50] 崔治忠. 社会主义核心价值观的价值意蕴 [J]. 理论探索，2015（03）.

[51] 马建辉. 中国特色社会主义文艺理论的基本特征初探 [J]. 湖南社会科学，2014（06）.

[52] 王少青. 试论毛泽东的文艺实践观 [J]. 中国社会科学，2009（01）.

[53] 张晶. 人民是文艺审美的主体——对习近平同志在文艺工作座谈会上讲话的美学理解 [J]. 现代传播（中国传媒大学学报），2015（01）.

[54] 陶水平. 深化文艺美学研究弘扬中华美学精神 [J]. 江西师范大学学报（哲学社会科学版），2015（03）.

[55] 苏仁先. 马克思主义文艺思想的继承和发展——学习习近平总书记系

列重要讲话体会之八十七 [J]. 前线，2015（06）.

[56] 沈辰辰，袁寿其. 习近平社会主义法治思想的人本向度 [J]. 江苏大学学报（社会科学版），2015（04）.

[57] 徐放鸣. 以人民为本位与当代文艺的新使命——学习习近平总书记在文艺工作座谈会上的讲话 [J]. 艺术百家，2015（02）.

[58] 刘芳. 对文化自觉和文化自信的战略考量 [J]. 思想理论教育，2012（01）.

[59] 孙书文. 论网络文艺发展与社会主义文艺的繁荣发展 [J]. 山东社会科学，2015（02）.

[60] 党圣元. 文艺发展与文艺需求的多样化调适 [J]. 河北学刊，2015（06）.

[61] 何雁. 中国特色社会主义文艺理论发展的三个阶段 [J]. 学习与探索，2010（01）.

[62] 章玉丽. 习近平文艺座谈会讲话与毛泽东文艺思想的共性探究 [J]. 广西社会科学，2015（06）.

[63] 张金尧. 两次文艺座谈会的"经权"思想比较 [J]. 社会科学战线，2015（02）.

[64] 雷晓东. 论我党历史上的两次文艺座谈会 [J]. 赤子（上中旬），2015（09）.

[65] 周雨农. 繁荣文学艺术，传承和创新文艺育人途径——论 2014 年文艺工作座谈会的现实意义 [J]. 新闻研究导刊，2015（02）.

[66] 赵小钧. 论习近平总书记在文艺工作座谈会上讲话的深远意义 [J]. 丝绸之路，2015（02）.

[67] 严琦，左丽君. 试论新时期文艺创作中的"观赏性"——习近平在文艺工作座谈会上讲话精神的思考 [J]. 东方企业文艺，2015（01）.

[68] 刘鹏. 两次文艺座谈会的比较研究 [J]. 黄河之声，2014（18）.

[69] 唐梓翔. 我军文艺工作的历史回顾及启示 [J]. 中共山西省直机关党校学报，2014（06）.

[70] 王晓德. 拉丁美洲与美国外交文化的起源 [J]. 拉丁美洲研究，2007（03）.

[71] 胡惠林. 当代中国文化政策的转型与重构：20 年文化政策变迁与理论发展概论 [J]. 上海交通大学学报（社会科学版），1999（01）.

[72] 胡惠林. 国家文化安全：经济全球化背景下中国文化产业发展策论 [J]. 学术月刊，2000（02）.

[73] 胡惠林. 论 20 世纪中国国家文化安全问题的形成与演变 [J]. 社会科学，2006（11）.

[74] 胡惠林. 论文化冷战与大国文化战略博弈 [J]. 毛泽东邓小平理论研究，2007（02）.

[75] 张晓明，胡惠林，章建刚. 走进"十一五"发展文化产业的新综合与新视野 [J]. 中国报业，2007（03）.

[76] 吴理财. 把治理引入公共文化服务 [J]. 探索与争鸣，2012（06）.

[77] 吴理财. 文化权利概念及其论争 [J]. 中共天津市委觉校学报，2015（01）.

[78] 夏国锋，吴理财. 公共文化服务体系研究述评 [J]. 理论与改革，2011（01）.

[79] 任珺. 政策导向的文化研究 [J]. 南方论丛，2011（03）.

[80] 任珺. 当代都市治理与策略的文化转向：国际经验及深圳创意城市实践 [J]. 南方论丛，2014（03）.

[81] 张培奇，胡惠林. 探索与发展的十年：十六大以来我国文化产业学术研究述评（上）[J]. 学术论坛，2013（01）.

[82] 周锦涛. 中国共产党探索文化强国战略百年历史的基本经验 [J]. 浙江大学学报（人文社会科学版），2020（04）.

[83] 许门友，邓丽君. 论习近平关于全球化背景下我国文化强国建设重要论述的原则向度 [J]. 西安财经大学学报，2020（03）.

[84] 陈留根. 坚持马克思主义在意识形态领域指导地位根本制度的三重逻辑 [J]. 社会主义研究，2020（05）.

[85] 刘颖. 坚持马克思主义在意识形态领域指导地位的根本制度论析 [J]. 学校党建与思想教育，2020（18）.

[86] 杨金海. 关于坚持马克思主义在意识形态领域指导地位根本制度的思考 [J]. 思想理论教育，2020（09）.

[87] 张琳，于建贵. 马克思主义在意识形态领域指导地位根本制度的生成

逻辑［J］.思想教育研究，2020（08）.

［88］姜辉.坚持马克思主义在意识形态领域指导地位的根本制度［J］.红旗文稿，2020（05）.

［89］肖贵清，车宗凯.坚持马克思主义在意识形态领域指导地位的根本制度［J］.思想教育研究，2020（01）.

［90］董学文.坚持马克思主义在意识形态领域指导地位的根本制度［J］.红旗文稿，2020（01）.

［91］石璞.政治与学术的契合：论马克思主义在哲学社会科学领域指导地位的必然与应然［J］.毛泽东邓小平理论研究，2020（04）.

［92］武传鹏.坚持以社会主义核心价值观引领文化建设制度［J］.思想教育研究，2020（01）.

［93］胡凤飞，尤文梦.提升社会主义核心价值观认同的制度之维［J］.学海，2020（04）.

［94］王婷，阎树群.中国共产党维护人民文化权益的百年历程、基本经验与时代进路［J］.江西社会科学，2020（10）.

［95］童兵.文化三题：文化·革命文化·人民文化权益［J］.现代传播（中国传媒大学学报），2020（06）.

四、报纸

［1］董学文.充分认识习近平文艺思想的重大意义［N］.人民日报，2017－10－27.

［2］仲呈祥.习近平文艺思想的实践品格［N］.人民日报，2018－01－16.

［3］习近平总书记的文学情缘［N］.人民日报，2016－10－14（24）.

［4］仲呈祥.习近平文艺思想：时代的召唤人民的需要［N］.光明日报，2017－11－02.

［5］毛巍.习近平总书记关于文艺工作的重要论述开辟了文艺理论的新境界［N］.青海日报，2018－10－29.

［6］李敬泽."两个重要"：文艺地位和作用的再认识［N］.人民日报，2015－03－20.

［7］董学文.习近平文艺思想是中国化马克思主义文艺理论新形态［N］.中国文艺报，2017－11－01.

［8］杨金洲.以人民为中心发展思想的理论逻辑与价值意蕴［N］.光明日

报，2018-11-27.

[9] 习近平. 在纪念马克思诞辰 200 周年大会上的讲话 [N]. 人民日报，2018-05-04.

[10] 党圣元. 多样性与社会主义文艺繁荣发展 [N]. 光明日报，2015-11-02.

[11] 教育部习近平新时代中国特色社会主义思想研究中心. 文化多样化新特点探源 [N]. 人民日报，2019-03-22.

[12] 桑胜高. 多以文艺形式弘扬社会主义核心价值观 [N]. 西江日报，2019-12-30.

[13] 刑云文. 在文化开放中维护国家文化安全 [N]. 光明日报，2019-04-12.

[14] 习近平致中国文联中国作协成立 70 周年的贺信 [N]. 人民日报，2019-07-17（02）.

[15] 习近平在全国宣传思想工作会议上强调：举旗帜聚民心育新人兴文艺展形象　更好完成新形势下宣传思想工作使命任务 [N]. 人民日报，2018-08-23（01）.

[16] 坚定文化自信，建设社会主义文艺强国 [N]. 人民日报，2017-10-16（07）.

[17] 郑晓幸，李明泉. 用全新的眼光看待新文艺群体 [N]. 光明日报，2018-05-19.

[18] 习近平. 在中国文联十大、中国作协九大开幕式上的讲话 [N]. 人民日报，2016-12-01.

[19] 杜学文. 构建具有民族特色的现代审美体系是新时代的必然召唤 [N]. 文艺报，2017-11-08.

[20] 张知干. 时代性、人民性、创新性、开放性 [N]. 文艺报，2017-09-01.

[21] 李百灵，艺博会，"抗疫时代"的顽强绽放 [N]. 中国文化报，2020-08-23.

[22] 刘淼. 用优秀文艺作品推动人民群众精神文化生活不断迈上新台阶 [N]. 中国文化报，2020-10-14.

[23] 李百灵. 脚下有多少泥土 艺术就有多少根基——艺术扶贫的行与思

[N]. 中国文化报, 2020-10-25.

[24] 欣文. 文化和旅游部"十三五"规划实施取得丰硕成果 [N]. 中国文化报, 2020-10-28.

[25] 李亦奕. 后疫情时代, 艺术品市场如何破题 [N]. 中国文化报, 2020-11-22.

[26] 张婧. 实施文化产业数字化战略 推动数字文化产业高质量发展——文化和旅游部产业发展司有关负责人答记者问. [N]. 中国文化报, 2020-11-30.

[27] 李百灵. 用优秀作品增进人与人之间的交流——访中国美术馆馆长吴为山 [N]. 中国文化报, 2020-05-13.

[28] 韩延. 用中国文化讲好中国故事（新语·让好声音成为最强音）[N]. 人民日报, 2021-02-18.

[29] 刘阳. 国产纪录片, 如何持续向好（新语）[N]. 人民日报, 2021-01-04.

[30] 张贺. 让传统戏曲绽放时代光华 [N]. 人民日报, 2021-01-02.

[31] 各地综合施策, 资金支持、金融扶持、经营减负——激发文旅市场的活力（解码·文化市场新观察）[N]. 人民日报, 2021-02-25.

[32] 刘阳. 剧集"去水", 引导行业健康发展（新语）[N]. 人民日报, 2021-03-25.

[33] 非遗、图书、动漫……各种元素的混搭、重组——文创不断拓展新边界（解码·文化市场新观察）[N]. 人民日报, 2021-04-08.

五、国外文献

[1] Joshua Kurlantzick, Charm Offensive. How China's Soft Power Is Transforming the World. Yale University Press, 2007.

[2] ［德］赫伯特·马尔库塞：单向度的人——发达工业社会意识形态研究. 刘继译 [M]. 上海：上海译文出版社, 1989.

[3] ［法］路易·阿尔都塞. 意识形态和意识形态国家机器 [J]. 思想, 1970（151）.

[4] ［美］科兰兹克. 魅力攻势——看中国的软实力如何改变世界 [M]. 北京：中央编译出版社, 2014.

[5] ［美］约瑟夫·奈. 中国软实力的崛起 [N]. 华尔街日报, 2005-12-

09.

[6]［美］本杰明·史华兹. 古代中国的思想世界［M］. 程钢，译. 江苏：人民出版社，2013.

[7]［美］杜威. 艺术即经验［M］. 北京：商务印书馆，2005.

[8]［意］葛兰西. 狱中札记选［M］//俞吾金，陈学明. 国外马克思主义哲学流派新编——西方马克思主义卷. 上海：复旦大学出版社，2002.

[9]［美］埃加德·沙因. 组织文化与领导力［M］. 北京：中国人民大学出版社，2014.

[10]［美］道格拉斯·霍尔特.文化战略［M］. 北京：商务印书馆，2013.

[11]［美］迈克尔·普罗瑟. 文化对话：跨文化传播导论［M］. 北京：北京大学出版社，2013.

[12]［美］杜赞奇.文化、权力与国家［M］. 南京：江苏人民出版社，2010.

[13]［美］贝尔. 资本主义文化矛盾［M］. 北京：人民出版社，2010.

[14]［美］塞缪尔·亨廷顿，劳伦斯·哈里森. 文化的重要作用：价值观如何影响人类进步［M］. 程克雄，译. 北京：新华出版社，2010.

[15]［美］塞缪尔·亨廷顿. 文明的冲突与世界秩序的重建［M］. 北京：新华出版社，2010.

[16]［加］金里卡. 多元文化公民权：一种有关少数族群权利的自由主义理论［M］. 上海：上海译文出版社，2009.

[17]［英］爱德华·泰勒.原始文化［M］. 广西：广西师范大学出版社，2005.

[18]［俄］根纳季·久加诺夫. 全球化与人类命运［M］. 北京：新华出版社，2004.

[19]［英］安东尼·吉登斯.现代性的后果[M].江苏：译林出版社，2000.

六、网站

[1] 中共中央关于制定"十五"计划的建议（全文）［EB/OL］.http://www.cctv.com/news/china/20001019/484.html.

[2]中共中央关于制定"十一五"规划的建议（全文）［EB/OL］.http://www.gov.cn/ztzl/2005-10/19/content_79386.htm.

[3]中共中央关于制定"十二五"规划的建议发布（全文）［EB/OL］.https://china.huanqiu.com/article/9CaKrnJp3PN.

［4］中共中央关于制定国民经济和社会发展第十三个五年规划的建议［EB/
OL］．https：//www.ccps.gov.cn/zt/xxddsbjwzqh/zyjs/201812/t20181211_
118207.shtml.

［5］中共中央关于制定国民经济和社会发展第十四个五年规划和二○三五
年远景目标的建议［EB/OL］．http：//www.gov.cn/zhengce/2020-11/03/
content_5556991.htm.

［6］历经七年有余 国家艺术基金项目监督管理渐入佳境［EB/OL］．http：//
www.ce.cn/culture/gd/202102/26/t20210226_36342254.shtml

［7］2020年中国电影市场数据报告出炉［EB/OL］．http：//www.ce.cn/culture/
whcyk/cysj/202102/10/t20210210_36308661.shtml.

［8］国家统计局：2019年全国规上文化及相关产业企业营收增长7.0%［EB/
OL］http：//www.ce.cn/culture/gd/202002/17/t20200217_34289651.sht-
ml.

［9］2018年全国文化及相关产业增加值占GDP比重为4.48%［EB/OL］．ht-
tp：//www.ce.cn/culture/gd/202001/21/t20200121_34169688.shtml.

［10］2017年上半年全国规模以上文化及相关产业企业营业收入增长
11.7%［EB/OL］．http：//www.ce.cn/culture/gd/201707/28/t20170728_
24564738.shtml.

［11］统计局最新统计数据：我国文化产业增加值超2万亿［EB/OL］．ht-
tp：//www.ce.cn/culture/gd/201501/23/t20150123_4417470.shtml.

［12］统计局：2016上半年文化产业5个行业营收增速超两位数［EB/OL］.
http：//www.ce.cn/culture/gd/201607/29/t20160729_14304081.shtml.

［13］报告：2019年全国制作发行电视剧254部［EB/OL］．http：//www.
ce.cn/culture/gd/202007/09/t20200709_35287887.shtml.

［14］国家广播电视总局关于统筹疫情防控和推动广播电视行业平稳发展
有关政策措施的通知［EB/OL］．http：//www.ce.cn/culture/gd/
202003/16/t20200316_34497956.shtml.

［15］广电总局：电视剧网络剧演员总片酬不得超过总成本40%［EB/OL］.
http：//www.ce.cn/culture/gd/202002/20/t20200220_34316572.shtml.

［16］2016年全国广播电视概况［EB/OL］．http：//www.nrta.gov.cn/
art/2017/10/20/art_2178_39196.html.

［17］ 2016 年度广播电视产业发展概况［EB/OL］. http：//www. nrta. gov. cn/art/2018/10/20/art_ 2178_ 39229. html.

［18］ 2017 年统计公报（广播影视部分）［EB/OL］. http：//www. nrta. gov. cn/art/2018/3/18/art_ 2178_ 38968. html.

［19］ 2016 年动画片生产交易情况［EB/OL］. http：//www. nrta. gov. cn/art/2017/10/20/art_ 2178_ 39207. html.

［20］ 国家广播电视总局办公厅关于做好 2021 年国产纪录片推优工作的通知［EB/OL］.http://www.nrta.gov.cn/art/2021/3/15/art_113_55395.html.

［21］ 25+10！2020 国家舞台艺术精品创作扶持工程评审结果发布［EB/OL］. http：//www. ce. cn/culture/gd/202006/11/t20200611_ 35110608. shtml.

［22］ 文化部发布《"十三五"时期繁荣群众文艺发展规划》［EB/OL］. http：//www. ce. cn/culture/gd/201705/10/t20170510_ 22671856. shtml.

［23］ 保护和传承 让非遗文化活起来［EB/OL］.http://www.cnci.net.cn/content/2021-03/15/content_24046358.html.

后 记

　　鲁迅曾经说过"文艺是国民精神所发的火光，同时也是引导国民精神的前途的灯火"，文艺就是我的"灯火"，它出现在我无助时、孤独时、开心时。在本科与硕士研究生教育阶段，对于文艺的认识更多的是停留在戏剧表演实践以及戏剧表演理论等方面，是狭义上的文艺理论与实践；到了博士阶段，为了使自己的本科与硕士研究生教育阶段的兴趣得以延续，又能够体现马学科的特色，所以选择了"新时代中国特色社会主义文艺建设研究"作为毕业论文的题目。最开始创作时，对于一个跨学科的学生来说，确实有很大的难度，但是在我的博士生导师张波教授的指导下，我开始试着从写文献综述入手，我将知网上所有相关的论文下载下来，并试着去写文献综述，经过大概两个多月的努力，我完成了这项工作。接着，我开始构思论文的框架，框架修改了无数次，张波教授也不厌其烦地一遍一遍指出我的问题，最终我完成了博士毕业论文，顺利地从吉林大学毕业。

　　毕业后，我来到了吉林省社会科学院哲学与文化研究所，在所长周笑梅的带领与帮助下，我继续着学术研究的工作。"求木之长者，必固其根本；欲流之远者，必浚其泉源"，于是我决定从我的博士毕业论文出发，继续完善我的博士毕业论文。我开始一遍遍校对文章中的语言表述的准确度，在语言表述准确度提高的基础上，我又针对博士论文的不足加以补充，将原来的六章内容扩充至七章，梳理了国外文艺建设的发展经验，从中提炼出一些值得中国特色社会主义文艺建设借鉴的内容，最终形成了目前的书稿。

　　一路走来，我们需要仰望星空的豪情壮志，更需要脚踏实地的艰苦奋斗。"海阔凭鱼跃，天高任鸟飞"，欣逢伟大的新时代，我们要传承弘扬中华民族的优秀传统文化，赓续中国共产党人精神谱系，践行社会主义核心价值观，并将其转化为自己的情感认同和行为习惯，做有自信、懂自尊、能自强的中国人，为实现中华民族伟大复兴添光增彩！

陈　曦

2021 年 5 月，于长春